絶対闇堕ちさせません！　上

Miyu Kisaragi

如月自由

Ruby collection

Contents

登場人物紹介
Character introduction
アレス
魔王の血を引き邪神に取り憑かれている覚醒前のボスキャラ。
人間不信気味だったが、
シリウスとの出会いで変化が。
シリウス・エルメリア
転生者。特殊な能力故に後宮に閉じ込められていた元皇子。
未来を変えてくれた
アレスに懐く。明るくて素直。

コンラート・グローリア
グローリア王国の国王。王らしからぬ奔放な性格で、アレスとは友情を育んだ仲。しかし彼を追放したことを悔やんでいる。
クロード・フランセル
儚げな容姿ながら神級魔法の使い手。魔導師団長「神風」様。実は転生者で、アレス最推しアレシリガチ勢の腐男子。
ルークス・アドウェルサ
アドウェルサ王国の王太子。人望が非常に厚く聖人扱いだが、実際は真っ直ぐな性格をした戦闘狂。ゲームでは主人公。
フェリク
魔導学校のシリウスの同級生。整った容姿で軟派な雰囲気。シリウスをやたらに構ってくるが…？
ゼル
魔導師団員。人の懐に入り込むのが上手く、誰とでもすぐ仲良くなる。アレスに懐いている。

絶対闇堕ちさせません！　上

黒髪の男が白髪《はくはつ》の少年に剣を向けている。寝台の上に座って微笑《ほほえ》む少年へと。少年は笑顔で首を振り、男へ手を広げてみせた。男は銀色の目を見開き、唇を噛《か》んだ。剣の切っ先が揺れている。

やがて男は、剣を勢いよく振り上げた。そして一息に少年の胸へと突き刺す。少年はごぷりと血を吐き、それでも穏やかな表情で囁《ささや》いた。

「――殺してくれてありがとう」

少年の金色の目は、全てを諦《あきら》めた穏やかな色をしている。男は少年を抱きしめ、黙って見つめていた。彼が事切れるまでずっと。

《――こんな世界になんの意味がある？》

不意に、醜く歪《ゆが》んだ声が響いた。男に取《と》り憑《つ》く邪神の声だ。男は「俺は……」と掠《かす》れた声で呟《つぶや》く。

歪んだ声は畳み掛けるように響いていく。

《罪なき幼子を殺してまで生きるつもりか？》

《我に委ねよ》

《この先も罪を重ね続けて、何一つ得られぬまま、それでもお前は生きるつもりか？》

《我に委ねよ》

《もうよいのだ。これ以上醜い世界を直視する必要はない》

《我に委ねよ》

《苦しいだろう、辛《つら》いだろう。もう何も考えたくないだろう》

《我に委ねよ》

《全て諦めて、何もかも手放してしまえばよい》

《我に委ねよ》

男は剣を逆手に持ち直して自らへ向けた。歪んだ声はうるさく響き続けている。

「俺、は……」

「…………もう、こんな世界、生きていたくない」

男は震える声で呟き、膝《ひざ》を折った。そのまま、勢いよく自らの喉元《のどもと》に剣を突き立て――ようとして、ふっと糸が切れたように倒れ込む。次の瞬間、男の身体《からだ》から恐ろしい勢いで闇が溢《あふ》れ出した。溢れ出る闇の中心で男はおもむろに立ち上がり、目を開いた。その目は、先ほどまでとは全く違う、悍《おぞ》ましい闇の色をしている。

男は口元を吊《つ》り上《あ》げ、囁いた。

「――滅ぼしてやる。この世界の全てを」

◆　◆　◆

僕は飛び起きた。心臓が痛いくらいに鳴っていて、背中が冷や汗でじっとり濡《ぬ》れている。周囲を見回すと、そこは僕の部屋だった。

……今の夢は一体なんだ？　夢の舞台はこの部屋で、殺された少年は僕だったような……。

「――あら、起こしてしまいましたか」

不意に声が聞こえ、顔を上げる。そこにいたのは一人の女性だ。その女性は今まさにこの部屋へ入ってきたところで、入り口辺りで僕のことをじっと見下ろしていた。

この女性は僕の母親で、この国「エルメリア皇国」の皇妃だ。僕はこの国の第二皇子である。僕を疎んじた母は、僕を後宮の一室にずっと押し込めている。この子は病弱だからと言って。実際の僕はいたって健康体だが。

「早く寝なさい。あまり夜更かししていると明日起きられませんよ」

「……はい」

なんとか返事をする。母はこちらへ近寄ろうともせず冷たく僕を見下ろすと、さっさと部屋から去っていった。ご丁寧にしっかり鍵《かぎ》を閉めて。

母が去った後、僕は慌てて寝台から飛び降りて、鏡のある方へと駆けた。鏡の前に立ち、僕はじっと鏡の中の少年を見つめる。白髪金眼《きんめ》の少年は、真っ青な顔でこちらを見つめ返してくる。やっぱりそうだ。さっきの夢で殺された少年は。

怒涛《どとう》の勢いで記憶がなだれ込んできて、僕は頭を押さえて呻《うめ》いた。ああ、知っている。僕はこの白髪の少年をよく知っている。全て思い出した。僕の名は、

「シリウス……」

僕の名はシリウス・エルメリア。この国の第二皇子で、大人になることなく殺される少年で――ラスボスが闇堕《お》ちするきっかけになる、とあるＲＰＧのキャラクターだ。

僕は、ＲＰＧのキャラクターに転生してしまったらしい。

そのRPGとは『蒼天《そうてん》のアルカディア』、通称『蒼アル』と呼ばれる、剣と魔法の王道ファンタジーのゲームだ。前世の僕はそのゲームを夢中でプレイしていた。

前世の僕がどういう人物で、何を好んでいて、いつどうやって死んだのかは分からない。ただ前世でプレイした『蒼アル』の記憶と、前世で暮らしていた日本という国の記憶だけが急に蘇《よみがえ》ってきたのだ。

僕は――シリウスは、『蒼アル』におけるキーキャラクターだ。シリウスは十四になったばかりのタイミングで、母が放った刺客に暗殺される。その刺客というのが先ほど夢に見た黒髪の男・アレス。

……このゲーム、『蒼アル』のラスボスである。

彼は数百年前に世界を滅ぼしかけた「魔王」の遠い末裔《まつえい》で、その血に惹《ひ》かれた邪神に幼い頃から取り憑かれていた。邪神は彼に言う。魔王となり、共に世界を滅ぼそうと。

それでも彼は邪神の誘惑を撥《は》ね除《の》けて、一国の騎士団長にまで上り詰める。が、ひょんなことから国外追放の憂き目に遭ってしまう。祖国を出た彼は傭兵《ようへい》として食い繋《つな》いでいた。

だが、並外れた実力と人間には珍しい黒髪のせいだろう、彼は行く先々で疎まれ、人間の敵である「魔族」だと噂《うわさ》され続けた。彼は噂から逃げるように各地を放浪して、食うに困ってしまい、最終的には後ろ暗い仕事すらも引き受けるようになってしまった。

そして行き着いたのが、エルメリア皇国の第二皇子――つまり、僕の暗殺だ。

彼はラスボスだが、本当は心優しい人間だった。幾度となく人間に裏切られていたのに、世界に絶望して闇堕ちするきっかけになったのはそれらの裏切りじゃなく、なんの罪もない子供――つまり僕を殺してしまったことだったくらい。

彼は僕を殺して酷《ひど》く後悔し、自刃《じじん》しかける。が、その瞬間、彼に取り憑く邪神が暴走してしまう。それから彼は邪神に身体を半分乗っ取られ、人間への復讐心《ふくしゅうしん》に囚《とら》われるようになり、魔王として君臨し始めるのだ。

つまり、僕が死ぬことによってラスボスが覚醒《かくせい》し、国がいくつか滅び、数え切れないほどたくさんの人々が死ぬ。

死んでしまうのは怖い。僕の死をきっかけにしてたくさんの死が巻き起こってしまうのも怖い。だから、アレスに僕を殺させる訳にはいかない。……でも、一体どうすればいいんだ？

僕は『蒼アル』の展開を思い出した。

『蒼アル』の僕は、一切抵抗せずに死を受け入れる。人生に絶望していたからだ。狭い部屋の中で終えるであろう人生に。でも、僕は――。手のひらをじっと見た後、僕は固く拳《こぶし》を握る。

僕は死にたくない。絶対に死にたくない。だって、僕はこの部屋の中くらいしか知らないのだ。せっかく生まれたのに、何も知らずに死んでいくなんて絶対に嫌だ。

……ああ、そうか。『蒼アル』のアレスは積極的にシリウスを殺そうとはしなかった。シリウスがあまりに無抵抗だから、殺す以外の選択肢を取れなかっただけ。本当は、シリウスを殺したくなかったはずだ。でなきゃ殺した後闇堕ちなんてしない。それなら――その良心に訴えかければ、きっと。

ふと、扉の鍵が開く音がした。母がもう一度来たのかもしれない。僕は慌てて寝台に戻った。やがてゆっくりと扉が開いていく。母にしては随分と慎重な開け方だ。訝《いぶか》りながら扉の方を見ていると、

そこに立っていたのは、

――黒髪の、男だった。

ぱちり、と男と目が合う。黒髪を後ろにかき上げた美貌《びぼう》の男は、目を見開いて驚愕《きょうがく》した表情を浮かべていた。僕もきっと同じような表情をしている。

確かに、僕は十四歳になったばかりだ。でも――ラスボスがまさか今日殺しにくるなんて、そんなのあんまりだ！　心の準備が全くできていない！

僕は胸を押さえて深呼吸をした。……大丈夫、大丈夫だ。落ち着け。彼は僕を殺しにきたが、本心では殺したい訳じゃない。だから、きっと。

「……まさか、こんな夜中に起きているとはな。シリウス・エルメリア第二皇子で間違いないか」

彼は静かに呟きながら、そっと部屋の扉を閉めた。そして後ろ手でゆっくりと扉の鍵を閉める。

逃げられない。選択を間違えたらきっと即死だ。だけど――ラスボスとしての彼は、自分に毅然《きぜん》と立ち向かってくるやつを好んでいたはず。だったら僕は、

「そうだよ。ねえおじさん、こんな後ろ暗い仕事を受けるなんて、相当お金に困ってるんだね？」

恐怖でいっぱいの内心をなんとか押し隠して、余裕ぶった口調で言う。命乞《いのちご》いなんてしても、彼はきっと見逃してはくれない。だったら、意表をついた後に彼の良心に訴えかけなければ。

「……なんの話だ」

「おじさんは、僕のこと殺しにきたんでしょ？」

彼の銀色の目がすうっと細まる。刃《やいば》のように冷たい目だ。僕は唾《つば》を飲み込んで、なんとか動揺を押

し隠した。

「依頼人は僕の母かな。母は昔から僕のことを疎ましく思っていて、幼い頃からずっとこの部屋に押し込めてきたけど、とうとう我慢がきかなくなったみたいだね。まあ、何度か毒を盛ってきたから時間の問題だとは思ってたけど。おじさんは暗殺者、いや、殺し屋かな。それも服装がこの国のものじゃないから異国の人間だよね。何かあった時にすぐ使い捨てられるようにかな」

緊張のせいだろうか、べらべらと勝手に舌が回る。彼の顔がどんどん胡乱《うろん》げなものに変わり、彼が腰に佩《は》いた剣に手をかけた。まずいぞこれは相当まずい。手のひらがじっとりと冷たい汗で濡れる。

僕は一度口をつぐんで、深呼吸をした。彼は黙って僕の様子を窺《うかが》っている。落ち着け。まだ彼は剣を抜いていない。僕の話を聞いてくれている。だから大丈夫だ、大丈夫。

「——おじさん、僕と取引しない？」

彼の動きがぴたりと止まった。彼は目を見開いて、真意を探るようにじっと僕を見つめている。やがて彼は、掠れた声で言った。

「……取引だと？」

「そう。取引。ここで僕を殺すのは簡単だよ。きっと母から口止め料込みの大金をもらえるはず。だけど、それで終わりだ。おじさんの手元に残るのは、汚れた金と、『その手で子供を殺した』っていう事実だけ」

「……何が言いたい」

彼の顔が引きつっている。半ば睨《にら》むように彼を見つめると、彼は不意に少しだけ目を伏せて、若干眉《まゆ》を下げた。いける、と思った僕は、畳み掛けるように言った。

「だから、取引だよ。おじさんは、殺したことにして僕をここから攫《さら》ってよ」

「……俺に、なんの得がある？」

「あるでしょ。子供を殺した罪を背負うことなく大金が手に入る。それに僕は便利な能力を持ってるんだ。それをおじさんのために使ってあげるから、代わりにおじさんは僕のことを育ててよ」

「……それが取引になると思ってんのか？　正気か？　第一、攫った後で殺してないことがバレて追手でも差し向けられたらどうする」

「追手なんて来ないよ。母は僕の生死なんてどうでもいい。厄介な第二皇子がこの後宮から消えるならなんだっていいんだ」

母の顔を思い浮かべる。母は、昔はまだ優しかった。……僕がとある特殊能力を開花させるまでは。でも今は……一刻も早い僕の死を願っているはず。そのことに対してはもう何も思わない。今更だ。

僕は母の顔を頭の中から消して、彼を見つめ直した。

「……生意気な、ガキだな」

彼の声は若干震えていた。それもそうだろう。彼は殺しなんてしたくないはずだ。それも、自分よりずっと幼い子供なんて。じゃなきゃ、殺した後に悩み抜いた挙句自害しようとしたり、闇堕ちしたりなんてするはずがない。

彼は剣から手を放し、無言で俺のもとへ歩み寄ると、もう片方の手に持っていた麻袋の口を僕の目の前で広げた。そこに入れってことだろうか。僕が無言で彼を眺めていると、彼は舌打ちをして、僕の頭を引《ひ》っ掴《つか》んでその麻袋の中に放り込んだ。僕は驚いたが、情けない悲鳴を上げるのだけは堪《こら》えた。

袋の向こうがにわかに白く光った。何か魔法でもかけたんだろうか。首を捻《ひね》っていると、彼は低い声でぼそりと言った。

「いいか、ガキ。俺がこの袋から出すまで、絶対に声を上げるなよ。じゃなきゃ認識阻害の魔法が解けちまう。何があっても、悲鳴一つ上げるな」

僕は頷《うなず》いた。何があったのかは分からないが、彼は独り言のように「よし」と呟《つぶや》くと、指を弾《はじ》いた。途端に部屋の空気が熱くなり、チリチリと何かが焼けるような音と焦げるような臭いがした。魔法で火でも起こしたのか。それから袋が大きく揺れ、何かが割れるような甲高い音が響く。恐らく彼は飛び上がって、窓を壊してそこから飛び降りたんだろう。

襲い来る浮遊感、地面に着地した衝撃。走る振動と風切り音、「捕らえろ！」などという衛兵の怒鳴り声。それら全てに悲鳴を上げそうになって、僕はひたすら唇を噛《か》んで耐えた。

そうして気付けば、そのまま意識を失っていた。

身体を揺さぶられるような感覚で目が覚めた。麻袋の中とは違う眩《まぶ》しさに目を細めると、目の前にいる黒髪の男が一瞬だけ安堵《あんど》したような表情を浮かべた。が、直後に取り繕うように眉を寄せる。

「チッ、あんだけ大口叩《たた》いといて寝てんじゃねえぞ、ガキ」

「あれ、僕寝てた……っていうか、ここ、どこ……？」

「宿だよ、宿。お前みたいな皇子サマには馴染《なじ》みのない安宿だがな」

僕は思わず飛び起きた。それから辺りを見回してみる。僕が横たわっていたのは安っぽくて軋《きし》むベッドの上だった。部屋の中は酷く殺風景で少し埃《ほこり》っぽい。確かに安宿みたいだ。

というか。宿にいる、ということは僕は無事で、彼に認められたということで——僕はひとまず生き延びたのだ！

「ってことは、おじさん本当に僕のこと——」

「おじさんじゃねえ、まだお兄さんだ。……たぶん」

僕の言葉を遮って強い口調で言う彼だったが、すぐ後に不安げに視線を彷徨《さまよ》わせた。研ぎ澄まされた刃物のような鋭い殺意がいつの間にか霧散していて、僕は思わず肩の力を抜いた。それからなんだかおかしくて、くつくつと笑いが込み上げてきた。

笑いを噛み殺す僕に気付いたのか、彼はむっとしたように唇を尖《とが》らせた。

「……なんだよ。何笑ってんだガキ」

「ふっくく……いや別に……っ、あっははは！」

僕よりもずっと年上だろうに、子供のように唇をへの字にする彼がなんだかかわいく見える。僕が笑い出すと彼は、決まりが悪そうにそっぽを向いた。

「で？　おじさん何歳なの」

「だからおじさんじゃねえって言ってんだろ。二十八だ」

「十分おじさんじゃない、僕はまだ十四だし」

「十四――って、十四歳も違うのかよ……。つか、俺はおじさんじゃねえよ。おじさん呼びするくらいだったら名前で呼べ。俺はアレスだ」

「ふぅん。僕はシリウス。よろしくね、おじさん？」

「おまっ、呼ぶなっつったそばから……！」

「あっははは！」

想像通りの反応を返す彼、アレスが愉快で僕はとうとう腹を抱えて笑った。するとアレスは苦い顔をしながら「調子狂うな……」と呟く。

なんでこんなに愉快で仕方ないんだろう、と考えて僕は、はたと気付いた。――ああそうか。すっかり気が動転して忘れていたけれど、母以外の他人と、こんなに長く会話をするのは初めてだった。

「初めて、だな……」

思わず呟いてから、アレスが怪訝《けげん》な顔で見てくるのに気付いた。僕はなんとなく気まずくなりながら答えた。

「いや……僕、今までこんな風に他人と喋《しゃべ》ったことなくて。大体後宮の奥に閉じ込められてたし、会話相手なんて母親と人形みたいな使用人ばっかりでさ。だからなんか、楽しくなっちゃって」

僕の答えを聞いて、アレスは途端に顔を歪《ゆが》めて目を伏せた。「……アレス？」と問いかけると、アレスは不意にわしゃりと僕の髪をかき乱した。

「クソ、本当に調子狂うな……おいクソガキ、こんな俺なんかに心許すんじゃねえ。分かってんのか？　俺はお前のこと殺そうとしたんだぞ？」

「分かってる。それに心だって許してない。正直、アレスのことは怖いし殺されるのも怖いよ」

「嘘《うそ》つけ。ならもっとビクビクしてみせろよ。それを楽しそうにケラケラと……」

「っていうか、僕はクソガキじゃなくてシリウスだ」

「……本当、生意気なクソガキだな」

ぶっきらぼうな口調だったけれど、僕の頭を撫《な》でるアレスの手は確かに温かかった。言葉だってちゃんと温かい。……ああ、こんな人に殺しを犯させなくてよかった。

彼は舌打ちをすると、親指で貧相な机の上に置かれたものを指した。

「それより、服着替えとけ。そんないかにも皇子サマなんて格好してたら悪目立ちするだろうが」

「買ってきてくれたの？　……お金は？」

「ハッ、ガキが一丁前に心配してんじゃねえ。どっかの皇子を殺したおかげで、ここ数年ないぐらい懐が温けえから気にすんな」

「え、でも……僕死んでないよ？」

「馬鹿か、なんのためにわざわざお前の部屋燃やして国外まで逃げてきたと思ってんだよ。あれで晴れて焼死扱いだぜ。ま、大方『皇子が死んだ』って事実さえありゃよかったんだろうな」

「そっか……って、あれ？　国外って……じゃあここ、エルメリア皇国じゃないの？」

「ああ、賄賂《わいろ》積んで密入国してきたんだよ」

アレスは頷くと、わざと芝居がかった調子で両手を広げた。

「ようこそシリウス、メルヴィアへ」

「……メルヴィア？」

「おいおい知らねえのか、メルヴィアを。ここはな、大陸有数の港町で旅芸人や踊り子がわんさかいる場所だ。通称『アドウェルサの玄関口』」

……アドウェルサ？　それは主人公の祖国の名だ。それも――プロローグで滅ぶ国の名前である。

そもそも『蒼天《そうてん》のアルカディア』の主人公は、とある国の第一王子だった。過去形だ。主人公の暮らす国は非常に穏やかで、豊かな国だった。数百年前、とある英雄が魔王を打ち倒した地にできた国でもある。

とある英雄とは「光の英雄」と呼ばれている。光魔法に長《た》けていて、人間が信仰する光の化身――「秩序神《ちつじょしん》」に愛された男だ。まあ、いわゆる勇者のような存在である。

このゲームの主人公は、その「光の英雄」の生まれ変わりと言われて育った青年だ。その呼び名にふさわしく、光そのもののような金色の髪と目を持っている。彼はアドウェルサという国ですくすく育ち、十九歳の誕生日の前日――祖国を魔王に滅ぼされる。

滅びゆく祖国を前に、彼は神の声を聞いた。かつて魔王を打ち倒した剣、聖剣を持って、この国から逃げて生き延びなさい、と。

彼は神の声に従って宝物庫から聖剣を引っ掴み、魔族に侵略される祖国からたった一人、死に物狂いで逃げ出した。

そうして生き残った主人公は魔族に復讐《ふくしゅう》を誓い、魔族から世界を救うべく世界中を奔走し、やがて英雄になっていく――というのがこのゲームのストーリーだ。

その主人公の祖国の名前が「アドウェルサ王国」。ついさっきアレスが口にした国だ。この国は滅ぶ。……目の前の男が率いる魔族によって。

「ねえ、アレス」

「なんだよ」

「この国の一番上の王子様って、何歳……？」

突然の問いにアレスは顔をしかめた。「あ？　んなもん知る訳が……」と呟いた後、彼は不意に言葉を止める。ややあって、彼はこう言った。

「ああ、でも、この街の連中がついさっき言ってたな。確か……数ヶ月後に成人するんだったか？　その祝いの祭りを盛大にやるとかなんとか」

「成人って」

「十六だろ」

……アドウェルサが魔族に滅ぼされるのは、主人公の十九歳の誕生日前日。つまり、この国が滅ぶまで、あと三年――？

「なんだよ急に黙り込んで。……そういや、お前にはなんかしらの能力があるって言ってたな。まさか、この国の未来でも見えるって言うんじゃないだろうな」

僕は少しの問答えに窮した。僕の持つ能力は全く別のものだ。けれど、未来が分かるというのもあながち嘘じゃない。だって、僕はこの世界の運命《シナリオ》を少しだけ知っているのだから。

答えない僕を見て、アレスが僅《わず》かに顔を引きつらせた。

「お、おいおい、本当に未来が見えるってんじゃないだろうな……」

「……違うよ。僕の能力は全く別のもの」

「じゃあなんだよその能力って」

僕はその問いに答えるため、咳払《せきばら》いをした。それから深く息を吸って、

「ラ――――――」

と歌声に魔力を込めた。込める魔力は少し、効果は眠気を催すもので。アレスは「なんだ、これ……」と呟きながらも徐々に舟を漕《こ》ぎ始めた。そして僕が歌声を止めると、彼はハッとしたように目覚める。

「……歌声で、人の精神を操れるってか」

「正確には、歌声じゃなくて魔力を込めた声だよ。歌声の方が効率はいいけど。あと人だけじゃなくて動物とか植物にもこの能力は効く。もしかしたら魔族にも効くかもね」

「ハハッ……とんでもねえ能力だな……」

アレスは再び顔を引きつらせた。

この能力はきっと、とても恐ろしいものだ。でなければ能力が開花した後から、母が化け物を見るような目になる訳がない。歌で生き物の心を動かすことができる、といえば聞こえはいいが、要は精神汚染系の能力だ。洗脳なんかと同じ類の。

僕の能力以外にも精神汚染系の魔法は存在する。ただし、それは人間ではなく魔族が扱う「闇魔法」の上級魔法に属しているが。そもそも、この世界に存在する魔法には、光、闇、風、炎、草、水、

地、の七つの属性がある。たとえばゲームの主人公は光魔法の使い手であり、光魔法は主に人間しか使えない。逆に闇魔法は主に魔族しか使えない。

つまり僕のこの能力は、相当強い魔族の振るう力に匹敵するほど、否、恐らくそれ以上に恐ろしいものなのだ。

それに、ゲーム内でも僕のこの能力は恐ろしいものとして扱われる。僕は一度死ぬけれど、ゲーム後半では不死者《アンデッド》として蘇《よみがえ》り、敵キャラとなって立ちはだかるのだ。主人公たちをデバフ地獄に陥らせる、最悪のデバッファーとして。

「……怖い？」

そう聞くと、アレスは目を見開いた。しばらく固まった後、やがて悲しげに目を伏せる。何かを、思い出したんだろうか。

「……いや。お前のそれは使い方次第だ。お前自体は怖かねえよ」

それからアレスはくしゃりと僕の頭を撫でた。やっぱり彼の手は温かかった。


宿を出た先には、青空が広がっていた。壁で四角く切り取られていない、どこまでも続く青空。

「なんて顔してんだ、お前」

「だって、僕……後宮から出たことなくて……」

空のことは知識として知っていた。だけど、こんなものだとは思わなかった。なんだろう。これって、こんなのって――宝石よりも深くて綺麗《きれい》な青色があるだなんて思わなかった。

ふと身体を刺すような寒さを感じて身を縮める。それでようやく、ああ今は冬なんだな、と気付いた。……後宮では季節なんて関係がなくて、ただ「そういうものがある」という認識だったのに。僕は今、冬の空を見上げている。たぶん、生まれて初めて。

無言で空を見上げる僕の肩を、アレスは軽く叩いた。

「ほら行くぞ、いつまでもそんなんじゃ日が暮れちまう」

「え、あ、うん――ってうわっ！」

頷《うなず》きながらふらふらと歩き出そうとすると、すぐ何かにぶつかって転んだ。慌てて顔を上げると、ぶつかってきたのは僕よりも小さい男の子だった。

「あーあ、前見てねえから」とアレスがぼやく。男の子の膝《ひざ》は擦りむけていて、そのことに彼が気付くと火がついたように泣き出した。

「えっと、ごめんね？　ど、どうしよう――あ、そうだ！」

僕は息を吸って、ずっと昔に母が歌ってくれた子守唄《うた》を口ずさんだ。……この能力が開花するまでは、母も優しかったっけな。

込める魔力はごく少量で、気持ちが癒されるようにと願いながら歌う。男の子は涙の溜《た》まった瞳《ひとみ》で僕を見上げると、やがて泣き止《や》んで、きゃらきゃらと笑い出した。

「ごめんね、ぶつかっちゃって」

「ううん！　お兄ちゃんのおうた、とってもじょーずだった！」

ふとぱらぱらと拍手の音が聞こえた。顔を上げると、他の人たちも少し遠くの方で立ちながら聴いていた。皆一様に笑顔で、気恥ずかしくなる。

困ってしまってアレスを見上げると、「よかったじゃねえか」とアレスに微笑まれた。アレスの笑顔を見たのは初めてで、僕はびっくりして固まってしまった。

眼光が鋭いため怖い印象を受けるアレスだが、笑うと途端に印象がやわらかくなる。男前なため、輝いてすら見える。……彼が祖国で騎士団長をしていた頃は、こんな風に優しい顔をしていたんだろうか。

「……なんだよ、じっと見て」

「いや、アレスも笑うんだなって……」

アレスは思わずといった様子で顔に手をやり、その後すぐに眉間《みけん》にしわを寄せて鼻を鳴らした。

「……笑ってない」

「笑ってたでしょ！　笑った方がいいと思うよアレスは」

「うるせえ。笑ってねえよ」

「嘘だぁ。僕ちゃんと見た――っと、え？」

不意に小さい何かが放物線を描いてこちらに飛んでくる。慌てて掴《つか》んで手のひらを開くと、それは硬貨だった。この国の硬貨ってこういうものなんだ、でもなんで僕のほうに飛んできたんだろう。そう考えながら顔を上げると、笑顔で僕に手を振る男の人がいた。

「おーい坊主！　よかったぞー！」

そう言って彼は笑顔のまま、手を振りながら去っていった。僕は戸惑いつつも慌てて頭を下げる。僕の歌がよかったから彼はお金をくれたんだろうか。でも、僕はただ子守唄を口ずさんだだけなのに……そう思いはするが、なんだか嬉《うれ》しい。

「チップか」

アレスはそうひとりごちた。少し考え込むと、彼は突然はっとしたような顔になって僕の肩を掴んだ。

「な、なに」

「おいお前、俺に力を貸すから自分のことを育てろ、って言ったよな？」

「う、うん、そうだけど……」

「その言葉、忘れんなよ」

そう言いながら僕の手を引っ張って歩くアレス。何をさせられるんだろう。若干不安になりながらも、僕は黙ってついていった。

アレスは人に何かを尋ねながら街を歩き回る。探しているのはどうやら楽器屋らしい。楽器屋に行って何がしたいんだろう。

歩き回って、しばし。なんとか辿《たど》り着《つ》いたのは街の片隅にある楽器店だった。アレスは店に入った途端、口を開き――かけたが、ぽかんと口を開けて一点を見つめ、黙り込んでしまった。

「……これが、アレスの欲しかったもの？」

そう聞くも、アレスは言葉一つ発さない。仕方ないから、僕はその店を見回すことにした。店の中には、笛や琴、弦楽器などが所狭しと並んでいる。僕には名称が全く分からないが。

店主のおじさんが中央の机に座り、立ち尽くしている僕らを不審げな顔で見ている。店主のおじさんの表情に気付き、僕は何度かアレスに呼びかけた。アレスは我に返り、ずっと見つめていたところを指差して店主に声をかけた。

「なぁ、あんた。この楽器、どこで手に入れた」

「さあなあ。ここにある楽器の半分は行商人から買ったものだからなぁ、どこから流れ着いたかは俺にも分からんよ」

アレスは恐る恐るそれに近づいて、手に取った。彼が持った楽器は、雫《しずく》形の胴体に先端の折れ曲がったネックを持つ弦楽器で、胴体の端っこに名前のようなものが彫られている。彼は手に取ってさらに目を見開いて、しばしの間無言でそれを見つめた。やがて彼は、絞り出すように問いかける。

「…………これは、いくらだ」

「そうさなぁ……楽器自体はいいんだが、名前が彫られてて なかなか売れねえんだ、だから銀貨一枚でいいぞ」

「分かった」

言うなりアレスは躊躇《ちゅうちょ》せずに銀貨一枚を机に置くと、その楽器の弦をゆっくりとつまびいた。物悲しげな音が響く。彼は小さく、ああこれだ、と呟《つぶや》いた。

「アレスは、その楽器が欲しかったの？」

「……ああ。これがなんて楽器だか知ってるか？　これはな、リュートっつー楽器なんだ」

「じゃあ、なんでその、リュート？　が欲しかったの？」

「そりゃ、俺が弾いてお前が歌えば、剣を持たなくったって食ってけるからだ。自慢じゃないが俺はリュートに自信があるし、お前にだってそのくらいの力はある。だろ？」

僕は頷いた。アレスはこういう方法で僕の力を借りたかったのか。確かに僕の歌――否、僕の能力があれば、生活していくくらいは容易にできるだろう。僕は納得してから、心に引っかかっていた疑問を投げた。

「じゃあ、アレスはその楽器にどんな思い入れがあったの？」

アレスは少し悲しげに虚空を見つめ、呟いた。

「……これは昔、俺が唯一の友達から譲り受けた楽器なんだ。金がなくて売っ払っちまったけど、まさかこんなところでまた巡り会うなんてな……」

そのリュートに彫られているのはその友達の名前なんだろうか。僕は、「あいつだけは最後まで味方だったな……」というアレスの呟きを、聞かなかったふりをして「そっか」とだけ頷いた。

リュートを買ってすぐ、アレスは他の店には目を向けることなく、安宿へと戻った。僕は慌ててその後をついていく。

やがて宿の部屋に辿り着き、アレスはどっかりとベッドに腰かけた。ぎしりと音が鳴る。彼がぽろりとリュートを鳴らすと、どこか懐かしくて切ない音が響いて溶けた。

「綺麗な音だね」

「だろ」

アレスは簡素に答えた後、「で、だな」と僕を見た。

「お前、何が歌える？」

「え？」

「歌だよ歌。俺が伴奏してやるからお前は歌え。能力を使ってな。お前のその能力を使って稼ぐっつったろ。有名な曲は大概弾けるから、お前が歌えるやつに合わせてやる。で？」

「えっと……」

僕は思わず口ごもった。アレスは不機嫌そうに眉《まゆ》を寄せる。僕はしばし黙って、言った。

「さっきの子守唄以外は何も知らないんだ。……誰も、教えてくれなかったから」

不意に思い出す。幼い頃、記憶が曖昧《あいまい》なくらい幼い頃に、母が歌ってくれた子守唄を。窓から見える後宮の庭園、母の穏やかな歌声、僕の頭を撫《な》でるやわらかい手のひら。

僕が聞いたことのある歌はそれだけだ。それ以降は能力が開花して母に疎んじられ、後宮の奥でただ一人、ひたすら本ばかり読んでいた。……やめだ、やめ。こんなことを思い出したってどうしようもない。

アレスは僕の返答を聞いて黙り込んだ。変な沈黙が訪れる。僕は慌てて口を開こうとしたが、それよりも先に彼はくしゃりと僕の頭を撫でた。

「そうか。じゃあ教えてやるから死ぬ気で覚えろ」

言葉こそぶっきらぼうだったけれど、アレスの手は温かかった。

僕の頭を撫でる時、彼はとても優しい目をする。少し悲しそうで、だけど慈しむような優しい目だ。研ぎ澄まされた剣の切っ先のような眼光が、ふっと緩んでやわらかくなる。表情こそ変わらないけれど、その目が彼の優しさを如実に表していた。

アレスは僕から視線を外して、おもむろにリュートを鳴らし始めた。奏でられるのは勇ましい響き。けれどどこか郷愁も感じさせるような切なさも含んだ旋律だった。

やがてアレスが口ずさみ始めたのは、ある英雄の唄だ。世界が絶望で包まれた時、ある英雄が立ち上がる。彼はたった一人で大いなる闇に立ち向かっていき、やがて仲間を増やし、最後にはその闇を討ち亡ぼす。アレスが歌うのは、一人の英雄が世界を光で照らす叙事詩《じょじし》だった。……というか、これは恐らく――。

アレスの甘く掠《かす》れた低い声が微《かす》かに響く。僕は彼の声にじっと聞き入っていた。その叙事詩は光に満ちたものだったけれど、彼が歌うとどこか物悲しげに聞こえる。まるでそれは、光を讃《たた》えるのではなく、決して手の届かない光を希求するような響きだ。

やがて彼は歌い終わり、小さく息を吐いた。僕はしばらく呆《ほう》けてしまった。だって、アレスの歌った歌が、歌い方が――。

「……それ、なんて歌?」

「『光の英雄』って歌だ。たぶん、この世で一番有名な歌だな」

「光の英雄って……魔王を倒した人のこと？」

思い当たることなんてそれしかなくて、僕はそう聞いた。そうしたらアレスは「ああ」と頷いた。

ああやはり、と僕は納得した。きっと、この歌の元になったのは何百年も前に魔王を倒した英雄の伝承なんだろう。でも僕にとってこの歌は、そう遠くない未来にアレスというラスボスを倒す主人公の歌に思える。だからそれはとても皮肉で、悲しい歌に聞こえた。


「こ……ここが、酒場？」

「ああ。……何ビビってんだお前」

「だ、だって、僕、こんなところ来るの初めて……」

「お前の場合、行ったことある場所の方が少ないだろうに」

僕たちは夜、酒場に来ていた。買ったリュートと教えてもらった歌を引っ提げて、僕の能力を使いつつ、これで食い扶持《ぶち》を稼げたら、と考えて。アレスはどうやら、僕の能力をかなり平和的なお金儲《かねもう》けに貸してほしいらしい。

夜の酒場は扉の外からでもがやがやとした喧騒《けんそう》が聞こえる。その酒場の看板には鳥の絵と「風見《かざみ》鶏《どり》」という言葉が書いてあった。店の名前だろう。

僕は二の足を踏んでしまったが、アレスは意に介さず僕の手を引っ張った。やがて僕の眼前に現れたのは、未知の光景だった。想像以上の熱気と喧騒にやられ、僕は呆けてしまった。そこかしこで笑い声が聞こえる。すごく賑《にぎ》やかだ。

賑やか、だったんだけど。アレスが入店して、客や店員がこちらを見ると、ふつりと喧騒が途切れた。彼らはこちらを見ながら、何かをひそひそと囁《ささや》き合っている。あまり好意的な響きには聞こえない。

な、なんだろう。何か悪いことでもしてしまっただろうか。もしかして、僕が子供なのに酒場に入ったから？

「ねえ、僕、何かまずいことしちゃったのかな……それとも、酒場って絶対に子供が入っちゃいけない場所だった？」

アレスの服の裾《すそ》を引っ張りながら弱音を吐くと、彼は一度目を瞬いた後、小さくため息を吐《つ》いた。

「お前じゃなくて俺のせいだ。まあ、いつも通りだが」

「いつも通り、って」

「『黒髪は魔族の証《あかし》だ』って思ってるやつも少なくねえ。歌で金を稼げたら、って思ったが……俺の考えが甘かったな」

アレスは軽い調子で言った。彼の銀色の瞳《ひとみ》の底には暗い諦念《ていねん》が沈んでいる。胸が、痛い。何かを言いたいのに何も出てこない。

僕は何かを言おうとしたが、その前にカウンターの中に立つ男の人が「おーい兄ちゃんたち！　カウンター席なら空いてるからこっちに来なよ！」と声をかけてきた。アレスは一瞬驚いたような表情を浮かべた後、素直にそちらへ歩いていく。僕は慌ててついていった。

背負っていたリュートのケースを降ろしてカウンターに座り、店員と注文について話し始めたアレス。僕はそろそろと隣の席に座りながら、周囲を見回した。依然、周囲の視線はこちらに向けられている。ちらほらと「黒髪」「魔族」という言葉が聞こえる。僕は俯《うつむ》いて唇を噛《か》んだ。ゆるやかな針の筵《むしろ》だ。こんなのに、慣れてしまっているなんて。

「――おい店長。なんだって魔族なんかを店に入れて仲良くお喋《しゃべ》りしてんだよ」

不意に、険しい声色が割り込んできた。顔を上げると、アレスの隣に座った男性が彼を強く睨《にら》みつけている。親の仇《かたき》でも見るかのような憎々しげな目だ。どうして、アレスは何もしていないのにそんな目を。カウンターの中に立つ男性――店長は、戸惑いを顔に浮かべた。

「お、おい、なんだその言い方は。この兄ちゃんが魔族じゃないってことぐらい、目を見たらすぐ分かるだろうに」

目を見たら――と彼が言うように、人間と魔族の違いは目に現れる。魔族は目が黒いのだ。逆に言うと、黒以外の目を持つ者は人間だ。アレスのような黒髪が差別されがちなのは、あくまで魔族は黒髪の確率が高いってだけ。アレスのような黒髪の人間もいれば、黒以外の髪色の魔族だっている。だから、髪色じゃ魔族かどうかは判断できないし、アレスの銀色の目を見たら魔族じゃないってすぐに分かるはずなのに。その男性は声を荒らげて突っかかり続け、店長がおろおろと宥《なだ》めている。アレスはしばし黙った後、小さく呟いた。

「……帰るか。やっぱり無理だったな」

アレスはおもむろに立ち上がった。彼は弁解一つしようとしない。「魔族なんかと一緒に酒が飲めるか！」「魔族は帰れ！」と酒場の客たちから誹謗《ひぼう》中傷されても、暗い諦《あきら》めを顔に浮かべるだけ。アレスは何も悪くないのに、魔族じゃないのに！　激情がかっと喉元《のどもと》に込み上げてくる。

僕は考えるよりも先にリュートを背負いかけたアレスの手を止め、アレスの隣に座っていた男性の前に立ち塞《ふさ》がった。彼は動揺したように「な、なんだよ坊主」と呟く。僕は息を深く吸って、それから歌い始めた。

「『光の英雄』……？」

目の前の彼が小さく呟く。僕は頷《うなず》いて、歌声に魔力を乗せた。皆落ち着いて、アレスの目をよく見て、魔族なんかじゃないと分かって、アレスの優しさを分かってよ。そう祈りを込めながら。

しんと静まり返った酒場の中に、僕の高い歌声が響く。アレスに教えてもらったものよりはいささかゆっくりで、英雄譚《たん》なのにあんまり勇ましく聞こえない歌が。酒場の人たちは皆、毒気が抜かれたような表情で黙って僕の歌を聞いている。

ちらりとアレスを振り向く。彼は固まっていたが、僕が視線で促すと、はたと気がついたようにリュートを取り出した。彼はすぐさま僕の歌に合わせて弾き始める。

声が響く。アレスとは違う、僕の少し高めで掠れちゃいない声が、酒場の空気に浸透するように。それに合わせてリュートがしっとりと鳴る。目の前の男性はいつの間にか、目を閉じて歌を聞いていた。穏やかな表情をしている。周囲を見回すと、皆僕たちの歌に聞き入っている様子だ。

不意にアレスの歌が脳裏をよぎる。僕はアレスのように、まるで自らの運命を呪うような歌い方はしたくない。……この叙事詩のように、彼が悪として倒される未来なんて認めない。

だって、ぶっきらぼうなだけで心優しい彼が、人間皆に憎まれる未来なんてあっていいはずがない。まだほんの少ししか一緒にいないけれど、優しくない人があんなに優しい眼差《まなざ》しで僕を見つめるはずがない。

だったら歌い方は、「光」を讃えるように、それから「闇」を優しく照らすように。できるだけ魔力を込めて、聞いている人たちの心を震わせられるようにと願いながら。僕は歌のテンポを上げて、明るい気持ちを乗せて歌い続けた。

僕の声が朗々と響く。酒場の中はしんとしている。皆が僕の声に聞き入っているのだ。ああなんだか、楽しくなってきた。もっと臨場感を、高揚感を、感動を！　楽しい気持ちと魔力をたくさん歌に込めていく。静かに聞き入っていたお客さんたちは、僕につられてか顔を綻《ほころ》ばせ、手や足で拍子を取り始めた。

酒場が徐々に賑やかになっていき、アレスの音色も僕の歌につられて熱の入ったものになっていく。アレスと目を合わせる。彼は楽しそうに目を細めていた。彼の音色と僕の声が一つになっているのが分かる。きっと彼もそれを感じ取っている。だからこんな風に、やわらかい表情をしているんだろう。楽しいんだ、アレスも。

やがてアレスの音色と僕の声が同時に消えていく。酒場は静まり返り、少しして、拍手が雨のように鳴り響いた。皆満面の笑みを浮かべていて、中には涙ぐんでいる人すらいる。すごい、とか、こんなに感動する歌は初めて、とか、色々な賞賛の声が僕らに降り注ぐ。

「……なあ、あんた。悪かったな、さっきは魔族だなんて言って」

不意に、目の前の男性がぼそぼそと謝罪を口にした。決まり悪そうな表情をしている。彼に続いて、酒場の奥からも何人かのお客さんがやってきて「俺も、あんたに魔族だなんて謂《いわ》れのない悪口を言ってすまんな」「目を見りゃ、魔族じゃないってことぐらい分かったはずなのにな」と次々に謝ってくる。

「な……なんで」

アレスは目を見開いた。信じられない、という気持ちが顔にありありと表れている。目の前の男性は身を縮めて、言い訳のように言葉を発した。

「この店に入ってきたあんたを見た瞬間、なんでか分からんがここからこいつを追い出さなきゃ！って気持ちが湧いてきたんだが、そこの坊主の歌を聞いてたらいつの間にかそんな気持ちが消えててな。まあ、その、だから……悪かった」

僕の、歌で？　僕の歌で彼の気持ちを変えられたってこと？　僕はアレスとゆっくり顔を見合わせた。やがて、アレスがくしゃりと顔を歪《ゆが》める。それを見た瞬間、温かい嬉《うれ》しさが一気に込み上げてきた。

……僕の能力が、母に疎まれ続けていたこの能力が、アレスをほんのちょっとだけ救えたんだ。

「なあ坊主、この流れじゃあすごーく言い辛いんだが……他の歌はないのか？　俺ぁもっとあんたらの歌が聴きたい。なんなら同じ曲をもう一度でもいいぜ」

彼がそう言うと、酒場のお客さんが口々に賛同してきた。振り向くと、アレスは唇を引き結んで、奇跡を見たかのような目をしている。僕は頷き——かけたがちょっとだけ考えて、前もって持ってきていた皮袋を男の目の前に突き出した。

「同じ曲ならいいよ。ただし――僕らにチップをくれたらね！」

彼は皮袋を見て、「あっはは！」と明るく笑った。

「そりゃあそうか、タダで聞けるような歌じゃなかったもんな！」

彼は硬貨を数枚入れてきた。すると横から次々と手が伸びてきて、皆が笑顔で硬貨を皮袋にねじ込んでいった。瞬く間に皮袋が窮屈になる。それなりの大きさのものを用意したはずだったのに。僕は皮袋の重さに満足して、それからアレスの方を振り向いた。

彼の銀色の目にはもう諦念が宿っていなかった。彼は僕の頭をやわらかく撫でると、ふわりと顔を綻ばせた。その笑顔があんまりに優しげで綺麗《きれい》だったから、ちょっとだけ鼻の奥がつんとした。

「お前はすごいな、シリウス」

――どうしてこんな風に笑える人が、世界の全てを恨んで滅ぼそうとするんだろう。こんな人をそこまで歪ませた環境ってどんなものなんだろう。知識としては知っていても、僕にはよく分からない。こんなに優しく笑える人に魔王なんて似合わない。たぶん、もう少しだけ運命が優しければ、彼は道を踏み外さないはずなんだ。

僕の歌が、僕の能力があれば。またアレスが理不尽な扱いを受けて諦めを浮かべた時、僕がまたこうして歌ったら、ちょっとずつでも彼のことを救えるのかな。

「ね、アレス。僕決めたよ。僕、これからいっぱいアレスの隣で歌って、絶対アレスを幸せにしてみせるからね！」

――闇堕ちなんて、絶対にさせない。

アレスは僕の宣言を聞いて、ふ、と小さく笑いをこぼした。そして「何言ってんだか」と呟《つぶや》く。全く本気にしていない声色だ。僕は言い募ろうとしたが、彼は再びリュートを構え直し、「光の英雄」を弾き始めた。

もう一度歌うんだろ、と僕を見る彼の目が言っている。僕は頷いて、また息を深く吸い込んだ。

◆
◆
◆

確か、一番最初にやつが話しかけてきたのは、生まれ育った孤児院の庭で一人遊んでいる時だったか。昔から俺は孤独だった。愛想が悪いせいか、それともこの黒髪のせいか、気付けば皆が俺を遠巻きにする。孤児院では、結局親しい人間が一人もできなかった。
《少年、我の声が聞こえるか？》
その声が聞こえた時、俺はびっくりして周りを見回したのを覚えている。本能的に不快感を催す声だったものだから、すっかり怖くなってしまったのだ。その声の性別は分からない。男の声と女の声、子供の声に老人の声、とにかく色々な声が何重にも重なったような、不気味な声だった。
「……だ、誰。どこにいるの」
《我は少年の中にいる。時に少年、名はなんという》
「ぼ、僕は……アレス。あなたは、誰……？」

《アレス……？　アレス、そうか、アレスか……！　ハハ、ハハハハハ！　古《いにしえ》に我と共に戦った男の名と同じではないか！　なんということだ！　やはり少年こそが後継に相応《ふさわ》しい！》

「な、何、共に戦った男、って？　あなたは誰なの？　どうして僕の中にいるの？」

そんな俺の問いかけに答えたやつの言葉を、俺は一生忘れられないだろう。

《我は破壊神ハエレティクス。人間どもは邪神と呼ぶな。我が共に戦った男は、人間どもの言葉で言えば魔王となるであろう。我が少年を選んだ所以《ゆえん》とはな、少年こそが我が相棒の最後の末裔《まつえい》だからよ。アレス、我と共に世界を手に入れようぞ！》

その言葉に俺はなんと返したんだったか。呆然《ぼうぜん》として何も言えなかったのかもしれない。とにかく、その後の記憶は曖昧《あいまい》だ。

確かなのは、俺には魔族の――それも恐るべき人類の宿敵、魔王の血が混ざっていることと、それに目をつけた邪神が俺を誑《たぶら》かそうと取《と》り憑《つ》いたことだった。

それからの俺は、ただ生きていくだけでも困難を極めた。なんせ邪神が、俺に少しでも不都合なことが起こるたびに《殺せ》《破壊してしまえ》と心のうちで囁《ささや》き、俺の怒りや憎しみ、破壊衝動を高めてくるのだ。

俺は魔族じゃない。人間だ。魔王になんてなってたまるか。そう数え切れないほど自らに言い聞かせ、歯を食いしばって生きてきた。だって、俺には夢があったから。俺はずっと、騎士になりたかった。

昔、俺が物心ついたばかりの頃、孤児院が魔物に襲われたことがある。魔物というのは、闇の魔力が淀《よど》んだ場所から生まれるという恐るべき害獣だ。

俺は襲ってくる魔物を見ながら、庭の片隅で死の恐怖に震えていた。他の孤児たちは泣き喚《わめ》いていた。もう駄目かと思ったその時――騎士たちが身を挺《てい》して孤児を助け、目の前で魔物を倒してくれた。その姿が、目に焼き付いて離れないのだ。ずっと憧《あこが》れだった。

だから俺は頑張った。努力して努力して、ようやく騎士になった時、少しずつ俺のことを認めてくれる人が現れ始めた。孤児だから、髪が黒いから、と差別する声も徐々に小さくなっていった。

そんな時に、俺は唯一の友に出会ったのだ。彼の名はコンラート・グローリア。俺の祖国、グローリア王国の王太子だった。

彼は、孤児だからなんだ、黒髪だからなんだ、と笑い飛ばして俺と仲良くしてくれた。きっと、こんな俺が物珍しかったんだろう。

彼はその頃、放蕩《ほうとう》王子という不名誉なあだ名で呼ばれていた。なんせ、王族教育を嫌がっては音楽や色事に溺《おぼ》れ、剣と魔法を好んでいたから。

俺は彼に剣と魔法を教え、その代わり彼は俺にリュートの弾き方や様々な歌、それから色事に関する余計なことなどを教えてくれた。『光の英雄』は彼が初めて俺に教えてくれた歌だった。

俺とコンラートが仲を深めると同時に、俺は騎士団の中で上り詰めていった。ある日彼と約束したのだ。自分はいい王になれるよう頑張る、だからお前も国を背負って立つ騎士団長になれ、と。そしていつか、二人でこの国を守り、もっといい国にしていこうと。

俺たちはその約束を違《たが》えることがないように頑張った。そうして何年も過ぎた頃、俺は数多《あまた》の手柄を上げて史上最年少での騎士団長となり、彼は歴史に残るほどの名君と目《もく》されるようになっていた。

あの頃がきっと、俺の人生の最盛期だった。邪神の声なんて笑い飛ばせるくらいに、俺は希望と幸福に酔っていた。

「なあコンラート。俺ら、あの頃の約束を守れてんのかな。……ああ、陛下って呼んだ方がいいか」

「よせよ、二人の時くらい昔のままでいいさ。……そうだな、きっと守れたさ。だけど俺たちはこれからだ。これからもっと、このグローリアをいい国にしていこう」

「ああ。俺は死ぬまでこの国を守ってやる」

「はは、頼もしいな、我が国の騎士団長は。……ああ、いつまでも、俺とお前の二人で盃《さかずき》を交わして笑っていたいな。……叶《かな》うだろうか」

「叶うとも。約束しよう、コンラート。いつまでも俺たち二人でグローリアを守って、こうやって笑っていようってな」

いつだかコンラートと二人で夜の城のバルコニーで語り合った夢。それが、幾ばくも経《た》たず破れることになるなんて、俺は思いもしなかった。

魔族たちは、後から思えば恐らくグローリアの城に眠るとされる秘宝に目をつけたのだろう。突如魔物の大群を引き連れ、大勢の魔族がグローリアの西方に攻め込んできたのだ。西方の守りは薄く、俺は騎士団長である自身とほんの僅《わず》かな兵だけを王族の警護に回すと、その他大勢の騎士を西方に送り込んだ。これがまずかった。

魔物と魔族の大軍は、陽動だった。その隙に少数精鋭の魔族が何人も、王城に攻め込んできたのだ。

一人一人が騎士団一つに匹敵するほどに強力な敵で、僅かな兵のほとんどがその凶刃《きょうじん》に倒れた。

俺はがむしゃらに戦った。だって、グローリアを必ず守るとコンラートに誓ったから。敵の血だか自分の血だか分からなくなるくらいに真っ赤に染まりながら、目の前が霞《かす》もうとも、手足がふらつこうとも、必死に剣を振り、魔法を放った。それでもたった一人で魔族を相手にするのは無理がある。

そんな時、邪神の囁きを聞いた。聞いてしまったのだ。

《アレス。我の力を借りよ。さすればこんな雑魚《ざこ》など木っ端微塵《みじん》よ》

冷静に考えれば、邪神が純粋に力を貸すはずがない。だって俺が戦っていたのは魔族。邪神側の種族なのだ。だけど必死に戦っていた俺には、冷静に考える余裕なんてどこにもなかった。つい、頷《うなず》いてしまった。力を貸してくれと、頼んでしまったのだ。

そうしたら急に身体が軽くなった。魔力が四肢の先まで行き渡った。なんでもできそうな万能感すら覚えて、俺は軽々と魔族を仕留めていった。俺は達成感に酔いしれていたのだが、すぐに気付いた。

周囲が皆、まるで化け物を見るような目で俺を見つめていることに。

後で聞いたが、あの時の俺は邪悪な魔力を振りかざし、まるで何かが乗り移ったように狂気に満ちた顔で笑い、命を弄《もてあそ》ぶように魔族を屠《ほふ》っていたのだそうだ。そう、まるで——魔王のように。

それからの転落はあっという間だった。

俺は魔族なのだという噂がすぐに広まった。いつもは姿を偽っているが、頃合いを見てこの国を乗っ取るつもりなのだと。違うと言っても誰一人として信じてはくれなかった。それもそうだ。確かにあの時俺が力を借りたのは邪神で、恐らく魔族の力を使っていたのだから。

俺は人間なのだと、魔族ではないと、ただこの国を守りたかったのだと叫んでも誰も聞いちゃくれなかった。

……いや、コンラートだけは俺の言葉を信じていた。信じた上で、俺のことを切り捨てた。俺に肩入れすれば、自分が憎むべき魔族に絆《ほだ》されていると思われ、自分の立場が危うくなり、この国の混乱を招きかねないからと。王である自分は、他の何よりも国の安定を考えなければならないのだと。

「すまない。お前が魔族なんかじゃないのは分かってる。お前がいつだってこの国を守ることを一番に思っていたことも分かってる。そんなこと、俺が一番よく分かってる……ッ！　……だが、この国のためにここから出ていってくれないか。いくらでも俺を憎んでくれて構わない。だから……だからどうか、グローリアではないどこかで幸せになってくれ――」

今までに見たこともないほどの辛そうな顔で泣きながら、唯一の友に懇願されては、従わない訳にはいかないだろう。俺は適当な冤罪《えんざい》を被《かぶ》せられ、国外追放の刑となった。

それから、邪神の囁きは酷くなった。

《友にすら見捨てられる世の中になんの意味がある？》

《全て壊してしまおう、アレス》

《そうして我と共に楽園を創り上げるのだ》

《殺せ、アレス》

《どうせ何をしたって人間は皆お前に恐怖し、見捨てるのだから》

《人間が憎いだろう》

《こんな種族などお前以外皆滅ぼしてしまえばいい》
《そうすれば楽になる》
《殺してしまえ》
《殺してしまえ》
《殺してしまえ》
《殺せ》
《殺せ》
《殺せ》
《殺せ》

グローリアを出た先で傭兵《ようへい》を始めて、力や髪の色を怖がられて魔族だと噂をされ、逃げ回るしかなかった頃、邪神は俺に延々と呪詛《じゅそ》を囁いた。身にのしかかる絶望が重くなればなるほどに、邪神の声に頷いてしまいそうになっては必死に抗《あらが》った。時には自らの身体を刃で斬りつけて正気を保ったことすらあった。

俺だって殺してしまいたい。何もしていないのに、行く先々で俺のことを蔑《さげす》み怖がる人間なんて。全て殺して楽になってしまいたい。俺はただ、祖国を守りたかっただけなのに。平和を守りたかっただけなのに。……幸せになりたかっただけなのに。

俺から全てを奪った人間が憎い。俺を蔑む人間が憎い。この世界は俺には厳しすぎる。だからこんな世界なんて滅ぼしてしまいたい——そう願ったことは数知れない。

けれど邪神の手をとってしまえばおしまいだ。邪神の誘いに乗ってしまえば、俺は本当に人間ではなくなってしまう。ただ憎い人間を虐殺するだけの化け物になってしまうだろう。そうなれば、俺は純粋に騎士に憧れた頃の自分になんて謝ればいい？

やがて真っ当な仕事では食っていけなくなって、殺しに手を染めるようになってからの俺は生ける屍《しかばね》のようだった。こんなことをしてまで俺は生き延びたいのか？　俺はこんなことがしたくて今まで生きてきたのか？　そう責める自分の声と、邪神の甘美で邪悪な囁きが、絶えず自分の中で鳴り止まないのだ。

苦しくて苦しくて仕方がなくて、ただ楽になりたかった。何度も死んでしまおうかと思った。だけど俺が死のうとすれば、邪神が嬉々《きき》として俺の身体を乗っ取るんだろう。それを思うと恐ろしくて、死ぬことすらできない。

——そんな八方塞《はっぽうふさ》がりの絶望的な状況は、たった一人の少年が一変させてしまった。

シリウスは心底おかしな少年だと思う。

自分を殺しにきた相手に対して一歩たりとも引かずに啖呵《たんか》を切ったと思えば、たかが酒場に入るのをすっかり怖がる。未来を知っているかのような底知れなさがあるのに、空の広さや海の青さすら全く知らない。無知で無邪気で、まるで飼い主に懐いた犬のような言動をとるのに、俺の罪や苦悩を見透かした上で、それら全てを抱きしめるような包容力を感じさせる。

それから、子供と大人の間を揺蕩《たゆた》うような不安定な美しさをシリウスは持っている。すらりと長く伸びた四肢だとか、長い睫毛《まつげ》によって生まれる陰影だとか、少しあどけなさが残る表情だとか。

彼はいつも子供じみたきらきらと輝く笑みを浮かべるのに、時々今にも消えてしまいそうなほど儚《はかな》げに目を伏せたりする。ころころと変わる表情に翻弄《ほんろう》されて、俺は目が離せなくなってしまうのだ。

彼を拾ってもう数ヶ月は経つのに、俺は彼に惹《ひ》きつけられてばかりだ。

「ねえねえアレス、起きて！」

「んー……あと少し、寝る……」

「アーレースー！　ねえってば！」

「うっせえな……今起きるからちょっと静かにしてくれ……」

「早く早く！　今日、新しくできたパン屋さんで朝ご飯食べるって約束したでしょ！」

薄眼を開けると、シリウスがきらきらとした瞳《ひとみ》で俺を見つめていた。出会ったばかりの頃から、彼の星色の瞳は輝いていたっけ。

たぶん彼は俺がその輝きに救われているなんて、思いもしないんだろうな。朝目覚めて、当たり前のように自分を肯定してくれる存在が隣にいることの貴重さも、自分のことを蔑みも怖がりもしない瞳があることの安心感も、何も知らないんだろう。

シリウスには知らないことばかりがこの世に溢《あふ》れているだろうが、こんなくそったれな感覚なんて一生知ることがなければいい。こんな、どこにも居場所がない虚《むな》しさなんて。

「パン屋なんてどこにでもあるだろうが……そんなにはしゃぐな」

「それでもだよ！　僕、パン屋さんなんてほとんど行ったことないんだもん」

シリウスは何も知らない。狭い後宮の一室に閉じ込められて育ったから。彼はふとした時寂しそうに目を伏せる。いつもはあんなに曇り一つない笑みを浮かべているのに。

俺は彼の頭をぐしゃぐしゃと撫《な》でてやった。すると彼は目を瞬いた後、「んふふ」と満足げに口角を上げた。

俺は彼に急《せ》かされるまま慌てて身支度を整え、手を引っ張られて部屋の外に出た。最初に泊まっていた安宿ではなく、住居として借り受けた部屋だ。

俺たちが毎回あの酒場、「風見鶏」で歌っていたところ、噂が噂を呼んで「風見鶏」は大繁盛した。その礼代わりとして俺たちは、この建物の使っていない二階の部屋を間借りさせてもらっている。家賃はなし、飯付き、その代わり「風見鶏」でできる限り歌うこと、という願ってもない好条件でだ。

「あらあんたたち、今起きたのかい？　朝食はすぐにできるけど、食べる？」

一階へと降りると、酒場「風見鶏」の女将《おかみ》が俺たちを見て笑顔を向けてきた。

「ううん、大丈夫。僕たち今からパン屋さんに行くんだ！」

「あらぁそうなの、いってらっしゃい」

「行ってきまーす！」

女将がシリウスににこやかに手を振る。彼はそれに頷いて、酒場を飛び出した。かと思うと、彼はパン屋とは少し違う道へと俺を引っ張った。

「おいシリウス、パン屋はこっちじゃねえぞ」

「どうせならパン屋の近くにある海見ようよ、海！　こんな朝早くに外出るなんてあんまりないもん」

「……言うほど早くねえけどな」

俺は彼に引っ張られながらふと、彼がいなければこんなに穏やかな日々が訪れることなんてなかっただろうなと考えた。

シリウスが人当たりのよい愛らしい少年だからだろう、彼が隣にいると俺も怖がられることがなくなるのだ。「黒髪で得体の知れない恐ろしい男」ではなく、「ぶっきらぼうなシリウスの保護者」として皆に認識される。

それだけじゃない、彼が隣にいると、邪神の囁《ささや》きもどうってことないもののように思えるのだ。もし惑わされそうになっても、シリウスの歌を聴けば憎しみやら怒りやらが霧散して、心がふっと軽くなる。

祖国グローリアを追い出されてから久しくこんなに平和な日々はなかったものだから、シリウスの隣は居心地がよすぎて怖くなる。一回り以上も幼い子供に依存している事実に薄気味悪さすら感じる。けれど、ああ、もうこんな温かさを知ってしまったら、俺の方からこいつと離れるのは無理だろうな。俺にできるのはせめて、こいつが行きたいところへ自由に行けるように、縛り付けないでいることだけだ。

そう考えているのに、

「アレス、やっぱり海はいつ見ても綺麗《きれい》だね」

俺を海沿いまで引っ張って、屈託のない笑みを浮かべるシリウスを見ていると、離してたまるかと思えてきてしまう。

絶望に押《お》し潰《つぶ》されて何一つ希望の見えなかった俺にとって、彼の光は眩《まぶ》しすぎた。すっかり目が眩《くら》んでその光しか見えない。ああ、かわいそうに。俺みたいな厄介な男に捕まってしまうなんて。

いつかシリウスが色々な世界を知ったら、こんな俺なんて不要になるだろう。ならせめて、彼が俺のもとにいるうちは、こいつの光を道標《みちしるべ》にすることくらい許してほしい。

「ねえアレス、僕の歌好き？」

不意にシリウスがそう問いかけてきた。なんだいきなり、と思いながらも俺は頷く。

「それなりにな。お前の歌でもっと稼げるようになったら、もっと好きになってやる」

「じゃあ僕は？　僕のこと、拾ってよかった？」

シリウスがまっすぐに俺を見つめてくる。なんて澄んだ瞳だろう。俺はいつの間にかこの瞳が何よりも大切になっていて、だけどそんなこと、言えるはずもない。

彼はまだ子供だ。未来がどこまでも広がっていて、果てしない可能性を持っている。なのに、少しでも俺で縛るような言葉なんて言えるもんか。

「さあな」

俺は肩をすくめた。そうしたら彼は不服げに口を尖《とが》らせた。

「僕はアレスに拾われてよかったと思ってるよ。だって、毎日こんなに楽しいんだから。いつかアレスにも絶対同じこと思わせてやる」

「そうかい。んじゃせいぜい期待せずに待ってるよ」

「真剣に聞いてよ！　僕、アレスのこと好きだよ」

一点の曇りもなく輝く星色の瞳。俺は思わず「馬鹿だな」とこぼした。

そりゃ、日々が楽しいだろう。狭い部屋に閉じ込められて自由が全くない生活に比べりゃ、こんな生活だってきっと楽しい。俺のことを好きにもなるだろう。だってシリウスが今まで関わってきた他人は、自分を憎む母と人形のような使用人ばかり。それと比べりゃ、俺なんかでも神様のように見えるって訳だ。

今が楽しいのは、俺が好きなのは、それ以外知らないだけだっていうのに。色々な世界を知れば、すぐに俺から離れていくに決まっている。だって、俺は最初こいつのことを殺そうとしたんだぞ？

だけどきっと、何も知らないだけ、そう分かっているのに、シリウスの言葉を本気にしてしまいそうになる俺が一番馬鹿だ。

「そういう言葉はな、いつか好きな女ができた時のためにとっとくもんだ」

「いつかじゃなくて、僕は今アレスのことが好きなんだ」

「ったく……あのな、シリウス。今のお前は生まれたての雛鳥《ひなどり》みたいなもんだ。生まれて初めて見た俺を親だと誤認して、ピィピィ後をくっついていってるだけ。だからそういうことは言うんじゃねえ」

「じゃあどうしたら本気にしてもらえる？」

ここ最近シリウスはこんなことばかり言う。彼は今多感な年頃なんだろうが、一体何に影響されたんだろう。

身近にそういう対象がいないからって、俺を対象にしてしまうなんてかわいそうなやつだ。普通の環境で真っ当に育っていたら、同性で、年上で、こんなどうしようもない俺なんか見向きもしなかっただろうに。

今のシリウスは親愛も友愛も恋愛も、全てごっちゃになっているんだろう。ならどうか、早いうちにちゃんと目が覚めますように。馬鹿な俺が本気にしてしまう前に、さっさと離れてくれますように。

「本気になんてしねえよ。ただまあ……お前が成人しても同じことを思ってんなら、考えてやらなくもない」

「成人って、十六歳だよね。なら二年後、十六になった時、まだ好きだったら真剣に考えてくれる?」

「好きだったらな」

そんなことあるはずないという思いを込めて言ったが、シリウスは嬉《うれ》しそうに「分かった!」と頷《うなず》いた。本当に馬鹿だな、俺はもう一度呟《つぶや》いた。

◆◆◆

白い天井が視界に入る。全身に渦巻く不快感を飲み込んで見回すと、そこは全体的に白く清潔で、静かな部屋だった。ピ、ピ、と無機質な音が定期的に響くばかり。

僕はベッドに横たわっていた。身体はとても動かしづらい。痛みの走った腕を持ち上げてみると、そこには管が刺さっていた。点滴だ。

「やりたいこと、なんて言われても分かんないよ。……僕はどうせここから出られないのに」

僕の口は勝手に動いて、そう言葉を発していた。重いため息が転がり落ちる。

僕はベッド脇のテーブルに手を伸ばして、横長の機械を掴《つか》んだ。携帯ゲーム機だ。慣れた手つきで僕は電源をつける。すると勇ましくもどこか郷愁《きょうしゅう》に満ちた音楽が流れると同時に、とある文字――『蒼天《そうてん》のアルカディア』というロゴがゲーム機の画面に表示された。

「僕は、君が嫌いだよ」

僕は慣れた様子で操作を進めながら、言葉を続ける。ややあってゲーム機は戦闘画面に切り替わり、敵側には白髪の少年が表示されていた。

「なんで、『殺してくれてありがとう』なんて言ったんだよ」

画面には依然、白髪の少年の姿が表示されている。僕は画面をひと撫でして、続けた。

「その命、そんなにいらないいなら僕にくれよ。ねえ、――シリウス」


なんだか、懐かしい夢を見た気がする。一体なんだったたっけな。僕はうーんと首を捻《ひね》ったが、まあいいかと諦《あきら》めた。あんまり愉快な気持ちじゃないってことは、きっといい夢じゃなかったんだろう。

僕はぐっと伸びをして、身支度を整え始めた。同じ部屋で眠るアレスは未《いま》だ起きる気配がない。僕は起こそうか悩んで、彼の昨日のとんでもない酒量を思い浮かべてやめた。僕は彼の寝顔を眺め、そっと黒髪を撫でて呟く。

「おはよ、アレス」

やっぱり起きる気配一つない。相変わらず綺麗な顔だ。僕はちょっとだけ笑って、一人で部屋を後にした。

僕がアレスに拾われてから、もう半年以上が経っていた。僕とアレスは今、港町の片隅で穏やかに暮らしている。

僕たちが二階を借りている酒場「風見鶏」。そこはお昼ご飯の時間も営業しているから、朝は店長さんと女将さんが眠そうな顔で昼営業の準備をしている。

「おはようございまーす！」

僕が挨拶《あいさつ》をしながら一階の店舗へ降りていくと、今日も二人が準備をしていた。二人は僕を見て、笑顔で挨拶を返してくる。

「あらおはよう。今日はちょっと早いじゃないの」

「アレスはやっぱりまだ寝てる？」

「うん。たぶんしばらく起きないかな」

僕がカウンターに座りながらそう答えると、女将さんは「昨日は随分と飲んでたからねぇ……」と苦笑した。店長さんは僕の答えにふふと笑い、こう言ってきた。

「じゃあ、シリウス。アレスが起きてくるまでの間、ちょっと朝の買い出しに付き合ってくれるかい？」

「買い出し？　行く行く！」

僕はカウンター席からぴょんと飛び降りて答えた。買い出しの手伝いは好きだ。買い物をしながら色んな街の人と話せるから。

僕が元気よく扉を開けようとしたその時、店に残る女将さんがふと「ああ、そうそう」と思い出したように言った。

「気をつけて行くんだよ。最近のメルヴィアは物騒なんだから」

店長さんの方を振り向くと、彼はやや苦い顔で頷いていた。

女将さんの言う通り、最近のメルヴィアはなんだか物騒だ。海に住む魔物が暴走してメルヴィアの街を襲う回数が増えたし、ついこの間はあろうことか堅牢《けんろう》を誇る王都を魔物が襲ったらしい。この国アドウェルサを守る魔導師団の活躍により、被害はほとんどなかったが。

魔導師団、というのは、この国を守る軍のことだ。魔法で皆を守ってくれるらしい。たとえば、魔物のような外敵に立ち向かったり、災害に遭った人たちを助けたり、治安維持を行ったり。

彼らは王都に本拠地を置いていて、メルヴィアにも支部がある。王都は分からないが、メルヴィア支部の団員たちは皆いい人だった。喧嘩《けんか》を仲裁したり泥棒を追いかけたりする姿を何度か見かけたことがある。

彼らが強いのかどうか、僕にはよく分からない。だって魔物や強い相手と戦っている姿を僕は見たことがないし、第一――『蒼アル』においてこの国はあっけなく滅ぶのだ。彼らが強いんだとしたら、どうして『蒼アル』ではプロローグであっさり滅んだんだ？

買い出しに向かう店長さんについていきながら魔導師団のことを考えていると、不意に彼が不安げな表情で僕の顔を覗《のぞ》き込んできた。

「……シリウス？　どうしたんだい？」

「あ、ううん。なんでもないよ。ただ……『メルヴィアが最近物騒』って話について考えてて……」

彼はそれを聞いて、安心させるように笑った。

「まあ、大丈夫だって！　なんせ、この国には『神風様《かみかぜさま》』がいるからね」

「かみかぜさま？」

初めて聞いた名称だ。いや嘘をついた。何度か聞いたことはあったが、なんのことだか分からなくていつも適当に聞き流していた名称だ。僕が首を捻っていると、店長さんが教えてくれた。

「『神風様』っていうのは、アドウェルサの魔導師団長の通称だよ。凄《すさ》まじい風魔法の使い手なんだ。この街のことも救ってくださったんだよ。昔この街に居座っていた悪い海賊を、たった一人で海賊船に乗り込んで討伐してしまってね」

「たった一人で？　すごい人なんだね……」

「そうさ。神風様にはその他にもたくさんの逸話があってね。たとえばとある町を襲った災害級の魔物を、手負いだったとはいえ一騎討ちで倒したこともあるんだ」

災害級、というのは魔物の等級の一種だ。魔物の強さは下から順に、低級、中級、上級、災害級の四つに分かれている。災害級というのはその名が示す通り、災害に等しい理不尽さと強さを持っている。人間が立ち向かうなんて到底無理な強さだったはずだ。『蒼アル』ではゲーム終盤にならないと倒せない。

それを手負いとはいえ一人で倒したなんて……信じられないくらいの強さだ。そんな人が守ってくれているなら安心かもしれない。だけど、そんな強い人がいるのなら——どうして、『蒼アル』でのアドウェルサはあっさり滅んでしまったんだろう？

僕は、店長さんがべらべら話す「神風様」武勇伝を聞き流しながら、『蒼アル』のプロローグについてぼんやり考えた。


アレスは結局、店長さんとの買い出しが終わるまで起きてこなかった。僕が朝ご飯を食べ、「風見鶏」の昼営業の準備を手伝っていた頃にようやくのっそり起きてきた。アレスの髪には寝癖がついていたから、ちょっと笑えた。

もう日は高く昇ってお昼になってしまっていたから、僕とアレスは昼ご飯を食べに港の近くへと向かった。港近くは寄港した人たちによっていつも賑《にぎ》わっている。たまに来るなら楽しい場所なのだ。いつもだと、人が多くて疲れてしまうからとアレスは嫌がるけど。

「いつ来てもここは楽しいね、アレス！」

「そうかぁ？　うるせえだけじゃねえか。それより、いつものところでいいだろ？　さっさと入って——」

「あ！　ねえねえアレス、あれって露天商だよね？　僕、何売ってるのか見たいな」

「――って、おい、引っ張んな！　……ったく、仕方ねえな……」

露天商はいる時といない時があって、その時々によって売っているものが違う。だから僕は露天商が好きだ。中にはいかにも怪しげなものを売っている露天商も少なくないが、それも含めていい。なんだかちょっとした冒険みたいでわくわくする。

露天商の並ぶ通りを眺めていると、ふとローブを被った老婆と目が合った。そこには手作りっぽい装飾品が並んでいる。老婆は僕へと手招きをしてきた。せっかく目が合ったんだ、商品を見てみたい。行こ、とアレスを引っ張ると、彼はうんざりとした色を濃くした。それでも付いてきてくれるのだから彼は優しい。

老婆が並べていたのは、決して豪奢《ごうしゃ》ではないけれど精巧な作りをした装飾品の数々だ。それらには、なぜだか目を惹《ひ》きつけられる、不思議な魅力があった。

「お前さんたち、何か買ってくかい？　安くしとくよ」

ローブの奥から嗄《しわが》れた声がする。僕がアレスの方を振り向くと、アレスは僕の言わんとしてることを察したみたいで「あー分かった、安いやつなら買ってやる。それでいいな？」とため息混じりに言った。

「うん、ありがとう！」と僕が笑顔で礼を言うと、アレスはそっぽを向いて舌打ちをした。態度はぶっきらぼうだけど、アレスはやっぱり優しい。

僕はなんとはなしに品物を眺めていたが、ふと一つのものに目が留まった。それは黒く輝く指輪だった。光を全て吸い込むような漆黒に染まっているのに、手にとってかざしてみると月明かりのような微かで神秘的な光が灯《とも》る。僕がそれに興味を持ったことに気付いたようで、老婆は「ほう……！」と興味深げな声を上げた。

「お前さん、それが気になるのかい？」

「うん……なんでか分からないけど、これがすごく気になるんだ」

「……他の色の指輪の方がいいんじゃねえの」

アレスが顔をしかめながら言う。だけど、この色が一番綺麗《きれい》だよ――そう言おうとアレスの方を振り向いて、ふとこの色が一番気になる理由を理解した。

この黒色は、アレスの髪色に似ているんだ。だから僕はこの指輪が一番だと思った。だって、誰がなんと言おうと、アレス自身が嫌がろうと、僕はアレスの髪色をとても綺麗だと思うから。

「ううん、これがいい！　だって、アレスの髪とおんなじですごく綺麗な色してるよ？」

だから僕はそうやって主張した。けれどアレスはさらに顔をしかめ「俺と同じだからやめとけって言ってんじゃねえか」と吐き捨てる。

そんな僕らを凝視しながら、老婆は「金色……まさか、この子が……」と呟いていた。金色――といえば、確かに僕の瞳《ひとみ》は金色だ。だけどそれが一体どうしたというんだろう。首を傾《かし》げたが、一旦《いったん》疑問は脇に置いて僕は「この指輪、いくらですか？」と尋ねた。しかし、老婆はなぜかかぶりを振る。

「いや、いや。金はいらないよ。持っていきな」

「えっ？　いや、でも――」

「いいんだ。その指輪はね、金の色を持つ少年に譲るって決めてたものなんだ。きっと、それはあんたのことだったんだろうねぇ……」

ぽつりと呟く老婆。僕は困ってしまってアレスを振り向くが、彼も困惑したように眉《まゆ》をひそめていた。

「……まあ、タダでくれるってんならもらっとけよ」

アレスがそう言うので、僕はありがたくもらっておいた。「金の色を持つ少年」という言葉になんだか聞き覚えがあるな、と思いながら。

ありがとうとお礼を言うと、老婆は目を細めながら「いいんだよ。その代わり、上手《うま》く扱っておくれ」となんだか意味深な言葉をかけてきた。一体どういう意味だろう。

聞こうかと思ったが、アレスが面倒そうな顔で「で、指輪をもらったし、露天商はもう十分か？」と言ったのでやめた。まあ、なんでもいいか。老婆に頭を下げ、僕たちは露天商を後にしてお昼ご飯を食べる店へと向かった。

少し歩いて着いた先は、僕たちがよく行くレストランだ。何度も通い、気付けば常連となっていた。

「いらっしゃ――あ、シリウスくん！　いらっしゃぁい！」

「お姉さん、こんにちはー！」

「まっ！　お姉さんなんて嬉《うれ》しいこと言ってくれるじゃないの。それにしてもシリウスくんは今日もかわいいわねぇ〜！」

店長である彼女は、お姉さんと呼ぶと機嫌を良くして少しサービスしてくれる。それを分かっていてお姉さんと呼ぶ僕は、たぶんちょっと悪い子だ。ただ、彼女をお姉さんと呼ぶと、時々アレスは複雑そうな顔をして「俺はおじさんだったのに……年齢はそう変わらないだろうに……」なんて恨みがましく呟《つぶや》く。それが少しだけ面白い。

このお店は安い割に美味《おい》しくて、それから店長の人柄もいいからいつでも栄えている。愛嬌《あいきょう》のある店長に惚《ほ》れ、店長目当てで通う客も多いという。今日だってカウンターが数席しか空いていない。僕らはカウンターに座って、アレスが「いつもの」と注文し、店長が「はいよ」と朗らかにそれを受けた。

出された水を呷《あお》ってほっと一息をついた時、「いらっしゃい！　あらあんた、久しぶりねぇ」という店長の少し嬉しそうな声が聞こえた。顔を上げると入り口には、知り合いの青年が立っている。

彼の名はクロード。「風見鶏」によく僕とアレスの歌を聴きに来てくれる常連さんだ。深緑色の髪に菫色《すみれいろ》の瞳をした柔和な男の人で、黙っていたらとても綺麗な人だ。黙っていたら。

どこか疲れた空気を醸し出していた彼は、僕とアレスを見た途端に目を見開いて固まった。かと思えば、突然勢いよく胸元を押さえ、早口でぶつぶつと呟く。

「うわアレスさんとシリウスくんがいる何これ天国？　ここが天国だった？　僕死んでる？　知らない間に過労死してた？　動悸《どうき》が凄《すさ》まじいから僕これ死ぬかもしれないいやでも死んでも後悔しないな推しカプが楽しくご飯食べてる無理……アレシリしんどい……」

……なんて？

クロードの悪癖が始まった。彼は僕とアレスを見ると、いつも早口でよく分からないことをぶつぶつ言う。それだけじゃない。彼はたまに変な笑い方をしたり、謎の言葉を発したり、唐突にお金を渡そうとしてきたりする。彼が頻繁に口にする「アレシリ」という単語が何を示しているのか、僕には未だによく分からない。本当になんなんだこの人は。

「えーっと……クロード、隣の席座ったら？」

僕は困ってとりあえず隣の席を勧めておいた。アレスは若干嫌そうな顔をしている。別にアレスはクロードのことを嫌っている訳じゃない。ただ、クロードの言動は結構な確率で突飛だから疲れるんだろう。

今だって、ほら。僕が隣のカウンター席を勧めた途端、「あああああーっファンサ！　推しからのファンサだ!?　シリウスくん天使すぎない……!?　ありがとう、ありがとう……！」とよく分からない感謝をし始めてしまった。だから、何？

クロードはいつでも意味不明な方向に元気だが、今日はなんだか顔色が悪い。目の下のクマも濃い。アレスもそれに気が付いたのか、眉を寄せて尋ねた。

「……あんた、疲れてんのか？　顔色が悪いが……」

クロードはカウンター席に座りながら、力なく苦笑した。そういう表情をしていると、さっきまでの狂人とは別物に見えるからすごい。

「ああ、ちょっと仕事が忙しくてさ……気付けば延々と働きっぱなしで」

「……仕事、変えたらどうだ？」

「うーん……これでも僕、替えのきかない立場にいるからさ、辞める訳にはいかないんだよ。それに、やりたくて始めた仕事だしね」

「ふぅん……ま、身体壊さない程度に上手くやれよ」

「うん、ありが――ハッ！　い、今、僕、アレスさんに心配された!?　あのアレスさんに!?　あッ……生きててよかった……はぁ……今日も推しが尊い……」

元気よく表情を輝かせたかと思うと、今度はテーブルに突っ伏して何やら呻《うめ》き始めたクロード。元気がないと思っていたが、今日もクロードはクロードだった。アレスが顔を引きつらせて「やっぱ言わなきゃよかったかな……」と言ったのも、無理はないと思う。

「それよりクロード、何か頼まなくていいの？」

「あ、そうだった。それじゃ……オムライス一つお願いします」

「オムライスなの？　僕と一緒だね！」

すごい偶然だな、と思って笑うと、クロードは顔を押さえてしばし硬直した。どうしたの、と問うと、彼は無言のまま僕へと金貨を数枚差し出してきた。

「何これ？」

「新しいスチルをありがとう。これ、ささやかだけどお布施《ふせ》」

「え？」

「いいからシリウスくんは黙ってそれを受け取って。じゃないと僕の気が済まない」

「いやだから……なんで？　こんなお金、僕にどうしろって……」

困惑しながら顔を向けると、アレスには「俺は知らねえ」と拒絶された。僕らの方を見てすらいなかった。気持ちはとっても分かる。僕は困りながらもなんとか必死にその金貨を返した。むやみにお金を他人に見せるもんじゃないと思う。誰かに盗られたらどうするつもりなんだろう。

そんなことを言ったらクロードに「シリウスくんはかわいくていい子だねぇ〜」と頭を撫《な》でられた。別に僕がいい子なんじゃなくて、すぐお金を渡そうとしてくる彼がおかしいんだと思う。やっぱり彼は変な人だ。

苦笑していると、ふと、クロードにたくさん頭を撫でられている僕をじっと見るアレスに気付いた。心なしか不機嫌そうだ。

「何？」と尋ねると、アレスはなぜか、さらに不機嫌そうに眉を寄せた。怪訝《けげん》に思ったのかクロードが僕の頭から手を放すと、アレスは僕の顔を半ば睨《にら》むように見つめ、やがてわしゃりと僕の頭を撫でてきた。

「わっ！　いきなりどうしたの？」

「……別に」

「んー……よく分かんないけど、僕犬じゃないよ？　なんで犬に対してみたいな撫で方するの？」

「お前が犬じゃねえことくらい分かってる。いいから黙って撫でさせろ」

「うーん？」

アレスの行動がよく分からなかったけれど、しばらくすると彼の顔がやわらかく緩んできたので、そのまま撫でさせておいた。それに、アレスに撫でられるのは僕も好きだ。彼の大きく骨ばっていて、ところどころ剣ダコのある硬い手で撫でられると、あったかくて、優しい気持ちになるから。へへ、と笑いがこぼれる。

「あらあら、相変わらずあんたたちは仲良いわねぇ」

ふと店長の微笑ましげな声がした。そちらに顔を向けると、僕とアレスの頼んだオムライスがカウンターの上に置かれた。アレスは露骨に顔をしかめる。それがあまりにわざとらしいものだから、なんだか照れ隠しのようで僕は笑ってしまった。

「……なんで笑ってんだよ」

「んーん、なんでもなぁい」

アレスは舌打ちをして、苦い顔で料理に口をつけた。けれどそんな顔ながら「……美味《うめ》え」なんて呟くものだから、僕はまた笑ってしまった。そしたらアレスがさらに苦い表情になったのも、さっきからずっとクロードが謎に悶《もだ》えているのも、言うまでもない。

クロードは結局、頼んだ食事を食べ終わるまでずっと様子がおかしかった。まあ、いつものことだ。彼の様子はおかしくなかった時の方が少ない。

いつも通り様子のおかしいクロードをあしらいつつ三人で食事を摂《と》っていたら、ちょうどアレスが食べ終わった頃に店へやってきて、「おう、アレス！」と声をかけてきた男がいた。彼は確か、ここの近海で漁をしている漁師だっけ。

「昼時は大体ここにいるって聞いたんだが、当たりだったな。今手ぇ空いてるか？」

「まあ……空いてなくはないが、なんの用だ」

「それがさぁ、ちょいとばかり荷降ろしの人手が足りねえのよ。手伝ってくんねえか？　あっ、もちろん何か礼はする」

アレスは、一度酒場「風見鶏」での屈強な男たちの乱闘を軽々と止めてみせたことから、時々力仕事の手伝いに駆り出される。本人は面倒そうな態度を取っているけど、なんだか頼られるのが満更でもなさそうに見える。今日も、心なしか手伝いたそうな顔をしている。

「行ってくれば？　僕ここで待ってるよ」

「シリウスくんは僕がちゃんと見てるから、心配しないで」

アレスは少しだけ迷っていたが、頷《うなず》いて、言い聞かせるように腰を折って僕と目を合わせた。

「いいか、絶対に店の外にふらふら出ていくんじゃねえぞ。最近は何かと物騒なんだからな」

「分かってるよ、心配性だなぁ」

「んなこたねぇよ。おいクロード、シリウスになんか変なことすんじゃねえぞ」

「えっ、僕への信頼なさすぎじゃない？」

「当たり前だ。いつもの言動を振り返ってみろ。シリウスに変なこと吹き込むのも駄目だからな」

「うーん、それは保証できないかな」

「おい」

「じょ、冗談だよ。大丈夫だから行ってらっしゃい」

アレスはため息を吐《つ》いたが、本当に信頼できない訳じゃないんだろう。でなきゃこんなことを言わない。

アレスはそのまま、漁師の男に連れられて出ていった。その後ろ姿はなんだか嬉しそうに見える。

「どうしたの？」

不意にクロードが尋ねてきた。首を傾げると「シリウスくん、なんだか嬉しそうだからさ」と彼は笑う。

「アレスがああやって街の人に頼られるようになってよかったな、って思って」

「どういうこと？」

「この街に来たばっかりの時は、こうじゃなかったんだ。アレスは周りの人から怖がられててさ」

僕は半年前を思い返しながら、話し始めた。

アレスはメルヴィアの人たちに、よく白い目を向けられていた。彼は何もしていないのに。原因はきっと、というか間違いなく彼の黒髪だ。周りの人たちはよく「魔族」だなんだって言っていた。僕らが初めて「風見鶏」に入った時のお客さんのように。アレスは全く気にしていなかったけど、僕はいつも自分のことのように気分が悪かった。

アレスが『蒼アル』で闇堕ちしてしまったのは、きっとこういう環境のせいだ。何もしていないのに周囲から冷遇され続けたら、人間が嫌になってもおかしくない。……本当は、優しい人なのに。

アレスは優しい。いきなり引き取らせてしまったお荷物の僕に対してもすごく。彼は、僕が尋ねたことは面倒そうな顔をしながらも全て丁寧に答えてくれるし、僕がしたいと言ったことは顔をしかめながらも極力叶《かな》えてくれる。それから、思ったよりお金を稼げた時は「よくやった」と頭を撫でてくれるし、逆にあまり稼げなかった時でも一切僕を責めずに黙って自分の食費を削る。

彼は大抵仏頂面だし、目つきは鋭いし、態度は悪いし、言葉遣いは荒いけれど、面倒見がよくて優しい。きっと、なんだかんだで頼られるのが好きな人なんだと思う。

僕はそんな彼の優しさに気付いてほしくて頑張った。といっても僕は無力だから、街の人にアレスの良さを一生懸命伝えただけだけど。

それもあってかメルヴィアの人たちは、彼の優しい本性に少しずつ気付いていったんだろう。この街メルヴィアへ来た旅人はともかく、メルヴィアに住む人たちは皆アレスを認め、すっかり受け入れている。

僕にとってこの世界は何もかもが新しくて知らないことだらけだった。今でも知らないことはちょっと怖いし、たぶん他の人に比べて随分と無知だ。それでもこうやって生きていけているのは、アレスが優しく見守ってくれていたからだと思う。

「んっふ……」

そんなことを話したら、隣にいるクロードが変な声を上げてカウンターに突っ伏した。

「えっこれは僕の妄想？　現実？　現実なの？　本当に？　現実が妄想超えてくるとか何？　え？意味分かんないんだけど？　は？　ずっとアレシリ推してて本当によかったですありがとうございます神様仏様公式様一生ついていきます……」

クロードのいつもの持病がまた始まってしまった。相変わらず何を言っているのかさっぱり分からない。彼はなぜだか震えながら、金貨を数枚差し出してきた。

「とりあえずシリウスくん、お兄さん君にお金あげる……尊い話を聞かせてくれてありがとう、これで美味しいものでも食べな……」

「いや、いらないよ？」

「!?　貢がせて、くれないの……？」

「そもそもなんでお金渡そうとしてくるのか、さっぱり分かんなくて怖いし……。あ、そうだ。僕クロードに相談したいことがあったんだけどね」

「僕に相談!?　どうぞどうぞなんでも言ってください！　お兄さんなんでも答えちゃうしなんでも叶えちゃう！　さあ！」

いきなり飛び起きて、きらきらを通り越してギラギラと瞳《ひとみ》を輝かせて言うクロード。僕はその様子に若干慄《おのの》きつつ、言った。

「その……最近アレスに好きって言うと、アレス、嫌そうな顔をして文句を言うんだ。前まではあっそって聞き流してたのに、なんでかな。僕、気付かないうちに嫌われてるのかな……」

「……その文句ってどういう？」

「ええと……馬鹿なこと言ってんじゃねえ、とか、そういうのはいつか好きな女に言うもんだ、俺にそんなこと言うな、とか。でも、僕はアレスが好きなのになんで言っちゃ駄目なのかな」

「あっ……無理無理無理ほんと無理待って、何それアレシリしんどすぎ……」

なぜかクロードは顔を押さえて呻き出した。一体どうしたというのか。僕が疑問に思いつつ見守っていると、しばらくして彼はなんとか落ち着きを取り戻して問いかけてきた。

「ええと、まずね……アレスさんはシリウスくんのことが嫌いな訳じゃないと思うよ。ただ、好きって種類があるからさ、シリウスくんの言う好きがどんな好きだか分からなくて、アレスさんは戸惑ってるんじゃないかな」

「……好きって種類があるの？」

「うん。大きく分けて、そうだな……家族としての『好き』と友達としての『好き』、尊敬できる人としての『好き』、それから恋愛感情としての『好き』――とかかな。他にも色々あると思うけどね」

「色々種類があると、何が困るの？」

「うーんとね……確かに色々あるんだけど、恋愛としての『好き』って気持ちだけ、他の『好き』とはちょっと違うんだ。だから、もしかしてシリウスくんの言う『好き』は恋愛としての『好き』なのかな？　って考えちゃって、アレスさんは困ってるんだと思うよ」

僕はクロードの話を聞いて、首を傾げた。恋愛――って、他の『好き』とどう違うのかよく分からないな。

アレスに教えてもらった歌にはたくさんの恋が出てくる。恋っていうのは相手のことが何よりも大切で、とても愛《いと》おしくて、相手のためならなんでもできる感情だって前にアレスに聞いた。

僕のアレスに対する感情っていうのはそれだ。今まで出会った人――もちろん、とても少ないんだけど――の中で一番好きで大切だし、アレスには幸せになってほしいし、そのために僕ができることはなんでもしたい。

「……僕の『好き』は、恋だと思うんだけどなぁ……」

「うッ……」

変な声がまた聞こえた。クロードを見ると、彼は顔をなぜか真っ赤にしながらも咳払《せきばら》いして言った。

「え、ええとね、シリウスくん。相手のことがただ大切なだけならきっと恋じゃないんだ。恋っていうのはそれだけじゃなくて、こう……相手の特別になりたいなって思ったり、相手を思うとドキドキしたり、ハグとかキスみたいなスキンシップを取りたいなって思ったりすることだと思うな、僕は」

「スキンシップ？　うぅん、どうなんだろ……あ、でもね、僕アレスに頭撫でられるのは好きだよ！そういうこと？」

「ぐふッ……」

クロードはまた変な声を上げて顔を押さえた。僕がどうしたの、と聞くと、クロードは息も絶え絶えといった声で言った。

「お、お兄さんもう無理……オーバーキル……かわいすぎて死ぬ……」

「おーばーきる？」

「こんな話をタダで聞かせてもらって本当にいいの？　いや駄目だよね？　絶対駄目だよね？　当然貢がなきゃだよね？　シリウスくん、とりあえず金貨五枚でいいかな？」

「え、えぇ？　なんで？　こんなの受け取れな――」

「いいや受け取って。じゃないとお兄さん気が済まない。いらなかったらドブに捨ててくれてもいいから。あ、それとも足りない？　じゃあそうだな……今手持ちが金貨十枚しかないんだけど、とりあえずそれでいい？　足りない分は今度会った時に渡すから」

「金貨十枚なんてもっと無理だよ！　高すぎるよ！　と、とにかくしまって！」

　金貨の価値は今までよく分からなかったが、どうやら一枚あれば数年は暮らしていけるほどらしい。十枚ともなれば、たとえ贅《ぜい》の限りを尽くしても十年は過ごせるだろう。僕は慌てて押し戻した。

　クロードは渋々金貨をしまおうとして――ふと、僕の手元に目をやって固まった。何を見ているのかと視線の先を追うと、そこには僕が指にはめた黒い指輪がある。

「この指輪がどうかした？」

「それ……なんで、こんな序盤で……っていうか、そもそもそれって……」

　ぶつぶつとひとりごちるクロード。菫色《すみれいろ》の目は見開かれていて、怖いくらいに真剣な表情だった。

呟《つぶや》きの内容はよく聞こえなかったんだけど、一体どうしたというんだろう。僕はなんだか声をかけるのが憚《はばか》られて黙った。

「……シリウスくん。それ、どこで手に入れた？」

　彼はやがてそう問いかけてきた。僕は首を捻《ひね》りつつも素直に答える。

「えっとね、露天商のお婆さんが僕にって渡してきたんだ。なんか、金の色を持つ少年がどうこうって言ってた」

「金の色……？」

　クロードは僕の金色の目を覗《のぞ》き込むように見ると、不意に破顔した。なんだか、力ない笑みだった。

「はは……そうか、そうだね……確かに君も金の色を持つ少年だ。にしても、君がそれを持つってなんて皮肉――ま、色々ともう今更か……」

クロードは遠い目をしながら呟く。それから不意に表情を引き締めて、僕の目をじっと見据えた。

「いいかい、シリウスくん。それはとっても、とーっても大事なものだから、絶対に無くさないようにね。いつかきっと君のことを助けてくれるから」

「そうなの？　分かった」

よく分からないながらも頷く。そしたらクロードはようやくいつものように笑った。

それからクロードはしばらくの間、仕事で行ったのだという王都や他の領地、隣国の話なんかを聞かせてくれた。クロードがなんの仕事をしているのか気になったのだが、彼は「うーん……いつか教えてあげるね」と言うばかりなので、それ以上は聞かないでおいた。

そしてそれは、クロードから王都の観光地について聞いている時だった。

「――そうなの？　すごいね！」

「でしょ？　それでね、その『星降りの塔』から見る星空がね、――」

クロードが不自然に言葉を切る。僕がどうしたの、と尋ねようとするも、彼は「ごめんね、ちょっとだけ黙っててくれる？」と遮った。彼の顔は僕の指輪を見た時と同じくらい、いや、それ以上に険しいものだった。一体どうしたというんだろう。店内はいつも通り賑《にぎ》わっている。何も変わりがないというのに。

彼は一度目を閉じた。不意に魔力を感じる。何か魔法でも使ったんだろうか。その後目を開けた彼の顔色は、どうしてか青ざめていた。彼は青い顔のまま少し考え込むと、やがて僕に問いかけてくる。

「ねえ、アレスさんが行ったのってどの方向だか分かる？」

「ええと……アレスに手伝ってって言った人が漁師さんだから、港の方だと思うよ」

「港？　そりゃあ……タイミングがいいのか悪いのか……。とにかく、分かった。じゃあ君はちょっとここに――いや」

言いかけて、クロードはかぶりを振った。

「シリウスくん。怖い思いをさせちゃうかもしれないんだけど、僕についてきてくれる？　大丈夫、絶対に君を守るって約束するから」

「いい、けど……どうしたの？　どこへ行くつもりなの？」

彼は僕の問いを聞いて、こう言った。覚悟を決めたような表情だった。

「アレスさんを、助けに行こう」


クロードが言うには、どうやら港の方で魔物が発生しているらしい。なんで分かったの、と聞くと、なんとなく嫌な気配がしてさっき魔力探知という魔法を使って調べたから、だそう。

クロードは食事分のお金を店長に渡すと、僕を抱きかかえて飛んだ。といっても空をじゃない。認識阻害の魔法を自分と僕にかけた後、風魔法で少しだけ地面から浮いて地面を滑るように飛んだのだ。

認識阻害の魔法とは、うっすら人に認知されづらくなる魔法、だそう。初対面時のアレスが後宮で使った魔法だ。そのおかげで誰も僕らに注目しないものの、人と人の間を的確に滑り抜けて飛ぶクロードの技術がなかったら、絶対何回かは誰かにぶつかっていたと思う。正直怖かったしもう体験したくはない。

「はぁっ……もうちょっと、ゆっくり移動して――」

クロードが立ち止まり僕を下ろした時には息も絶え絶え。僕はよろめきながら前を見て――絶句した。

いつもは活気が溢《あふ》れている港。寄港した人たちの話し声や、旅芸人たちの楽しげな音で満たされた賑やかな場所なのに、今のそこは全く違った。目の前に広がるのは大量の魔物の死体だった。潮の香りと血なまぐささが入り混じって、吐き気を催す臭いがする。

周りにいる人たちは皆何も言わず、硬直したままある一定の方向を見つめていた。その方向からは微かに、奇妙な鳴き声や硬いものが打ち合わされるような音、爆発するような音がする。

「こりゃ、酷い」

顔をしかめて呟くクロード。僕は生まれて初めて見た凄惨《せいさん》な光景に、呆気《あっけ》にとられてしまった。その光景と臭いに触発されて、胃の奥からむかむかとしたものが上がってくる。

魔物を倒したら、そりゃ死体だって残るだろう。分かってはいたが、実際に見ると違う。――そうだ。ここはゲームじゃないんだ。

「ぐっ……う、うぇ……」

しゃがみ込んで口を押さえた手の間から、ぼたぼたと液体がこぼれる。戻してしまった。僕が吐いたのに気付くや否や、クロードは血相を変えて僕と顔を合わせるようにしゃがみ込んだ。

「ご、ごめんね、魔物の死体の山なんて怖かったね……とりあえず、手と顔を拭《ふ》いてあげるから出してごらん」

　その声色があまりにも慌てたものだったから、僕は逆に少しだけ安心して、クロードに手を差し出した。彼は懐から出したハンカチで僕の口と手を拭《ぬぐ》ってくれた。彼が魔物の死体の山を見た時、彼は顔をしかめるだけだったのに、僕は戻してしまうなんて。情けないしクロードに申し訳ない。

「ごめん、クロード……」

「謝るのは僕の方だよ！　こんな光景見せちゃってごめんね……僕の予想が正しければ、どうしても君を連れてこなくちゃいけなかったんだけど、でも、本当にごめん……」

　おろおろと僕に謝るクロード。心なしか涙目だ。なんだか僕自身よりも狼狽《ろうばい》していて、さらに申し訳ない気持ちになる。僕は大きく首を振って、気持ちを切り替えた。まだ吐き気はあるし怖い。だけど、ここで僕一人がうずくまる訳にはいかない。

「ううん、僕は大丈夫。それより、アレスを助けるって言ってたよね？　早くアレスのところへ行こう？　アレスはどこにいるんだろう」

　クロードは心配げな表情をしていたが、すぐに顔を引き締め、人々が見つめる先を指差した。

「僕の予想が間違ってなきゃ、あそこの中心にいると思う」

　あそこの中心というのは、周囲の人々が固まって見つめている中心のことだろう。僕はそちらを見て、すぐ違和感に気付いた。皆、奇妙なくらい言葉を発さず、微動だにしないのだ。まるで――恐怖で固まって動けないかのように。

　クロードは僕と手を繫《つな》いで、行こうかと言って歩き出した。だから僕も覚悟を決めて、彼の手を硬く握った。

人々が固まって見つめる「何か」が近づくにつれ、魔物のものらしき咆哮《ほうこう》と戦闘音が大きくなっていく。何かが壊れるような音も絶えず鳴り響く。アレスがあの中心にいるっていうのは、今まさに戦っているということだろう。なら早く行かなきゃと思うのに、僕が行ったところで何ができるんだという思いと、恐怖が足を鈍らせる。

その中心へ近付くにつれ、訳もなく恐怖が込み上げてくる。足が震えそうになり、また戻しそうになる。ちらりと隣を窺《うかが》うと、クロードも真っ青な顔をしていた。なんでこんなに怖いんだろう。何がこんなに怖いんだろう。魔物？　戦闘？　それとも――。

人の間を抜けながらその中心へ向かい、ようやくその光景が見えてきた。そこに大量の魔物の死体が山となり積み上がっている。件《くだん》のアレスは、並外れて巨大な蛸《たこ》の魔物と対峙《たいじ》していた。燃え盛る炎の剣を携えながら。

僕は目を見開いて、アレス、と呼びかけようとした。したんだけど、喉《のど》が引きつって何も声が出ない。ガタガタと身体が震える。それどころか、自分でも訳が分からないほどに濃密な恐怖が絶えず襲いかかってきて、息をするのすら苦しい。なんで？　どうして？　あの巨大な蛸の魔物が怖いのか？

……いや、それも確かに怖い。だけど、本当に怖いのはきっと。

魔物が足を目にもとまらぬ速さでアレスへ振り下ろす。その足は大樹の幹のように太い。アレスはすぐさま飛び上がった。そして落下の速度を利用して、燃え盛る炎の剣をその魔物に突き立てようとする。

ちらりとアレスの顔が見える。アレスの顔には、狂気に満ちた笑みが張り付いていた。何かが憑依《ひょうい》したかのようだ。彼の目は漆黒に染まっている。見たもの全てを深淵《しんえん》の闇に引きずり込む、恐ろしく暗い色に。

恐怖。アレスがまさに恐怖の象徴のように見えた。怖い。怖くてたまらない。もし目が合ったりなんかしたら、僕の存在全てが消されてしまうんじゃないかと錯覚するほどの恐怖だ。

あまりの恐怖に立ったまま気を失いそうになった、その瞬間――にわかに指の付け根が熱くなる。何かの呪縛が解けたように呼吸が楽になった。

僕は手を見た。発熱しているのは、あの黒い指輪だった。ローブの老婆が「金の色を持つ少年に」と言って僕に授けた、あの。指輪は心なしか、光を発しているようにも見える。

――あれ？　もう怖くない。どうして？　息もできる。身体も動かせる。さっきまでは息をするのも苦しくて、身体を動かすなんてできなかったのに。あの恐怖は間違いなく、今まで感じた中で一番強いものだった。なのに、なぜ途端に霧散しているのか。

僕は訳も分からないまま周りを見回す。……そうか、奇妙に固まっていた人たちは、この理由のない恐怖に囚われていたのか。傍らのクロードの顔を見上げると、彼の顔も色濃い恐怖に染まっている。彼は歯をガタガタと震わせ、縋《すが》るように僕へ言った。

「シリ、ウス……くん。歌、を……」

「歌？」

「アレス、さん……あれじゃ、きっと……君の、歌で……恐怖を……解いて」

「歌で、恐怖を？」

震えながら必死に紡ぐクロードの言葉は、要領を得ないものだった。僕がそう聞き返すと、クロードは恐々と頷《うなず》く。

「そう、さ……歌は、なんでも、いい。とにかく歌って、恐怖を、解くんだ……。大、丈夫……君なら、できる……だから、皆を……アレスさんを、救って――」

アレスを救って――その言葉に、僕はアレスの姿を見た。確かに、今のアレスは異常だ。いつもの彼は狂った笑みを浮かべないし、それに――あの目。彼の瞳《ひとみ》は、研ぎ澄まされた剣のように鋭く輝く銀色をしているはずなのに、なぜか今のアレスは真っ黒な瞳だ。あれじゃあ、まるで魔族なんで魔族みたいな目に――そう考え、チリ、と考えが頭を掠《かす》った気がした。けれどその考えはとりあえず脇に置いておく。だって、今はそんなことを考えている場合じゃない。彼の様子がいつもと違うなら早く戻してあげなきゃ。それに彼の様子がおかしいとはいえ、彼は皆のために戦っているはずなのだ。それなのに、周りには酷く恐怖されているなんて、そんなのあんまりだ。

僕は息を吸い込んだ。何か意味のある歌じゃなくていい。ただ一声、魔力を込めて、皆に届くように大きな声で歌えばいい。

「ラ――――」

温かくて、皆を包み込むような優しい音色をイメージする。大丈夫だよと、怖くないよと抱きしめるように。僕の声が殺伐としたその場に響き渡る。瞬間、人形のように固まっていた皆が息を吹き返したように動き出した。皆はそれぞれ顔を見合わせたり、今までのことを問うように自らの手を見つめたりしていた。

クロードも僕の歌を聴いた途端、安堵《あんど》したように強張《こわば》っていた顔を和らげた。そしてすぐ僕のことを片手で抱きしめ、もう片方の手を蛸の魔物へと翳《かざ》しながら大声を上げた。

「アレスさん、下がって！」

アレスは襲いかかってくる魔物の足を炎の剣で防ぎつつ、目を見開いて僕らの方を凝視して叫んだ。

その様子はまるで、たった今我に返ったようだった。

「――シリウス⁉　それに、クロード！　お前ら、なんで――」

アレスは問い詰めかけたが、すぐかぶりを振ってクロードの言う通り後ろに跳躍した。彼の瞳はいつの間にか銀色に戻っている。クロードはアレスが魔物と距離をとったことを確認すると、宣言するように鋭い声を上げた。

「――風よ、我が手に集いて形を成せ。彼《か》の者に裁きの嵐を」

――以前、アレスに聞いたことがある。魔法は頭の中でイメージをし、魔力を込めれば初級、中級、上級は使えるのだが、そのさらに上はそうもいかない。使える者がごく一部に限られる「神級」の魔法は、詠唱をしなくてはならないのだと。魔法とは、この世に満ちる魔力の源である精霊から力を借りて起こすものだ。「神級」――神の御力に近いほどに強力な魔法は、イメージだけじゃ足りない。精霊に分かりやすく伝わるよう、詠唱もしなければならないのだとか。

ちなみに精霊は善でも悪でもない。秩序神と破壊神や世界そのものを作り出した、父なる創世神の愛し子で、この世界を見守る創世神同様とても気まぐれな存在なのだという。人間が滅ぼうと、逆に

魔族が滅ぼうとも気にしないくらいには。

……何を言いたいのかと言うと、クロードが使ったのはまさにその神級の風魔法だった。

クロードの手からは目を見張るほどに凄《すさ》まじい嵐が起こり、そのまま蛸の魔物に食らいつくように襲いかかった。耳をつんざくような魔物の悲鳴が聞こえる。彼はまた手をかざす。そうしたら透明の壁ができたように、嵐の轟音《ごうおん》も魔物の悲鳴も小さくなった。

「これでとりあえず結界を張れた、かな」

「結界、って？」

「あの魔物からの攻撃を防ぐための、壁みたいな防御魔法だよ。あんまり保《も》たないだろうけど、ひとまずは大丈夫かな」

蛸の魔物の方を見ると、確かに攻撃が見えない何かに遮られている。いや、よく見ると、攻撃が着弾するたびに半透明の光が弾けている。あれが結界魔法なんだろう。

「……それより、アレスさん！　大丈夫⁉　ど、どこか怪我《けが》は――ああっ、怪我だらけじゃないか！う、美しいお顔にこんなに深い切り傷が……！」

アレスは満身創痍《まんしんそうい》だ。服はボロボロだし、そこら中に切り傷や痣《あざ》があるし、その顔も疲れ切っている。僕は道中で見た魔物の死体を思い出した。もし、あれ全てがアレスによるもので、なおかつたった一人であの巨大な蛸の魔物と戦っていたのだとしたら――。

「一人で、こんな無茶しないでよ……確かにアレスは強いのかもしれないけどさ、ほらたとえば、魔導師団の団員呼んでくるとか、もっと色々……何も一人で、こんな……」

視界が潤んで歪《ゆが》む。怖がっている場合じゃなかった。アレスはこんなにボロボロになりながらたった一人で戦っていて。もしも、もしもだけどアレスがあの蛸の魔物に負けていたら。そしたらアレスに二度と会えないってことで、アレスの優しい眼差しも、僕の頭を撫《な》でるあったかい手のひらも、もう二度と――。今更ながらそのことに考えが至って、今度はそのことが恐ろしくて仕方なかった。ああ、僕はアレスがいなくなるのが怖い。それが何よりも怖い。

だって、形は最悪だったとはいえ、この広い世界へ僕を連れ出してくれたのはアレスで、たくさんの温かいものをくれたのも、色んなことを教えてくれたのも、日々の幸せをくれたのもアレスだ。僕はアレスがいないとどう生きていけばいいのか分からない。アレスが隣にいない日々なんて、もう想像もつかないというのに。それを思うと怖くて怖くて、僕は思わず唇を噛《か》んだ。

僕がアレスにそう話しかけていると、クロードのとんでもない魔法に目を奪われていた人たちがハッとしたように僕らのもとへ駆け寄ってきた。彼らは色々な言葉をアレスにかけていく。

「あ、アレス！　お前さん、あんなに強かったんだなぁ……」

「いや、だが、あんな化け物に一人で立ち向かうってのは、いくらなんでも無謀すぎるだろ！」

「アレスさん、あなた大丈夫？　さっきからずっと、魔物の攻撃を一人で受けて……」

「わ、私、光魔法が得意だから治癒魔法使えるよ！　これで少しでも楽になればいいんだけど……」

「なんにせよ、あんたがいなきゃ俺らは皆死んでたろうな……ありがとうよ」

アレスにかけられるのは、心配の声や感謝の声。アレスのことを知っている人も、知らない人も、皆彼のことを心配し感謝している。

けれど当のアレスは、呆《ほう》けたようにそんな周囲を見つめていた。まるで、なんで自分がこんな言葉をかけられるのか理解できない、と言うかのように。やがて、恐る恐る僕を見ると、不意に顔を歪めた。

「……お前の、おかげだ。きっと、お前のあの歌声のおかげで――あのままじゃ俺は暴走して、怖がられて、それで――今度こそ、俺はあいつに飲み込まれてたかもしれねえ……」

アレスは震えた声で僕に囁《ささや》く。あいつ――と言われて思いつくのは邪神だ。そこで僕はようやく思い出した。そうだ。ゲームでのアレスは銀色の瞳じゃない。さっきのような、魔族のような黒い瞳をしていた。であればもしかして、さっきまでのアレスは邪神に取り込まれかけていたんじゃ――。

もしも僕が、クロードに連れられてここに来ていなかったら、アレスはどうなっていたんだろう。

……そんなの、考えたくもない。

「ねえ、アレス。僕は何があってもアレスの味方だよ。アレスのそばからは絶対離れないし、怖がったりなんて――怖がる？」

また、何かが頭の隅に浮かびかける。恐怖、指輪、僕の歌、邪神――ぐるぐると考えて、不意に疑問が氷解した。僕は思わずあっと声を上げてしまう。

どうして今まで忘れていたのか。ラスボスのアレスにはとある特性《パッシブスキル》がある。それは「威圧」だ。威圧とはその名の通り、フィールド内の敵に「恐怖」という状態異常を付与する特性だ。「恐怖」を付与された者は皆、攻撃不能になり、防御力も格段に落ちる。非常に恐ろしいデバフなのだ。このデバフを無効化しないことには、ラスボスはまず倒せない。

恐らくだけど邪神の力を借りた、もしくは邪神に取り込まれかけていたことで、このデバフが無差別に発動していたんじゃないだろうか。それだと、あの異常なほどの恐怖が説明できる。

僕は、意図せずして皆の「恐怖」というデバフを解除したのだ。僕の異能によって。

そして、この指輪だ。あの異常な恐怖がデバフの一種だというなら、これは恐らく、というか確実に、デバフ無効化のアイテムだ。あのローブの老婆は「金の色を持つ少年」と言った。それを僕は自分の瞳のことだと思っていたが——考えてみれば、主人公は金髪に金色の目をしているのだ。そして得意な属性は光。金の色を持つ少年という呼び方は、どう考えても僕じゃなく、主人公にふさわしいだろう。

このアイテム名は覚えてないが、確かこの指輪は、ゲーム終盤で高名な予言者から授けられるものだ。そう、あの老婆は、ゲームの最初で「金の色を持つ光の英雄が世界を救う」と宣言した予言者なのだ。

このアイテムは本来、主人公専用の装備。このアイテムがないと、ラスボスの威圧は他のアイテムや方法で対処できるが、その前に立ちはだかる最悪のデバッファーを倒せない。——つまり、僕だ。僕を倒すためにはクエストをクリアして、この装備品を手に入れなければならない。それがなんで、まかり間違って僕自身に授けられるのかは分からないが……。

「アレス、心配しなくても大丈夫だよ。アレスが暴走しそうになっても、また僕が歌ってあげる。そしたら大丈夫でしょ？　僕は何があっても絶対アレスの味方だから。ね？」

嘘偽りない僕の本心だった。僕はぶっきらぼうだが優しいアレスのことが大切だ。だから何度アレスが闇堕ちしそうになっても、僕が何度でも引き戻す。

アレスは僕の言葉を聞いて、くしゃりと顔を歪めた。

「お前は、本当に……そんなこと、俺なんかに言うんじゃ——いや、いい。ありがとな、シリウス」

アレスは掠れた声で囁いて、僕を抱きしめてきた。……嬉《うれ》しい。アレスにお礼を言われたことが、アレスをどうにか救えたことが。僕は迷ったが、やがてそっと抱きしめ返した。彼の温かさが、嬉しい。

彼は僕の背中を二度叩《たた》いた後、ぱっと僕を解放した。それからすぐに表情を引き締め、クロードに問う。

「結界を、張ってるんだったな。あとどのくらい保つ？」

「数分保てば御の字かな」

「上出来だ。あの魔物——クラーケンの弱点は、どうやら目だ。あんた、得意属性は風だろ？　俺をあの目の辺りまで飛ばせるか？」

クラーケン——アレスに前教えてもらったことがある。確か巨大な蛸《たこ》のような見た目をした、伝説の魔物だったはず。数々の船や港を呑《の》み込んできた災害級の魔物で、騎士団一つでかかっても敵《かな》うか敵わないかという——。僕はぞっととした。そんな化け物を、二人だけで？　それにアレスはクロードが来るまで、たった一人で凌《しの》いでいたというのか。

血の気が引く僕とは裏腹に、クロードは表情一つ変えずに頷く。

「できるよ。でもまずは厄介な触手を全部切り落としちゃった方がいい」

「そうだな。なら俺が全部切り落とす」

「うん。じゃあ僕はクラーケンの攻撃を全部結界で防ぐから、君は攻撃だけに専念してくれ。全部切り落とせたら僕が君を目まで飛ばす。で、目を潰《つぶ》したら僕と君の神級魔法でとどめを刺す。どう？」

「神級魔法を俺が使える前提かよ……ま、あと一回くらいなら使えるがな」

「分かった。なら――」

「あ、あのさ！　僕にも何か、できることはないかな……？」

思わず声を上げていた。ただ守られて静観しているだけなんて嫌だ。……僕なんてなんにも役に立たないのは分かっているが。僕は唇を噛んで頷く。

しばしの沈黙。アレスはふと、真剣な声色で言った。

「シリウスは応援してくれ。分かるな？」

「応援って、そんなのちっとも役に――あっ」

投げやりにも思えたアレスの言葉だが、すぐに意図を察して僕は頷いた。僕の声で、能力を使って応援をしたら、たとえばだけど戦意向上とか、クラーケンの動きを少しでも鈍らせるとか、できるかもしれない。……戦闘なんて初めてだから、分からないけど。

「じゃあ、手筈《てはず》通りに」

「ああ。――行くぜ」

アレスが呟《つぶや》いた、その瞬間。彼の姿がかき消えた。アレスがクラーケンの懐へと瞬時に潜り込んだのだ。彼は根元から一つ一つ触手を斬り落とすと、炎魔法で傷口を焼きながら次の触手へと向かっていく。クロードはクラーケンの攻撃を一つ残らず結界魔法で防いでいる。攻撃を受けては割れていく半透明の結界が、まるで小さな花火だ。

美しい、とそう言ってしまいそうになるほどの戦いぶりだった。豪快に、けれど驚くほど繊細に戦っているものだから、僕は目を奪われた。メルヴィアの街の人たちも、皆呆気《あっけ》にとられて見つめている。あまりにも華麗だから、何かの演舞なのだと言われても頷《うなず》いてしまいそうだ。それくらい異次元の戦いだった。

やがて触手が全て斬り落とされた。次の瞬間、アレスは炎魔法で足元に小爆発を起こした。そのまま上へ飛び上がり、それをクロードの風魔法が後押しして支える。気付けばアレスは空を飛んでいた。アレスの姿が空高くに見える。かと思えば、彼はクラーケンの顔へと急降下していた。空を落下しながら両手に火炎を宿している。

僕はそれを確認して、大きな声で叫んだ。ありったけの魔力を込めて。クラーケンの目を絶対に潰せるようにと、アレスの炎がこの世の何よりも強く燃え盛るようにと。

「行っけえええええええッ!」

その瞬間、視界が白く灼《や》けた。次に視力を取り戻した時には、アレスは地面に着地していた。見ると、クラーケンの目が頭部の一部ごと吹っ飛んでいる。とんでもない威力だ。

表現するのもおぞましいくらいの、苦悶《くもん》の呻《うめ》きをクラーケンが上げる。けれどアレスは意に介す様子もなく、着地するや否やクロードの近くまで飛び退《の》いて彼と視線を交わした。そして彼らは神級魔法の詠唱を始める。

「風よ――」

「炎よ――」

クラーケンは頭を吹き飛ばされ、足も全て斬り落とされ、なんで動いているのか不思議なくらいだ。けれどそんな状態ながらも、何か水魔法を生み出そうとしている様子が見てとれた。アレスとクロードの魔法が生み出されるよりも少しだけ早く、その水魔法が完成しそうな様子が見える。酷く、絶望的なほどに荒れ狂った水が渦を巻いてこちらへ向かってこようとする。

いくら二人でも、あれには敵わないんじゃないか。そう血の気が引くほどに凶悪な渦だった。クラーケンの、最後の足掻《あが》き、ってやつだろう。あれは駄目だと直感した僕は、考えるよりも先に魔力をありったけ込めて叫んでいた。

「アレス――ッ！　クロード――ッ！」

途端、クラーケンがビクリと痙攣《けいれん》した。奇妙なほどに動きを止め、水の渦がどこかへと消える。クラーケンが動きを止めた次の瞬間には、凄まじい嵐と激しい火炎の息吹がクラーケンに襲いかかっていた。結界越しでもクラーケンの断末魔の声がうるさく鳴り響いた。耳をつんざくような断末魔の叫びは途切れ途切れになり、やがて、消えた。

しんと辺りが静かになる。水を打ったような静けさだ。メルヴィアの人たちは恐る恐る顔を見合わせる。僕はアレスとクロードを見た。クロードは大の字に倒れ込み、アレスはその場にしゃがみ込んで、片方の拳《こぶし》を突き上げた。

「勝ったぞ、シリウス」

視界がぼやけて滲《にじ》むのを感じる。僕は無我夢中でアレスのもとへ駆け寄り、その勢いのまま抱きついた。

「アレス、アレス、アレスッ――！　勝ててよかった、生きててよかったよぉ……！　ぼく、僕っ、アレスが死んじゃったら、もう……！」

「俺はそう簡単に死なねえよ。そんなヤワなタマじゃねえ」

「で、でもぉ……アレス、ボロボロだったし、あの蛸すごい強かったしっ……うぅーっ……」

涙が溢《あふ》れる。自分で思っていた以上に僕は心配だったみたいだ。

「ったく、泣くなシリウス。……こんなに心配されたの、初めてかもなぁ……」

たぶん、今の僕は涙に濡《ぬ》れて酷い顔をしている。滲んだ視界の中アレスを見上げると、彼はなぜか泣きそうに顔を歪めて僕の頭を撫でた。

「なあ、シリウス。俺なんかを心配すんじゃねえよ。心配する必要なんざ、これっぽっちもねえんだからな。……ああ、クソッ――こんなに泣きながら心配なんてされると……俺、お前のこと、本当に――」

本当に――アレスはなんて続けたんだろう。安心したのと、何度か使った能力で思ったよりも魔力を使いすぎてしまったせいで、続きを聞く前に僕の意識は暗闇へと落ちていった。

◆　◆　◆

「――こんなに泣きながら心配なんてされると……俺、お前のこと、本当に――」

思わず心情を吐露しかけたその時、不意にシリウスが倒れ込んできた。

「――シリウス!?」

血の気が引き、慌ててシリウスの左胸に耳を当てる。彼の心臓はなんの異変もなく動いていて、俺はひとまず息を吐いた。だが、シリウスの身体はやけに冷たい。

不意に意識を失って、身体が芯《しん》まで冷え切る症状――といえば、魔力欠乏症だ。魔力が欠乏するとまず身体に不調が現れ、それでも魔力を使い続けると、意識を失い身体が冷え切ってしまう。なぜそうなるのかは知らないが。

突然意識を失ったシリウスを見て、倒れ込んでいたクロードは顔色を変えてこちらへ飛び寄り、しゃがみ込んできた。

「シリウスくん!?　い、生きてる!?」

「大丈夫だ、心臓は問題なく動いてる。たぶんまりょ――」

魔力欠乏症だ、と言いかけて俺は口をつぐんだ。魔力欠乏症ならば、一体シリウスがいつどの場面で魔力を使ったのかと不審がられてしまう。こいつの能力は、俺しか知らないというのに。

そう思って言葉を飲み込んだが、シリウスの顔を覗《のぞ》き込んでいるクロードは、なんてことのない顔で「魔力欠乏症?」と聞き返してきた。

「そっか……シリウスくん、無理しすぎちゃったのかな……」

彼の表情にはなんの違和感もない。ただ純粋に、シリウスを心配しているように見える。――彼はまさかシリウスの能力を知っているのか？　なぜ？　いつ知った？　彼の表情は見れば見るほど平常時のものにしか見えない。その普通さに空恐ろしさを感じる。

第一、こいつの使った風魔法はなんだ。あれは神級魔法だ。ごく限られた者しか使えない、神の御業《みわざ》にも近い最上級の風魔法。そんなものを軽々と複数回使えるなんて、まさか彼はこの国アドウェルサの――。

「――団長！」

バタバタと慌てた様子の靴音がいくつも聞こえる。はっと顔を上げると、揃《そろ》いの制服をきちりと着こなした人間が大勢立っていた。彼らは皆、クロードに向かって敬礼をしている。クロードは立ち上がり、当たり前のように敬礼を受けて口を開いた。

「報告を」

「ハッ。南の港にて魔物が襲来したとの報告を受けて、我ら魔導師団メルヴィア支部団員はそちらの対処に向かっておりました。その後、メルヴィアの港を念のためそれぞれ巡回していたのですが――」

「そうか。こちらの港の状況に気が付かず、戦力を全て南の港に割いてしまったのは問題だな。今回は彼のおかげでどうにかなったが、最悪メルヴィアが壊滅していた可能性もある」

「も、申し訳ございません！　……それで、あの、この状況は一体……？」

彼ら――魔導師団のメルヴィア支部団員らしいが――と対峙《たいじ》するクロードは、まるで別人だ。上に立つ人間としての威厳を醸《かも》し出している。

状況が呑み込めず、メルヴィアの市民たちは黙ってこちらの様子を窺っている。どこか不安げな表情だ。別人のようなクロードは、俺を手で示しながら言った。

「見ての通り、魔物の大群と災害級の魔物・クラーケンの死体だ。私も少しばかり助力したが、これを討伐したのは私ではない。そこの男だ」

団員たちの視線が俺へと一斉に集まる。好意的でない棘《とげ》のある視線も中には混ざっていた。俺が黒髪の男だからだろう。居心地が悪くなり、俺は視線をやや逸《そ》らした。クロードは俺に向き直って頭を下げる。

「さて――アレス、此度《こたび》のクラーケン及びその他魔物大群の討伐における協力に感謝する。魔導師団を代表して、私、魔導師団長クロード・フランセルが礼を言う」

ああ、やはり。神級魔法を軽々と使った時からそうだろうとは思っていたが、彼は。

「君たちの治療は魔導師団が全て受け持とう。また、此度のことにおいては我が国からも何か礼をさせてもらいたく思う。王都までご同行願えるだろうか」

彼――アドウェルサの守り神・神風様は、やわらかい微笑みを浮かべた。


窓からは澄み切った青空が見える。秋の空だ。俺は魔導師団メルヴィア支部の一室で太陽の光に目を細めた後、ベッドに寝かされているシリウスの髪をそっと撫《な》でた。

神風様ことクロードは俺とシリウスをメルヴィア支部へ連れていった後、団員に二、三言いつけて、さっさと姿を消してしまった。国王陛下への報告のため王都へ向かったらしい。

メルヴィア支部の団員たちはクロードから指示を受けたようで、俺とシリウスをきちんと治療してくれた。俺の怪我は治癒魔法で手早く治しただけだが。一切外傷のないシリウスの方がむしろ重症だ。といっても命に別状があるのではない。ただ、少なくなった魔力を補充するのはポーションを飲めばいいだけだが、一度空になった魔力は自然に回復するのを待つしかないのだ。

シリウスは、対外的には恐ろしい魔物や激しい戦闘を間近で見たショックで倒れてしまったことになっている。魔力切れと知っているのは、俺とクロード、そしてシリウスを診《み》た治癒魔導師のみだ。

——クロードは、なぜシリウスの能力を知っていたんだろうか。

「……シリウス、早く起きろ」

シリウスが意識を失って丸一日だが、自分でも驚くほどに彼のことが恋しくなっていた。思えばこいつを後宮から連れ去ったあの日から、彼は毎日俺の隣にいた。いつの間にかそれが当たり前になっていたんだな。

祖国グローリアを追い出されてから数年間はずっと独りで、孤独には慣れていたはずだったのに。

俺はこいつにほだされて随分と弱くなってしまったらしい。——たった一日、こいつの声を聞けていないだけなのに。

「シリウスくん、まだ起きない？」

俺がシリウスの顔を見つめながら物思いに耽《ふけ》っていると、ふとクロードが部屋の中に入ってきて俺は目を見張った。クロードはあの後すぐに王都へ向かったはずだ。それがなぜ、ここにいるのか。メルヴィアと王都はそう離れていないものの、往復するとなると二日はかかるはずだ。

「どうしてここにいる？」

クロードは俺が座る椅子の隣に座り、平然と答えた。

「陛下と謁見した後すぐに飛んできたんだ。陸路で行くと王都までは一日かかるけど、空から行けば一時間もかからないいんだよ」

「……魔力の無駄遣い野郎め」

簡単に言ってくれるが、そんなこと膨大な魔力と緻密《ちみつ》な魔力操作のできる風魔法使いしかできないことだ。俺は思わず苦い顔になった。同じことをできる人間がこの世に何人いる？

俺の表情を見たからか、クロードはなぜか眉《まゆ》をひそめて「無駄遣いじゃないよ！　だってシリウスくんとアレスさんに会うためだよ!?　今までだってちょっと時間できたら風見鶏まで飛んで歌聴きに行ってたし！」なんて喚いた。本当にこいつは正気じゃない。

俺はため息を吐《つ》いて、それからクロードに向き直った。シリウスの能力のことを聞くなら恐らく今しかない。

「クロード、聞きたいことがある」

そう言うと何か察したのか、彼は真剣な顔になって俺へと向き直った。俺は唇を軽く湿らせた後、切り出した。

「クラーケンと戦っている時のことだ。アイツにとどめをさす直前、何か気付かなかったか」

「そうだね……僕の目には唐突にクラーケンが麻痺《まひ》したように見えた」

「ああ、俺にもそう見えた。じゃあ、なんでそうなったか分かるか？」

あの時、俺たちが神級魔法を発動するよりも少し先にクラーケンの魔法が完成した時、間一髪、クラーケンが麻痺して魔法がキャンセルされたのだ。

原因を俺は理解していた。あの時、シリウスが俺とクロードの名を大声で呼んだ。恐らくその時、魔力を込めて能力を使ったのだろう。毒や麻痺の類が全く効かない災害級の魔物に、麻痺毒を効かせることができるくらい大量の魔力を。意図的かそうでないかは別として。

それに、俺がクラーケンの目を潰《つぶ》そうとした時。あの時もシリウスは俺に向かって叫んでいた。そしてクラーケンの目を潰すどころか、俺の魔法は頭ごと目を吹き飛ばしていた。正直、目は潰せるだろうと思ってはいたが、頭を吹き飛ばせるほどの魔力はあの時込めていない。クラーケンの弱点は目だが、他の生き物と変わらず脳も弱点だ。そのため、瞼《まぶた》は硬いがそれ以上に頭部はさらに硬いはずなのだ。

そのことをクロードが不審に思わないはずがない。だからそう問いかけたが、彼は黙ったまま俺を見つめ返すばかり。俺もしばらく黙ってクロードの返答を待ったが、何も答える気配がない。俺は仕方なく、聞き方を変えることにした。

「……分かった。聞き方を変えてやる。クラーケンを麻痺させたのは、誰がやったのか分かるか？」

問うと、彼は迷うように視線を揺らし、やがて探るように問いかけてきた。

「アレスさんは、分かるの？」

「ああ」

「……そっか。なら僕も答えるよ。──クラーケンを麻痺させたのは、シリウスくんだろう？」

「分かってんだろうとは思ってたが……なぜ知ってる？」

「知ってるっていうより、あの状況を鑑みればそう考えるのも難しいことじゃない──と思うんだけど、その答えじゃ不満そうだね」

「当たり前だ。そんな能力があるなんて普通は考えもつかねえ。俺だって最初は信じられなかった」

彼はため息を吐き、眉間《みけん》にしわを刻んで考え込んだ。俺はそれを静かに待った。彼はしばらくすると、観念したように言葉を紡ぎ始める。

「……分かった。本当のことを話そう。このことは殿下にしか話したことがないんだけどね……。まず最初に言っておきたいんだけど、シリウスくんの能力を他の誰かに言うつもりはさらさらないし、なんとしてでも隠し通すって約束する。それは信じてほしい」

「それならいい。……で？」

彼は一拍間を置いた後、まっすぐに俺を見つめて言った。

「──僕はさ、とある事情からこの世界が辿《たど》る運命を知っているんだ」

「は？」

「この世界において君やシリウスくんは重要人物さ。『蒼天《そうてん》のアルカディア』──この世界の運命を語る上では決して欠かせないくらいに。だから僕は君たちのことを知っていた。シリウスくんの能力も含めて、ね」

「ま、待ってくれ、なんだそりゃ、お前一体何を──？」

「僕はこの世界の――この国が辿る滅びの運命を変えなきゃならない。そのために僕は……」

「滅びの、運命？　それはどういう……」

彼は一度深呼吸をして、それから少し目を伏せた。

「――この国はね、僕の知っている未来では三年もせずに滅ぶんだ。大勢の魔族に攻め込まれて。それが長いこと身を潜めてきた魔族の反撃の狼煙《のろし》、人間にとって暗黒の時代の始まりさ。その地獄の中生き残るのは、第一王子殿下ただ一人。……彼くらいしか、生き残ることができないんだ」

「何を馬鹿な――」

その言葉を最後まで続けることはできなかった。彼の表情は、到底冗談を言うようなものではなかったから。彼の言葉を嘘だと一蹴《いっしゅう》するのは簡単だ。だが、それを裏付けるように魔物の出現数は増加の一途を辿っている。噂によると、魔族の活動が活発化している影響らしい。魔王の復活じゃないかなんて話も出ている。

魔王――と考えて、俺は知らず唇を噛《か》んでいた。最近、邪神の干渉はさらに酷くなっている。例の戦闘中なんか、連戦に次ぐ連戦、そして駄目押しのようなクラーケンとの戦闘によって集中力が切れ、一瞬あらぬ方向へ意識が飛んだその隙に、邪神に意識を乗っ取られかけたくらいだ。

あの時、朦朧《もうろう》とした意識を一気に引き上げてくれたのはシリウスの歌だ。彼の声が闇を切り裂く光のように差し込んでこなければ、自分は一体どうなっていただろう。それを考えると本当に恐ろしくなる。

邪神は《我のおかげで貴様は生き長らえたのであろう？》と悪びれもなく笑う。《あのまま我に意識を委ねていれば、貴様は余計なことを考えず楽でいられたのに》とも。それがたまらなく怖い。いつか、自分は本当に邪神に乗っ取られてしまうのか？

「……それが本当だとして、それを俺に話したのはなんでだ」

問いかけると、クロードは「ここに来た本来の目的を話すね」と頷《うなず》いた。

「アレスさん、君に魔導師団の戦闘指南を頼みたいんだ。期間は三年間」

「……そういうことか」

苦い顔をしてしまった俺は、悪くないだろう。彼は、その国が滅ぶ日とやらに向け少しでも国の戦力を上げたいのか、それとも国が滅ぶ日に戦える者として俺を置いておきたいのか、はたまたその両方か。何も聞かずにその頼みだけを聞いていれば、間違いなく断っていた。けれど、三年後に魔族によって国が滅ぶという未来を聞いてしまうと――。

祖国グローリアが魔族に攻め込まれた時のことを思い出す。あれはまさに地獄だった。辺りが血の海になり、勝てそうもない敵に嘲笑《あざわら》われるあの絶望、大勢の部下たちが目の前で死んでいくあの哀《かな》しみは筆舌に尽くしがたい。このままではあんな思いを、否、あれよりもずっとずっと深い絶望と哀しみを、この国の王子一人に背負わせてしまうのか。

「……即決は、できない。少し考えさせてくれるか」

そう言いつつも、既《すで》にほとんど心は決まっていた。俺がかつて騎士を志し、そして祖国に尽くした理由は一つだ。俺はただ国を、人々を守りたかったから。……それは、たぶん、国が変わっても変わらない。

「もちろんだよ。これは魔導師団長としての頼みじゃなく、僕個人の、友人としての頼みだ。ただ……君が少しでも力を貸してくれると、僕は嬉《うれ》しい」

「……友人、か」

久しく聞かなかったその言葉を呟《つぶや》くと、彼は目を見開きなぜか怒涛《どとう》の勢いで弁解してきた。

「あ、お、おこがましかったよね!? ご、ごめんね！ 仲良くなれたかなって勝手に思い込んでた……本当にごめん、何調子乗ってんだこの野郎ふざけんなお前となんか友達になりたくないって感じだよね、たかがオタクの分際で調子に乗りすぎました本当に申し訳な――」

「――別に、嫌とは言ってねえだろうが」

ただ、そんな存在はここ数年ずっといなかったものだから、戸惑っただけだ。

そう吐き捨てると、クロードは阿呆《あほう》みたいに口をぽかんと開いた。それからうろうろと視線を彷徨《さまよ》わせ、服の裾《すそ》で手汗を拭《ふ》いてから、なぜか握手を求めてきた。とりあえず握り返しておく。

「アッ、コ、コレカラモ、ヨロシクオネガイシマス……？」

「……ふは、なんで片言で疑問形なんだよ。馬鹿じゃねえのか」

握手した手を離しながらあまりの阿呆面《あほづら》に吹き出すと、彼は阿呆面のまま硬直した。そのままぎこちなく首を捻《ひね》り、彼は小さく呟く。

「……僕は今日命日かな……？」

「なんで死ぬんだよ、お前本当に変なやつだな」

くつくつと笑いが込み上げてくる。彼がその奇妙な硬直状態から回復するまで、結局しばらくの時間がかかった。

「……さ、さて！　僕は書類作業が色々と残ってるからそろそろ帰らなきゃ！　アレスさんには後から、クラーケン討伐を讃《たた》えて王都招集の王命が下ると思うから、よろしくね」

しばらくして元に戻った彼が、取り繕うようにそう言う。

「ああ、そうか……行かなきゃ駄目か？」

「駄目だろうねぇ。それにシリウスくん、僕が王都の話をしたらすごく興味を持ってたよ？　だから安心して、王都へは観光するつもりでおいでよ」

俺はため息を吐きながら頷いた。彼は立ち上がりかけ、ふと寝たままのシリウスに目を向けて、呟いた。

「それはそうと、魔力欠乏症を手っ取り早く治す方法があるんだけど、知りたい？」

「……そんなもんが本当にあるのか？」

魔力欠乏症とは命に関わるものではないものの、自然回復しかないというのは常識だ。第一、そんな方法があるならとっくにシリウスは目を覚ましているだろう。

「簡単だよ、魔力を譲渡すればいい。……ただ、まあ、副作用が若干あるというかなんというか……もちろん、人体に害はないんだけどさ。害は」

なんだか含みのある言い方だ。それに、魔力の譲渡？　そんなことができるなんて初めて聞いた。

それにそもそも、どうしてクロードはそれを知っているんだろう。

「色々聞きてえことはあるが……お前はなんでそれを知ってんだ？」

「えっ？　……ああ、あの、前に王都で大規模火災が起こった時、一人で頑張りすぎちゃってさ、魔力欠乏症で倒れたことがあるんだけど……僕のことを見舞いにきた殿下が、その……い、色々あってそれをしたみたいで、そしたらたまたま魔力を譲渡できちゃって」

「殿下っつーのは」

「ルークス第一王子殿下のことで……」

「ほお……で？　何をすりゃ譲渡できる？　本当に害はないんだな？」

「が、害はない！　断じて害はないから安心して！　それで、何をすればいいのかっていうと――」


やたらと顔を赤くして慌てていたクロードが帰った後、俺は眉間にしわを刻みながらため息を吐《つ》いた。

「――んなこと、俺にしろっていうのかよ」

クロードが言ったのはこうだ。粘膜を接触させた状態で相手に受け渡すよう魔力を意識すれば、魔力を簡単に譲渡することができる――と。回りくどい言い方に俺が「ハァ？」と聞き返すと、クロードは「キスをすれば魔力譲渡ができるはず。それから、その……えっと……」と口ごもっていた。

……何を続けようとしたのかは、聞かないでおいた。

この国アドウェルサは気候が穏やかで平和なせいか、色々と寛容な国らしい。同性同士の恋愛も別に珍しいことではないんだろう。そういう諸々《もろもろ》の感情を込めて「分かった」と頷くと、クロードは真っ赤になって「ち、違うからね!?　そういう関係じゃないし――僕だって昔からずっと困ってるんだ！　本当に、なんで僕なんだよ……」と呻《うめ》いていた。

まあ、なんだ。好きにすればいいと思う。この国の第一王子が誰を想《おも》っていようが、俺には関係のない話だし。断じて、これからクロードをからかう絶好のネタができたなんて思っちゃいない。

それよりシリウスのことだ。魔力譲渡の仕方が分かったとはいえ、魔力欠乏症は命に別状のないものだ。それを、こんな手段で無理やり治していいものか。シリウスに早く目覚めてほしい理由は切羽詰まったものじゃない。俺がただ単に、こいつのことが恋しいだけだ。

それにシリウスはずっと後宮の奥にいたのだから、当たり前だがキスなんてまだ済ませていないだろう。そんな最初のキスを、俺のしょうもないエゴで奪っていいのか？

シリウスはいつか、誰かかわいい子とでも恋に落ちて、それから俺にこう言えばいい。「アレス、僕、好きな人ができたんだ」と。彼のように純粋で心優しいやつは、俺なんてどうしようもないやつじゃなく、もっとちゃんとした子と恋に落ちるべきだ。そしたらちゃんと彼を俺の手元から手放せる。

俺が手放せなくなる前に早く、俺じゃない別の子と恋に落ちてほしい。……じゃないと、お前のことを誰にも渡せなくなってしまう。今だって、シリウスが誰かと恋に落ちることを想像すると少し苦しい。なんでこいつを俺以外の誰かに渡さなきゃならないんだと。

俺はシリウスの白い髪を撫《な》でながら、ため息を吐いた。……なあ、シリウス。お前のことを手に入れるつもりはないから、せめて、キスくらいは許してくれないか。

「……ごめんな」

俺はそう囁《ささや》いて、軽くシリウスの顎《あご》を持ち上げた。これは治療だ、最初のキスには数えられない。

そう弁解しようとしても、どうしても、シリウスの最初は俺がいいという浅ましい自分が見え隠れする。

たった一日声が聞けないだけで寂しくなって、最初のキスを奪ってしまう、こんなどうしようもない男に捕まったこいつがかわいそうだ――そう思いながら、俺は唇を重ね合わせた。

◆◆◆

意識がふわふわする。夢か現《うつつ》か分からない。だけどなんだか、不思議と楽しい気持ちだ。ゆるりと瞼《まぶた》を開くと、すぐ目の前にアレスの顔があった。それが変に面白くて、僕はへらりと笑った。

「……起きたか」

アレスの顔が安堵《あんど》したように緩む。ここはどこだろう、とか、なんで僕は眠っていたんだろう、とか、そんなことを考えるよりも先に、アレスのその緩んだ顔がかわいいなぁと思った。

「あれす、かわいい」

あれ、口に出していた。言葉にしたつもりはなかったんだけど。彼は僕の言葉を聞いて、「はァ?」と眉間に深いしわを刻んだ。

「お前……何言ってんだ? 顔も赤いし……熱か? 意識なくしてる間に風邪でも引いたか?」

彼の手が僕のおでこに当てられる。彼は首を傾げながら手を引いて――不意にその手が耳を掠《かす》った。

途端、ぞくりと熱っぽい震えが身体を走る。

「ひゃんッ……」

変な声が聞こえた。いや、違う、僕の喉《のど》から出たのか。そのことが面白くて、僕はまた笑った。

「えへへ……なんか、へんなこえでた」

なんとなく、呂律《ろれつ》が回っていない気がする。でもいいか、ふわふわしてて、こんなに楽しいんだから。彼はさらに渋い顔になった。なんでだろう。何がそんなに嫌なんだろう。僕はアレスに笑っててほしいのにな。

「……まさか」

アレスはその渋い顔のまま、僕の頬に手を添えてきた。彼の手は少しひんやりしていて、僕はびくりと身体を震わせてしまう。そのまま彼は、今度は意図的に僕の耳や首筋に手を這《は》わせた。彼の手が動くたびに、またぞわぞわと熱っぽい震えが走る。なんだろう、これ。不思議と不快じゃなくて、むしろ——。

「あぅっ……んっ、ァ……はぁ……っ」

僕の声なのに、僕とは違う声がする。なんだか分からないけど、身体が熱くなって仕方ない。なんだろうこの感覚。僕は首を捻《ひね》って少し考えて、あっと閃《ひらめ》いたものがあった。

「きもちいい……へへ」

僕の知っている感覚じゃないけど、たぶんこの感覚は気持ちよさだ。そうに違いない。妙な確信があった。見上げた先にあるアレスの顔はどうしてか、今にも舌打ちをしそうなほど苦々しげに歪《ゆが》んでいた。

「あいつの言ってた副作用ってこれか……確かに害はねえが……」

「ふくさよう？　なに？」

「あー……いいから、お前は寝ろ。何も考えずに今すぐ寝ろ。いいか、何も考えず、今すぐ、だぞ。……俺は頭冷やしてくる」

アレスが背を向ける。それが無性に寂しくて、僕は慌てて彼の手を掴《つか》んだ。

「やだ、いかないで……ぼく、ひとり、やだ」

そしたら彼はぴたりと動きを止め、渋々といった様子で振り返り、近くにある椅子に座り直した。

「……ここにいてやるから、寝ろ。今すぐ寝てくれ。頼むから」

「えー……それより、あれす。さっきの、もういっかい」

「……さっきのだぁ？」

「うん、あのね。さっきのとこ……さわって？」

アレスの手をとって、さっきと同じ場所に当てると、僕はこてんと首を傾げた。彼は目を見開いて絶句している。僕、何か変なことを言ったかな？　彼の顔は心なしか、赤くなっているように思える。

確かめようと僕は、両手をアレスの頬に伸ばして触れた。やっぱり、ちょっとだけ熱い気がする。

僕の手が触れているアレスの顔は、なんだか強張っている。どうしたんだろう。それにしても顔がすごく近い。たとえば、そう……キスもできちゃいそうだ。

「えいっ」

そう頭に浮かぶや否や、僕は身体を起こして自らの唇をアレスの唇に重ねた。こういうの、思い立ったが吉日って言うらしい。クロードが言っていた。思い立ったらその時にすぐ行動しろっていう意味の言葉だ。……あれ、ちょっと違うかな？

とにかく、僕はアレスにキスをした。唇を離した後彼は呆気《あっけ》にとられた顔をしていた。してやったという満足感が込み上げる。

キスは好きな人同士でするものだっていうから、じゃあ逆にキスをしたら相手のこと、好きになるんじゃないかな。僕はアレスのことが好きだから、アレスには僕のことを好きになってほしいな。僕のこと、好きになってくれる？

「おまっ――何、言って」

彼が目を見開く。あれ、今の全部、口に出てたみたいだ。どうしよう。いや、どうもしないか。全部本心なんだから。

アレス、どうしたら僕のことを好きになってくれる？　僕、アレスのことが大切だから、アレスにもおんなじように思ってほしいな。どうしたらいい？　もう一回キスしたらいいのかな。

そう考えていたら、また全部口に出てたみたいだ。彼は何事かを呻くと、不意に僕の頭の両脇に手をついた。見下ろされている。いつもかき上げている彼の髪がいくらかはらりとこぼれた。僕はその髪に触れて、少し笑った。

やっぱり、アレスの黒髪が僕は好きだ。艶《つや》があって、夜空みたいな色をしていて、とても綺麗《きれい》。なんでアレスは嫌いなんだろう。こんなに綺麗なんだから、アレス自身にも好きになってもらいたいな。

「シリウス――」

そんなことを言ったら、彼は少し泣きそうな顔になった。僕がどうしたの、と聞こうとしたら――突然、キスをされた。彼からされるなんて思ってなくて、僕は驚いて目を丸くした。それも、軽く重なるようなものじゃなくて、唇を食《は》むような甘いもの。身体の芯《しん》がじんと痺《しび》れるような感覚がした。

唇が離される。僕がアレスに呼びかけようと口を開くと、また唇を重ねられた。今度は彼の舌が口の中に入ってくる。彼の舌で僕の口の中を優しくなぞられたり、時々舌を吸われたりする。恐る恐る僕の舌も伸ばしてみたら、舌を絡ませるようにしたり、舌でなぞられたりした。

僕は何がなんだか分からなくて、でも決して嫌じゃなかった。なんだか、すごく胸がきゅんきゅんして温かい気持ちだ。それと同時に、蕩《とろ》けそうな気持ちよさも感じる。びっくりはしてるけど、幸せだとも思った。

今度こそ唇が離される。アレスはまっすぐに僕を見つめている。その銀色の瞳《ひとみ》に僕だけが映ってるのが、嬉《うれ》しいと思う。

「お前は……本当に、かわいいな……」

彼が僕の髪を撫でながら呟《つぶや》く。切なげな声色だった。

酔ってる訳じゃないのに、そんなことを言うアレスがなんだかおかしい。それに、キスしてくるなんて。どうしたんだろう。僕のこと、好きになってくれた?

「……馬鹿野郎。いいから、寝ろ」

彼はその問いに答えてくれなくて、僕にかかっている掛け布団をかけ直して、そう吐き捨てた。僕は彼の顔を見ようとしたけれど、それよりも先に眠気がやってきて、僕はそれに身を任せた。

次に目を覚ました時僕は、この記憶が果たして現実なのか夢なのかを考えていた。自分からキスをしたり、アレスが僕にキスしてきたり――なんて。それも、あんな――。思い出して、僕は恥ずかしさに悶《もだ》えたくなった。あの時は恥ずかしいなんて思わなかったのに。

夢なんじゃないかと思うけれど、でも、あの時の感覚ははっきりと思い出せる。アレスの唇の感触も、それから、あの――僕は顔が熱くなるのを感じた。だけど、現実だとしたらアレスはなんであんなことをしてきたんだろう。僕のこと、ちょっとは好きなのかな。

そう悶々《もんもん》としていたら、部屋のドアが開いた。見ると、そこにはアレスがいた。そういえばここ、どこなんだろう。

「……ねえアレス、ここってどこ？　僕、なんでここに寝てるの？」

そう疑問をぶつけたら、アレスはほっとしたような、少し残念なような、不思議な顔になった。

「ここは魔導師団のメルヴィア支部だ。お前が魔力切れで倒れたから、二日くらいここで寝かせてた。もう大丈夫か」

「魔導師団……そ、そういえば、アレスこそ身体は大丈夫？　それから、クロードは？　クロードも大丈夫なの？」

「俺もクロードも何も問題ねえ。治癒魔法でさっさと治しちまったからな。むしろ、お前が一番重症だ」

僕が一番重症なのは申し訳ないけれど、二人が無事でよかった。それにしても、僕が魔導師団の支部の一室なんて借りてよかったんだろうか。そう不安がっているのが分かったのだろうか、アレスは安心させるような声色で言った。

「魔導師団のやつらはお前のことを心配してたぞ。目が覚めるまでいてくれて構わねえとも言ってたな。ま、一番心配してたのは団長だけどな」

「そっか、ならよかった……」

「ところで、シリウス。王都には興味あるか？」

突然話が飛んで僕は不思議に思いつつ、頷《うなず》いた。

「うん。クロードが色んな王都の話を聞かせてくれて、それで、いつか行ってみたいなぁって」

「そうか。じゃあ準備したらすぐ王都へ向かうぞ」

「……へ？」

あまりに唐突なアレスの言葉に、僕は口をぽかんと開けた。

——その次の日、僕らはメルヴィアの人たちに笑顔で送り出され、王都へ向かうこととなったのだった。

王都までは王国が用意してくれた馬車に乗って行った。僕は今まで後宮に軟禁されていたため、元皇族だというのに馬車は初めてだ。だから楽しみで仕方なくて、前日は少し寝付けず、乗っている途中で少しうとうとしてしまい、アレスに笑われた。でも、窓から差し込んでくる日光が心地よくて眠気を誘うものだったのだから、仕方がないと思う。

だがアレスによると、普通馬車はもっと揺れるものらしい。それがほとんど揺れずに快適なのは、馬車に刻み込まれたいくつかの魔法陣によるものだろうと。恐ろしい技術力だな、とアレスは呟いていた。まあなんにせよ、馬車の旅は快適に過ごせたのでよかった。窓の外に見えるメルヴィアの街並みはとても綺麗だったし。

そうして辿《たど》り着《つ》いた王都アストルムは、メルヴィアの街並みとはまた違った趣のある、美しい街だった。

王都と比べてみると、メルヴィアはいい意味で雑多な街だったのだと分かる。恐らく港町なのもあって、色々な国の文化が入り混じっていたんじゃないだろうか。一方王都は、整然とした統一感のある街並みだった。街中にいる人たちも、活気があるというよりは穏やかに見える。僕はどちらの街並みも好きだ。

「わぁ……！」

馬車から降りた僕は歓声を上げた。王国の使者だという魔導師団の団員らしき人に連れられ、用意してもらった宿へと向かう道中、アレスはぽつりと呟く。

「綺麗な街だな」

「アレスもそう思う？」

「ああ。……それに、平和ないい街だ」

言葉とは裏腹に、アレスは僅《わず》かに目を伏せた。なぜか少しだけ悲しそうな顔だ。一体どうしたというんだろう。僕が首を傾げると、それに彼は気が付いたのか、静かな声色で言う。

「俺が――黒髪の男がこうして堂々と道を歩いていても、何も言われない」

「アレス……」

「きっと魔族の被害が全く身近じゃないんだろうな。魔族に恨みを持つ人間がそこらにいる場所じゃ、こうはいかない。……噂には聞いてたが、本当に平和な国なんだな、アドウェルサは」

やや目を伏せながらも、なんの感情も窺えない静かな声で言うアレス。その声色が嫌な慣れを感じさせる。何も言われないことに驚くなんて、今まで彼は――。僕は唇を噛《か》んだ。彼が今まで受けてきた扱いを考えると、なんだか鼻の奥が少しだけつんとした。どうして。

僕は彼と手を繋《つな》いでぎゅっと握った。

「僕は、アレスが魔族なんかじゃない優しい人だって、ちゃんと知ってるからね」

なんて言えばいいか分からなくて、僕は迷って、結局そんなことを言った。ちょっと突拍子もない言葉だっただろうか。彼は僕の方を向いて少しだけ目を見開き、やがて、表情を緩めた。

「……馬鹿」

彼は僕の手を優しく握り返してくれている。それが嬉しい。僕は「へへへ」と少し笑いをこぼした。

不意に、僕たちを先導して歩いている団員が「あの」と立ち止まって振り向いた。彼はしばし俯《うつむ》いていたが、やがて勢いよく顔を上げて言った。

「話を盗み聞きしていいて申し訳ないですが……あの、この国は本当に髪色の差別はほとんどないですから！　差別がないというか、特に王都は魔族の被害が本当にないので、そもそも黒髪と魔族を結びつける人があんまりいないというか……本当に平和ボケしていて、団長にもよくそう言われてもっと緊張感を持てと……いやいや、こんなことを言いたいんじゃなくて！」

彼は唐突に、アレスに向かって頭を下げた。

「メルヴィアをクラーケンから救ってくださり、ありがとうございました！　僕、妹があの街の港近くで暮らしているので、あなたとお会いしたら絶対にお礼を言おうと思っていて！」

彼は頭を上げて、笑った。アレスは今度こそはっきりと目を見開いていた。

「あなたは今後、魔導師団に入って戦闘指南をしてくださると団長から聞きました。僕はそれがすごく嬉しいんです！　クラーケンを倒したという話を聞いた時から、ぜひ戦い方を教えていただきたいと思っていたので」

「えっ！　アレス、魔導師団に入るの？」

「違っ──俺はまだ考えてさせてくれと──」

「昨日、団長が言っていたんです！　クラーケンをほぼ単独で討伐した凄腕《すごうで》の男を戦闘指南役として団に招くと！　だから僕はすごく楽しみにしていて！」

「だから！　俺はまだ返事を──！」

僕たちが王都へ来たのは、王様がアレスのクラーケン討伐を讃《たた》えるため、と聞いた。だからアレスはこれから王様と謁見すると。それだけだと思っていたのに、まさか今後は魔導師団に入るだなんて！　アレスが国から認められたみたいでなんだか嬉しい。

「アレス、よかったね！　先に僕には言っといてほしかったけど……でも僕、自分のことみたいに嬉しいな。アレスならきっといい指導ができるよ！」

「僕もそう思います、まだほんの少ししかお話ししていませんが！」

団員の彼はにこにこ笑っている。目が合うと、僕にも笑いかけてくれた。つられて僕も笑う。なんだか彼とは気が合いそうだ。

アレスは思いっきり顔をしかめた。どうしてそんな顔をしているんだろう。やがて彼は空いている方の手でぐしゃぐしゃと髪をかき乱して、深いため息を吐《つ》いた。

「まさかこのために若い団員を迎えに寄越《よこ》したのか、あいつは……？　俺の性格をよく分かってやがるな、畜生、謀りやがって……」

「アレス？」

「……なんでもねえ。悪かったな、お前になんも言わず王都へ連れてきて。まだ本決まりじゃなかったから言わなかったんだ」

なぜかため息混じりだが、彼はそう言った。なんにせよ、アレスが国から評価してもらえるのは嬉しい。だけど、団に入るということはメルヴィアから離れて王都へ移住する、ってことだろうか？　それはなんだか寂しいな。メルヴィアの皆はなんて言うんだろう。

そんなことを考えていたら、不意に団員の彼が前方を向いた。なんだか厳しい顔をしている。視線の先を見ると、数人の男がこちらへと歩いてきていた。真ん中には金髪碧眼のきらびやかな格好をした男がいる。金髪の男は悠然と足を進めると、僕らのすぐ目の前で足を止めた。整った顔立ちだが、性格の悪そうな笑みが台無しにしている。

「やあ君、これが例の流れ者かい？」

金髪の男は、顎《あご》でアレスを示しながら団員の青年へと問いかけた。明らかに僕たちを見下している態度だ。団員の青年は、苦々しい声色で答えた。

「そうです……が、お言葉ですが、流れ者という言い方はあまり良くないんじゃないかと……」

「お前ごときが殿下に逆らうのか？　ハハッ、傑作だな！」

「卑しい男を庇《かば》うなど、やはり平民出の団員は愚かだね」

団員の青年の言葉に被せるように、金髪の男の取り巻きがあれこれと言う。団員の青年は俯いた。

殿下、ってどういうことだろう。僕がこっそり尋ねると、団員の彼は小さな声で答えてくれた。

「彼は王弟殿下。魔導師団の副団長だよ」

「副団長？　それに、王弟？」

「うん。国王陛下と年の離れた弟君なんだ。――身分ばかり高い穀潰《ごくつぶ》しの無能だよ」

なんだか押し殺した声ですごい言葉が聞こえた。気のせいかと思ったが、彼の目は今にも相手を殺しそうなほど憎々しげだったから、気のせいじゃないらしい。身分ばかり高い穀潰しの無能……？

彼――副団長は、色々と言い続けている取り巻きを制すと、胡散臭《うさんくさ》い笑みを浮かべたままアレスへぐっと顔を寄せた。

「流れ者の魔族もどきがどこまでやれるかは知らないが、せいぜい頑張るといい」

低い声で囁《ささや》くと、副団長は高笑いをしながら去っていった。気分が悪い。なんだよ流れ者の魔族もどきって……！　団員の青年も同様に怒っていた。が、アレスは仏頂面だが普段とあまり変わらない。怒らないのか問うと、アレスは肩をすくめた。

「あんな殺意も憎悪もない嘲《あざけ》りなんざ、ガキのお遊びみたいなもんだろ」

その言葉からアレスの今までの境遇が透けて見える。軽くあしらう様はかっこいいが、それでも馬鹿にされたのは怒らなきゃ駄目だ。アレスが怒らないなら僕が代わりに怒ってやる。そう言ったら、唐突に頭を撫《な》でられた。

「お前は本当にいい子だな」

「子供扱いして……」

「実際子供だろ」

子供扱いはあんまり嬉《うれ》しくないが、アレスの表情がやわらかく緩んでいたから、まあそれ以上は言わないことにした。アレスの笑顔の方が大事だ。

気を取り直した団員の青年が、「ご用意した宿はもうすぐで着きます」と言いながら歩くのを再開する。さっき出会った副団長のことは一旦《いったん》忘れて、僕たちは再び足を進めた。


十数日後、アレスは魔導師団への入団を無事果たした。クラーケン討伐の功を讃えて王様から褒章なりなんなりをもらった後、「訓練長」という新設の地位に任命されたらしい。団員への戦闘指南が主な役目だそう。

アレスはこのことを僕に伝えながら、それはそれは嫌そうな顔をしていた。僕からすると、アレスがなんでそんなに嫌がるのかよく分からない。メルヴィアの街の人たちも、「風見鶏」の店長や女将さんも、皆一様にアレスを祝っていたのに。

だけど入団するということは王都に引っ越すことと同義なので、「風見鶏」の店長、女将さん、常連さんたちは寂しくなるって悲しそうな顔もしていたけれど。休みの時にまた来るよと言うと皆嬉しそうにしていた。本当に、メルヴィアの人たちは温かい。

そんな経緯で入団したアレスだが、もちろん大歓迎とはいかなくて。むしろ、「なんでこんなやつに教えられなきゃならない」と言いたげな人たちがたくさんいたらしい。だからアレスは入団を嫌がったのかもしれない。

この国では、実力主義が謳《うた》われるにもかかわらず貴族主義の人が割といて、そういう人は王侯貴族以外の人間が魔導師団に入ることそのものにいい顔をしないという。確かに、王族や貴族の方が平民に比べ魔力総量が多く、十分な教育を受けられるため、ある程度はそういう考え方も仕方ないのかもしれない。だけど、そういうものでしか人を判断できないのは悲しいな、と僕は思う。

そうして王都で暮らし始めて数日。ふとクロードが「せっかくアレスさんとシリウスくんが王都に来てくれたんだから、僕がちょっとだけ王都を案内してあげるよ！」と夜に時間を作り、僕らを連れ出した。

クロードといえば驚きの事実があった。なんと、「アドウェルサの守り神」と名高い「神風様」こと魔導師団長は、クロードだったらしい！　初めて知った時は驚いて大声を上げてしまった。

だって、クロードが神風様？　こんなに威厳も何もない変なお兄さんが……？　驚愕《きょうがく》していたら、クロードは「柄じゃないんだけどね」と苦笑していた。神風様として活躍する彼を想像できないが……いやでも、クラーケンと戦っている時だけはかっこよかったか。戦っている時だけは。

ともかく、今はそんなクロードに軽く王都を案内されているところだった。

「それでね、最後にどうしても君たちを連れていきたかった場所がここだよ！」

やがてクロードが僕とアレスを連れてきたのは、王都の外れにぽつんと立っている古ぼけた塔だった。「ここは？」と尋ねると、クロードは意気揚々と話しだした。

「ここはね、通称『星降りの塔』っていうんだ。なんのために建てられたのかは諸説ある古ぼけた塔なんだけど、そこから星を見ると綺麗《きれい》に見えることからそう付けられたんだって。ここは本当に星が綺麗に見えるから、ぜひ二人で星を見てみてよ！」

「二人で？」

「うん。僕はまだ片付けなきゃいけない書類が残ってるから、仕事に戻らなきゃなんだよね」

「……今からか？」

「そう、今から。どこぞの全く仕事をしないどころか余計な仕事を増やしてくる副団長がいなきゃ、もうちょっと楽になるんだけどねぇ……」

クロードの目が殺意に満ち始めたから、これ以上掘り下げるのはやめた。

「そ、そっか。頑張ってね！」

「ありがとうううう！　はあ……シリウスくん本当に存在が癒やし……。じゃあ、今日は天気がいいしせっかくだから楽しんで！」

クロードは踵《きびす》を返しかけて、ふと、僕だけにそっと呟《つぶや》いた。

「ここはね、ある噂があるんだよ。なんでも、ここで好きな相手と星を見たら、ずっと一緒にいられるんだって」

「えっ。あ、あの、クロード」

「じゃあね、楽しんで！」

クロードはそれだけ言い残すと、さっさと空を飛んで去っていってしまった。そう、空を飛んで。小さくなっていく彼の姿を見ながら、アレスは「相変わらずあいつは規格外だな……」と呆《あき》れ気味に呟いていた。

僕らは顔を見合わせたが、せっかくだからと塔へと向かった。夜空を貫くように立っている円柱の塔。古ぼけているが、案外大きくて造りがしっかりしていそうだ。僕たちはクロードについて話しながら、塔の螺旋《らせん》階段を登っていった。

やがて辿り着いたてっぺんには外に迫《せ》り出した部分があり、一回り大きいそれが塔をぐるりと巻いている。これはなんだろう。僕が首を傾げていると、アレスが「見張り台だろうな」と呟いた。

「見張り台？」

「ああ。敵を見張るための場所だ。本来はこういうところに誰かが日夜見張りのために詰めて、敵襲があったら知らせてるんだが……この国は本当に平和なんだな。見張り台が使われていたのは、もう随分と昔なんだろう」

「へえ……」

平和なのはいいことなんじゃないだろうか。どうしてアレスは複雑そうな表情をしているんだろう。

僕の訝《いぶか》しげな表情に気が付いたのか、アレスはやや苦い顔で呟く。

「平和ボケしすぎてると、いざという時になんもできねえだろ」

「……確かに」

楽しい気分が一気に落ちた。そうだ、確かにアレスの言う通りだ。平和ボケしすぎていると、いざという時に立ち向かえない。……たとえば、国を襲う魔族の群れなんかに。

僕は、「神風様」なんていうすごい人がいるのにどうしてこの国はあっさり滅ぶんだろう、なんて思っていた。こんなに平和なのにどうして、と。だけど、もしかしたら平和だからこそあっさり滅んだのかもしれない。誰も襲いくる魔族の群れなんて想像できなくて、ろくに立ち向かえずに滅ぼされていく、のかな。

であれば、僕は――この国が滅ぶ未来を知っている僕は、一体どうすればいいんだろう。僕には何も力がない。いや、この国を滅ぼすはずの魔王は今僕の隣にいるから心配無用だろうか。だけど、この国を襲う魔物はなんだか増えてきているらしいし……。

不意に、肩を叩《たた》かれた。見るとアレスは、少しだけ眉尻《まゆじり》を下げている。

「んな顔すんな。心配しなくても、こんだけ平和な国なんだ、怖いことなんざ起こらねえさ」

「そう……だね」

「それより、ほら、星を見ようぜ」

アレスに気を遣わせてしまった。僕は暗い想像を一旦断ち切って、「そうだね！」と頷《うなず》いて見張り台の上へと駆け上がった。アレスはその後をついてくる。

空を見上げて、僕は思わず歓声を上げた。本当に綺麗な夜空だった。星たちがちりばめられた宝石みたい。

「綺麗だな」

隣を向くと、手すりに肘《ひじ》をついたアレスがやわらかい表情を浮かべていた。銀色の瞳《ひとみ》が優しい色をしている。ふとアレスと目が合う。彼は、慈しむような優しい目で僕を見つめてきた。本当に、優しい目だった。

――ここはね、ある噂があるんだよ。なんでも、ここで好きな相手と星を見たら、ずっと一緒にいられるんだって――

不意にクロードの言葉が蘇《よみがえ》る。……僕には「好き」がまだよく分からない。僕はアレスへの思いを恋ってやつだと思っているのに、アレスに言ってもクロードに言っても、それは恋じゃないと否定されるし。分からない、けれど……。なんだか、アレスの優しい銀色を見ていると、ぎゅうっと胸が締め付けられたみたいに痛くなった。不快じゃない、どこか甘い痛みだ。なんだろう、これ。僕は胸の辺りを押さえて首を捻《ひね》った。

「……シリウス？」

「あ、ううん、なんでもない！　星、すっごく綺麗だね！」

彼は不思議そうな表情をしていたが、やがて空に向き直って「ああ」と呟いた。星はとても綺麗だし、アレスと見られるのは嬉しいのに、やっぱりなんだか胸が痛かった。この痛みは、なんていう名前を持つんだろう。

アレスが魔導師団に入団してから、数ヶ月。アレスは既に疲れ切っていたし、「メルヴィアに戻りてえ……」としょっちゅう弱音をこぼしていた。

アレスに対する団員たちの反応は、大きく分けて三通りだそう。

一つが、アレスを歓迎して訓練も真面目に取り組む人たち。彼らは「団長派」だとか「平民派」だとか呼ばれる派閥で、クロードに心酔していたり、クロードの考えに同調している人らしい。また一つが、アレスの実力は分かったけれど、流れ者であるアレスの言うことを聞くのがなんとなく嫌だとか、まだ信用し切れない人たち。彼らは「中立派」と呼ばれる派閥で、恐らく最大勢力だ。

そして最後の一つが問題で、アレスに敵愾心《てきがいしん》を抱いている人たち。彼らは「副団長派」や「貴族派」と呼ばれる派閥で、王侯貴族のみが魔導師団という名誉ある職に就くべしと考える人たちだ。僕からしてみれば、なぜ王族だからと無条件に偉くなるのかが分からない。そうアレスに言ったら、「お前が言うと説得力が凄《すさ》まじいな」と苦い顔をされたけれど。

つまり、単純計算で三分の二以上がアレスに対して好意的ではないことになる。そりゃあ確かに疲れるだろうな、と少し同情したくなる。

一方の僕はというと、アレスが魔導師団にいる時間帯は働いていた。僕くらいの年齢の子供は、一般的には親の家業の手伝いをしたり、働いたりするという。だから僕も働き口を見つける、と言ったのだが、そしたらアレスは顔をしかめて「お前が働く？　無理に決まってんだろ、世の中を何も知らないくせして」と文句を言ってきた。

アレスは僕に、自分の目の届く安全な場所にずっといてほしいらしい。だけど僕だってあと少しで十五歳になるし、そんなに幼くはないし、アレスに守られてばかりじゃいけないと思う。アレスは少し過保護じゃないだろうか。そう言ったら彼は「……自立すんの、早すぎんだろ」と呟いていた。その顔がなぜだか捨てられた子犬みたいに見えて、少し笑えた。

だけどどうやって働き口を探せばいいんだろう、と困っていたら、クロードがあるレストランを紹介してくれた。そのレストランは貴族が通うような高貴な場所でこそないものの、治安が良く穏やかな地区に建っていて、王都の市民に愛されている安くて美味しいお店だという。そして店主の人柄もいい。

けれどつい最近、ウェイトレスをやっていた女性が結婚そして妊娠のため辞めてしまって、人手に困っているそう。だからちょうどいいんじゃないかな、とクロードはその店長に話をつけてくれた。そしたら店長のお爺《じい》さんは歓迎してくれて、僕はそこでウェイターとして働くことになった。本当にクロード様々だ。

だけど、クロードはなんでそんなことまで知っているんだろう。最近思うが、クロードは貴族なのに市井《しせい》に馴染《なじ》みすぎている気がする。前に彼は侯爵家の人間だと聞いたが、ちゃんと貴族社会でやっていけているんだろうか。

そんなある日。お店は定休日だったが、僕はいつも通り店へと来ていた。

「……こんなので、大丈夫かなぁ」

「おー、綺麗《きれい》にできてるじゃねえか！」

僕が働いているレストラン「黒猫亭」の料理長が僕の背をバシンと強く叩く。僕がちょっとだけ口を尖《とが》らせて「痛いよ」と言うと、彼は悪い悪い！　とまた叩いてきた。それが痛いんだってば。彼は体格のいいお兄さんで、元気で愉快な人なんだけど、ちょっとデリカシーがなかったり力が強かったりする。でも料理をする時はとっても繊細なのだ。

このお店で働いているのはあと二人で、一人が店長のお爺さんで、もう一人が料理人見習いのエマ。店長はもうすっかり白髪の、だけどまだまだ元気なお爺さんだ。なんでも退役軍人、ってやつらしい。昔は他国で軍人として戦っていて、魔族と戦った時に受けた呪いで片足を失ったため引退したらしい。それで平和なアドウェルサに移住して、昔から憧《あこが》れていたレストラン経営を始めたと。

エマは僕と二つしか変わらない赤髪の少女で、いつか自分の店を開くことを夢見て今は料理の修行中なんだとか。愛想こそ悪いけど、とてもいい子だ。

「おお、坊主、お前にしちゃ上出来じゃないか」

「坊主じゃなくてシリウス！　それに、お前にしちゃ、って酷いよ」

「そうか、すまんすまん」

わざとむくれると、店長はけらけらと笑いながら僕の頭をぽんぽんと叩いた。僕が作ったのはアップルパイだった。ある人への贈り物だ。最初はケーキを焼こうとしていたんだけど、「お前にゃ無理だ、パイにしとけ」と店長が言うものだから、仕方なくアップルパイにしたのだ。

僕が出来上がったアップルパイを眺めていると、エマが後ろから声をかけてきた。

「ほら、シリウス。買い物行くんでしょ」

「うん！　二人とも行ってきます！」

「おう、後の料理は俺らに任せとけ！」

二人に笑顔で手を振る。料理長と店長は笑い返してくれた。

黒猫亭を出て商店街を歩いていると、シリウスくん、とか、また歌聴かせてね、とか、たまにはうちに寄って行ってくれよ、とか、色んな人に声をかけられる。僕は嬉《うれ》しくなって笑顔で彼らに返事をした。

黒猫亭で僕は、風見鶏と同じく時々歌を歌っている。アレスの伴奏がないのは少し寂しいけれど。お給料に加えその歌でもらったチップで僕はそこそこ稼いでいた。心配していたけれど、メルヴィアと同じく王都でも優しい人たちに囲まれているから、僕は本当に運がいい人間なんだと思う。

「……あんたは本当に人気者だねぇ」

若干呆れたようにエマが言う。僕が、そうかな、と首を捻ると、彼女はその調子で続けた。

「私はあんたよりずっと長くここで働いてるけど、こんな風に声かけられたことなんてほとんどないよ」

「そうなの？　うーん、エマはあんまり笑わないからじゃないかな？　かわいいのにもったいないよ。きっと皆に笑顔をたくさん向けたら、皆だって笑い返してくれるし、皆と仲良くなれるよ！　だって、王都の人たちはいい人ばっかりだもん」

「……これだから、シリウスは」

どういう意味なのかは分からなかったけれど、まあ、エマは笑っていたから悪い意味ではないんだろう。

そんな会話をしていたら、お目当てのお店に着いた。僕が悩みながらものを選んでいる横でエマは色々と意見してくれて、僕はお財布と相談しつつ、結局ある一つのものに決めた。それを包んでもらいながら、僕は思わず呟いた。

「……喜んでくれるかなぁ」

「そりゃ心配ないよ、だって、シリウスが自分で選んだものを邪険にするような人じゃないんでしょ？」

「それは、そうなんだけど……うー、やっぱり不安だな」

大丈夫だって、というエマの言葉を聞きながら、僕は不安でちょっとだけため息を吐《つ》いた。


「あっ、アレス！　やっと来たぁ」

「……なあ、店の外に定休日って札がかけられてたんだが——っていうか、中にも客が一人もいないじゃねえか」

僕は今晩、僕が働いているお店に一回は来てよ、と言って、アレスを黒猫亭に呼び出していた。定休日に。困惑している様子のアレスの背中を後ろから誰かが押す。見ると、そこにはクロードと——丸眼鏡をかけた男の人が立っていた。

誰だろう、彼は。僕が首を捻ると、それに気付いたクロードが笑って紹介してくれた。

「ああ、彼はゼルって言うんだ。うちの団員。とってもいい子なんだよ」

「なんでか知らねえが、妙に俺に懐いててな……シリウスに会ってみたいっつーから、連れてきた。まあ、悪いやつじゃねえよ」

「よろしく！　ゼルでいいっすよ！　君が、シリウス？」

二人とも妙に彼に対して好意的だ。アレスが短期間で誰かに好意を持つのは珍しいし、クロードが特定の団員をはっきり褒めるのも珍しい。まあ、それだけいい人なんだろうな。

丸眼鏡の彼、ゼルが満面の笑みを浮かべて僕に手を差し出してくる。僕は握手しようと手を伸ばしながら彼の目を見て——首を捻った。指の付け根が唐突に熱を持ち始めたからだ。

見ると、ぼんやりとあの黒い指輪が光っていた。一体何に反応したんだろう。僕が手を中途半端なところで止めてじっと指輪を見つめていると、ゼルも興味津々といった様子で覗《のぞ》き込んできた。

「指輪？　なんで光ってるんすか？」

「僕も分かんない……これ、状態異常——ええと、呪いとか、精神汚染とか、洗脳とかを無効化する指輪なんだけどね、一体何に反応したんだろう？」

「へえ……？」

二人で顔を見合わせて首を傾げたが、まあいいか、と僕は改めてゼルの手を握り返した。

「僕はシリウスだよ。よろしくね」

「よろしくっす！　アレスさんが言ってた通り、とってもかわいくていい子そうっすねぇ！」

「え？」

「馬鹿、お前、んなこと言ってねえだろうが！」

「いてっ」

アレスが少し慌てた様子でゼルのことをどつく。なんだか既に仲が良さそうで、少しだけもやっとする。なんでだろう。

ゼルの目はにこにこと細められていて、もともとが細いのか、まるで一本の線のようにすら見える。そしてその上からゼルは丸眼鏡をかけていた。髪の色は紫、男にしては少し長めで、肩の上辺りでぷっつりと切り揃えられた髪型をしていた。彼の髪型はなんだか既視感がある、ような。

彼はにこやかでとても感じがいいが、どこか得体の知れない雰囲気を纏《まと》っている——気がする。気がするだけで、クロードもアレスもいい人だって言ってたから違うんだろうけれど。

「ゼルのことはいい。それよりシリウス、なんで店の中に俺ら以外誰もいねえんだ？」

「だって定休日だもん、今日」

「は？」

思い切り顔をしかめたアレスと、にやにやしているクロード、何かを察したような顔をしているゼル。彼らに僕は、いいから皆座って、ちょっと待っててね、と促して、キッチンへと駆け込んだ。

「おうシリウス！　料理は全部できてんぞ！」

キッチンに入ると、料理長が満面の笑みで親指を立てた。店長は「全く……こんなことに付き合わせおって……」とぶつぶつ言っていたけれど、顔は笑っていたからやっぱりいい人だ。料理を出してもらうよう二人に頼んで、アップルパイはエマに頼んで、僕は買ってきたものを手に持った。

客席へと戻ると、アレスは戸惑ったように顔をしかめている。

「おい、なんで定休日に料理出してんだ？　つーか、これ――アップルパイ？」

「うん。アレス、この前林檎《りんご》が好きって言ってたよね？」

「まあ、確かに言ったかもしれねえが……それがなんだってんだ」

アレスはまだ何も分かっていないみたいだ。何も知らないゼルすら何かを察したような表情をして見守っているのに。僕は買ってきたものを差し出して、笑顔でアレスにこう言った。

「誕生日おめでとう、アレス！」

――そう、今日はアレスの誕生日だった。正確には誕生日じゃなくて、彼が育った孤児院に拾われた日らしいが、ともかく真冬の今日が彼の二十九歳の誕生日だ。

アレスはぽかんと口を開けた。何がなんだか分かっていないようだ。しばらく呆気《あっけ》にとられた後、彼はゆっくりとぎこちなく首を傾げる。

「誕生日……？」

「結構前に自分で言ってたでしょ？　……もしかして、今日じゃなかった？」

「ああ……そういや今日か……じゃあ、これ、まさか……？」

「あのね、お店の皆にアレスの誕生日祝いたいんだって言ったら、皆手伝ってくれたんだ。このアップルパイね、僕が焼いたんだよ。あと……はいこれ、プレゼント！」

アレスは呆然《ぼうぜん》としながら、僕の渡したものの包み紙を開けた。そして中から出てきたものを見つめ、ぽつりと呟《つぶや》く。

「オルゴール……？」

「そう。鳴らしてみて！」

アレスが恐る恐るオルゴールのねじを回して離すと、店の中に、どこか郷愁《きょうしゅう》的で勇ましい音楽が流れ出した。

『光の英雄』、か……」

「うん。アレス、この歌が一番好きみたいだからさ」

アレスは、手のひらに乗せたオルゴールを見つめたあと、俯《うつむ》いて黙り込んでしまった。彼は何も言わない。僕は不安になって「……アレス？」と顔を覗き込み——それからびっくりして、息を呑《の》んだ。

アレスは、静かに涙をこぼしていたのだ。彼の涙なんて初めて見た。アレスも泣くんだ、それにしてもなんで——と絶句していると、彼は「……見んな」とばつが悪そうに目を逸らす。それから、黙って僕を抱きしめてきた。

「ねえアレス、」

「泣いてねえ」

「……まだ何も言ってないよ」

「クソが、泣いてなんかねえよ。ただ……お前が、俺の……俺なんかの、誕生日なんて祝うから……

余計なことすんな、馬鹿……」

「そっか……喜んでもらえたなら、よかった」

「……うるせえ」

アレスは僕の肩口に顔を埋《うず》めたまま、くぐもった声を出す。その声が若干震えているのには気付かないふりをして、僕は彼を抱きしめ返した。こんなに喜んでもらえるとは思ってなかった。もしかしたら彼は何か、昔のことでも思い出したのかもしれない。でもなんにせよ、喜んでもらえてよかった。頑張って準備してきた甲斐《かい》があった。

僕らはしばらくの間そうしていたけれど、僕が「アレス、料理冷めちゃうよ」と声をかけると、アレスは目元を荒々しく擦《こす》ってから僕の身体を離した。その離れた体温を少しだけ惜しく感じる。

「うぅっ……アレシリ、早く結婚して……っ、違う、もうしてたっけ……ぐすっ、式の日取りはいつですかぁ……」

……ちなみにクロードはというと、よく分からないことを呟きながら号泣していた。隣に座るゼルが、笑顔を崩してドン引きするくらいには。憧れの存在である神風様の醜態《しゅうたい》を目の当たりにした皆は思いっきり顔を引きつらせていた。が、僕が料理を机に運び始めると我に返ったように動き始めた。

エマは料理を運びながら、こそこそと僕に尋ねてくる。

「ねえ……神風様、大丈夫？」

「ああ……いつものことだから、気にしなくていいよ」

「いつものこと……？」

クロードの隣では、引きつった顔のゼルが「あの……団長？　大丈夫っすか？」とクロードに声をかけていたが、彼は顔を覆いながら「僕は壁……壁だから、話しかけないで……」と答えていた。こんなに存在感のある壁があったらたまったものじゃないだろう。本当に意味が分からない。

「クロードも、料理冷めちゃうよ？」

そう言うと、クロードはハッとしたように涙をぬぐって、それから唐突に僕に金貨を何枚か差し出してきた。もはやいつもの流れだ。

「……なんで？」

「アレスさんに渡したら立場的に給料か臨時ボーナスになっちゃうかなって」

「ええと……僕に渡してる理由を聞いてるんじゃなくてね？　いつも言ってるけど、別にお金はいらないよ？」

「違うんだよ、これはただのお布施《ふせ》じゃなくて、ご祝儀だからもらってくれないと困る」

「……なんのご祝儀かは、聞かない方がいいのかな」

「あっごめん、金貨数枚じゃ足りなかったよね。ええと今持ってるのが――」

「探さなくていい、探さなくていいから！」

なぜか絶望した表情を浮かべるクロードを無視して、アレスは淡々とアップルパイに包丁を入れ、分け始めていた。さすがに慣れている。その様子を見たゼルが若干戸惑いながらも料理を取り分け始め、「黒猫亭」の皆が自分たち用に作った料理に手をつけ始める。皆、無視を決め込んでいる。誰も様子のおかしいクロードに絡まれる僕を助けてくれない。

……クロードのことはもう僕も無視することにしよう。僕は、黙々と切り分けたアップルパイを口に運ぶアレスに「……味、どうかな？」と尋ねてみた。そうしたらアレスは、視線を落としたまま小さく答える。

「美味え」

「ほんと？　そっか、たくさん練習した甲斐があってよかった！」

彼は黙って僕の頭を撫《な》でた。優しい手つきだ。

僕はアレスに頭を撫でられるのが大好きだ。幸せな気持ちになる。だけどなんだか、幸せな気持ちの奥に甘い痛みがいる。僕たちが王都へ来たばかりの時、「星降りの塔」で星を見た時にも感じたものだ。相変わらず痛みの正体は分からないままだった。


「アレス見て見て！　今日は夜空が綺麗《きれい》だねぇ」

家に帰る途中、僕は空を指差しながら振り返った。僕の少し後ろを歩くアレスは、ふと立ち止まって夜空を仰ぐと、「そうだな」と呟く。僕らの家は、王城からあまり離れていない平民街の一角にある。結構良い立地の上等な家らしい。なんでも、アレスが叙勲も多額の報酬も辞退したものだから、せめて、と下賜《かし》されたものだそうだ。

黒猫亭の皆には休みの日に付き合わせてしまったのに、喜んでもらえてよかったな、なんて笑ってくれたから、本当に優しい人たちだと思う。あとゼルも、美味しい美味しいと言いながら料理を食べて「ここ、本当にいい店っすねぇ……また必ず来るっす！　今度はちゃんとお金払って！」とにこにこしていたから、僕が褒められたみたいに嬉《うれ》しかった。

クロード？　クロードは、まあ……あの調子でずっとうるさかったから省略する。彼はいい人ではあるんだけど、いい加減うざったくなった様子のアレスに「本当気持ち悪りぃな、お前」と睨《にら》まれても喜んでたのは、正直僕も気持ち悪いと思った。

僕は夜空を見ながらふと、「星降りの塔」だったらもっと星が綺麗に見えるかな、なんて思った。だから僕はアレスの手を掴《つか》んで、「もっと星が綺麗に見えるとこに行こ！」と引っ張った。アレスは「はあ？」なんて顔をしかめていたが、僕に引っ張られるがままついてきてくれたから、やっぱり彼は優しい。

星降りの塔まで歩いて、やがて着いた塔の螺旋《らせん》階段を前みたいに意気揚々と登り、辿《たど》り着《つ》いた見張り台から見える星空は、思った通りとても綺麗だった。嬉しくなって、飛びつくように見張り台から身を乗り出したら、アレスはやや呆《あき》れた声色で「はしゃぎすぎて落ちんじゃねえぞ」と声をかけてきた。失礼な、そんなヘマをする訳がな――

「う、わ、」

「っと。危ねえな」

気付いた時にはアレスに後ろから支えられていた。僕はどうやら、本当に見張り台から落ちかけていたらしい。彼は僕のすぐ近くで、呆れたように眉《まゆ》を寄せていた。

「だから言っただろ、はしゃぎすぎて落ちんなって」

「え、あ、うん」

アレスの体温と鼓動を感じる。温かい。僕を抱きかかえる腕は大きくて硬い。鍛え上げられた筋肉の感触だ。アレスの顔がすぐ近くにある。抜き身の刃のように鋭くて綺麗な顔だ。そんな顔が僕への慈しみをいっぱいに湛《たた》えて向けられている。表情こそ厳しいが、彼の銀色はやわらかい色をしている。また胸の奥が甘く痛んだ。なんだか、妙に恥ずかしい。

「シリウス?」

「あ、な、なんでもない!」

「そうか?」

アレスは怪訝《けげん》な顔ながらも僕を離した。その離れた体温がなんだか名残惜しい。自分の気持ちがよく分からなかったが、まあいいかと思って僕は夜空をもう一度見上げた。

「お前は星が本当に好きだな」

「うん、星を見てると幸せな気持ちになるんだ。あんまり詳しくないけど。アレスは詳しい?」

「まあ……多少は分かるぞ」

そう言うとアレスは腰をかがめて僕と目線を合わせ、頭上を指差した。

「分かりやすいのだと……あそこの斜めに三つ並んだ星は分かるか? あと、その上と下にそれぞれ二つずつ光ってる星があんだろ。それと周りのいくつかの星を合わせて、オリオン座っていうんだ」

「あっ、オリオン座は僕も知ってるよ!」

星や星座について、ある程度は僕も知っている。前世の知識のおかげだ。オリオン座は形が面白いから覚えていた。そういえば、前世とこの世界って星座の名前が一緒なんだな。

「よく知ってんじゃねえか。で、三つ星の左上にある赤い星があるだろ？　あれはベテルギウスって星だ。んで、三つ星を挟んで対角線上にある青白い星がリゲル」

かっこいい名前だ。夜空を見上げるたび、その名前を思い出しては楽しくなりそうだ。

「へえ……！　アレス、詳しいんだね」

「詳しくはねえよ。ただ、昔友達に聞いた星の名前だけは覚えてるってだけで」

「友達……って、前にアレスがリュートをもらったって言ってた人？」

「……ああ」

アレスが僅《わず》かに頷《うなず》く。ちらりと見た彼の横顔はすごく寂しそうだった。僕まで悲しく思えてきて、僕は慌てて別の星を指差した。

「じゃあ、あっちは？　あの……ベテルギウスの、左の方にある星」

「あれは確か、プロキオンって星だ。プロキオンと、ベテルギウスと、それからもう一つ、下の方にある星を繋ぐと……分かるか？　三角形になるだろ」

「ええと……本当だ！　三角形になる！　じゃあ、一番きらきら輝いてるあの星は、なんて星なの？」

「ああ、あれは——知りたいか？」

アレスはどこか嬉しそうに問う。なんで焦《じ》らすんだろう。そう思いながら頷くと、彼は穏やかな表情のまま答えた。

「あれはな、シリウスっていう星だ」

「……僕と同じ？」

驚いて目を丸くすると、アレスは「ああ」と頷いて僕の頭を撫でた。彼のその手があまりに優しくて温かかったから、僕はなんだか、胸がじんと震えるのを感じた。

「知ってるか？　シリウスって星はな、夜空に瞬く星の中で、一番明るい星なんだ」

「一番？」

「ああ。この世で一番明るくて、輝いてて、一番綺麗《きれい》な星だ」

お前みたいにな――なんて、アレスがそんなことを言うはずないのに、まるで僕にそう語りかけているみたいだった。それくらい優しくて甘い声だったから、嬉しいやら恥ずかしいやらで思わず笑みがこぼれてしまう。やっぱり、胸の奥が甘く痛む。

「えへへ……そっか、僕の名前ってそうだったんだ……」

「ああ。……綺麗だろ、あの星。俺が一番好きな星なんだ。まるで……闇を照らす、希望の光みたいで」

闇を照らす希望の光、って、詩的で美しい言葉だ。僕まで褒められたみたいで、勝手に嬉しくなる。彼の横顔はやわらかく綻《ほころ》んでいた。その横顔はとても優しげで、いつも見ていても、見惚《みと》れそうになるくらい綺麗な顔だ。

……僕にとっての希望の光は、間違いなくアレスだ。彼が僕を、暗い後宮から引きずり出してくれた。あのままあそこで終えるしかなかった人生に、たくさんの意味と可能性を与えてくれた。

彼と出会ってから色んな人と出会って、色んなものを見てきた。彼からしたらまだまだ全然少なくて、僕なんて世間知らずもいいところなんだろうけれど、その中で一番大切なのは紛れもなく彼だ。出会ってからずっと、僕の中心には彼がいる。

恋や愛なんてはっきりと分からないけれど、今確かに言えるのは、アレスが幸せになってくれるなら僕はなんでもするだろうってことだ。彼が背負ってるだろうたくさんの重荷を、ほんの少しでも僕が肩代わりできればいいのに。

——ねえ、いつか、僕はアレスの希望の光になれるかな？

「……そうだねえ」

僕はただ、小さく相槌《あいづち》を打った。

◆◆◆

十代の前半で彼と初めて会った時、彼は精霊か何かかと思った——なんて、素敵な出会いだったらどれほどよかっただろう。正直に言って俺は、彼は変態か不審者だと思った。なんせ彼は半裸で木の枝に腰かけ、リュートを気持ちよくかき鳴らしながら、大声で歌っていたのだ。あろうことかグローリア王宮の美しい庭園のど真ん中で。

「よおそこの坊ちゃん、綺麗な顔してんじゃーん？　俺と一晩遊ばね～？　ッハハ！」

しかも泥酔した様子で下品なことを喚くもんだから、なおさら。年は二十に届くか届かないかくらいに見えるけれど、安酒場で酔っ払って周囲に迷惑をかけるおっさんみたいな酔い方だった。俺が顔を引きつらせ、逃げようと踵《きびす》を返しかけると、心外だと言いたげな顔をしながら彼は木の枝から飛び降りた。そして逃げようとする俺をものともせず、ずかずかと俺に近寄ってきた。

「待って待って、怖がんないでってば。俺は怪しいもんじゃないぜ～？　ただちょーっと酔っ払って、楽しくなっちゃってるだけでさぁ？」

「……随分と、下品な酔い方だな」

「アッハハ、辛辣《しんらつ》ぅ～！　君キレーな顔してんのにキッツイなぁ」

「なんなんだあんた……俺の髪の色が見えないのか？」

それまで俺はこんな風に話しかけられたことがなくて、大いに戸惑っていた。だって俺は黒髪だ。皆が俺を怖がって疎む。

俺がそう尋ねながら自身の黒い髪を引っ張ると、彼は「んん～？」と首を傾げ、俺のことをまじまじと見つめた。そしてガシガシと自らの薄茶色の癖っ毛を掻《か》き乱し、はたと何事かをひらめいたような笑顔になった。

「黒ってことは、君もしかして魔族だった訳？　いや～さすがの俺も魔族と寝るのは初めてだなぁ！今日は記念すべき日だ！　そういやさ、魔族は人より性欲強いってホント？」

「違っ……俺は魔族じゃないしあんたとは寝ない！　あんた本当に下品だな！　ったく、なんなんだ……この髪の色見て、なんで怖がらないんだよ……」

「美人さんに悪い人はいないからなぁ。あっ嘘ついた。悪い人はそりゃまあいるけどぉ、騙《だま》されても悪い気しないっていうか～？　アッハッハ！」

俺はその晩、王宮の中で迷っただけだというのに。なんで下品な酔っ払いに絡まれないといけないんだ……とイライラしながらも、髪の色で差別しない彼を珍しく思ったのを覚えている。

俺はこの時、年上ですこぶる酒癖の悪い彼が未来の国王で、しかも俺の親友になるだなんて思いもしなかった。彼の名はコンラート。俺の祖国グローリアで国王になるべくして生まれた、コンラート・グローリア。

今でも俺の、一番の友だ。


「よーしアレス、今日のお前には特別に、俺からとびっきりの歌と楽器をやろう」

親しくなってからしばらくしたある日。突然コンラートはそう言って、リュートを鳴らしながら歌を口ずさみ始めた。彼のやることはいつも唐突で、俺は常に振り回されていた。

飲む酒の量も、女遊びの回数も、ついでに言えば夜遊びに俺を付き合わせる回数も日に日に減っていったコンラートだが、根本は出会ったあの日から何も変わっていなかった。未来の名君と称《たた》えられるようになっても相変わらず俺の前では下品なことを口にするし、音楽が大好きでよく歌うし、いきなり突拍子もないことをやり出したりする。けれど国のために我が身を犠牲にするような気高さも持ち合わせていて、俺はそういうところを尊敬していた。

彼が歌い出したのは「光の英雄」。コンラートはこの歌が大好きで、事あるごとに歌っていた。気合いを入れて、無駄にこぶしを入れたりなんかして歌い切った彼は、満足げに頷いたのち、今まで自分が手にしていたリュートを俺に差し出した。

「……は？」

「俺からのプレゼントだ！　これはな、そりゃあもういい楽器なんだぞ。俺が選びに選び抜いた最高の楽器だ。アレスのリュートは上手いんだから、いい楽器を使ったらもっとよくなるに決まってると思ってな」

「プレゼント、って……なんで？」

今日は何か特別な日だっただろうか、そう首を捻《ひね》った俺に、彼は呆れ顔で「おいおい」と肩をすくめた。

「お前、なんで忘れてるんだ？　自分で昔言ってたじゃないか。今日が誕生日だって」

「誕、生日……ああ、そんなことを言った気が……しなくも、ないな」

ずっと前の記憶をなんとか掘り起こした俺に、コンラートはやれやれ、とため息を吐《つ》いた。それから俺の鼻先に人差し指を突きつけてくる。

「全く、お前ってやつは……いいか？　誕生日ってのはな、毎年ちゃんと祝わなきゃ駄目なんだ。だって、お前がこの世に生まれてきた、とんでもなくめでたい日なんだぞ？」

「んなこと言われてもな……孤児院に拾われた日が今日ってだけで、別にめでたくもなんとも、」

「どっちにしたってめでたいじゃないか！　十……五年前か？　その時の今日、お前はアレスと名付けられたんだろう？」

「……俺なんかの誕生日の、何がめでたいんだか」

思わず吐き捨てると、彼は悲しそうに眉を下げて俺の瞳《ひとみ》を見つめた。その若草色の瞳が宿していた優しい光を、今でも俺は覚えている。

「俺なんかなんて、あんまり言うもんじゃないぞ。そんなことを言ってると、自然と自分の価値が下がっていくんだ。……そうだアレス。これから毎年、お前がいくら嫌がっても、必ず俺がお前の誕生日を祝ってやろう。そうしていつか……お前が自分でも、誕生日を嬉《うれ》しく思える日が来ればいいな」

「そんな日……来る訳ねえけどな」

「やってみないと分からないだろう？　今日は記念すべき第一回目だ！　さーてアレス、景気付けに歌をもう一回歌うぞ！　お前が伴奏を弾けよ」

「ったく……お前がただ歌いたいだけだろ」

「ハハ、バレたか」

「光の英雄」は、そう言ってお前が歌ってくれたから、今でも俺の一番好きな曲なんだ。なんて言ったら、お前はどんな顔をするんだろうな。たぶんもう、コンラートには二度と会えないけれど。それでも、勝手に友と慕い続けることくらいは許してくれるだろうか――。

「……アレス？」

シリウスにもらったオルゴールがそんな懐かしい曲を奏でるから、俺は不意にそんなことを思い出してしまった。

祖国を出たあの日から、すっかり誕生日を祝う習慣なんてなくなっていた。誰も、あいつみたいに祝ってくれやしなかったから。なのにシリウスが、当たり前のように祝うものだから——俺は気付けば、泣いていた。不安げに顔を覗《のぞ》き込んできたシリウスと目が合って、俺は反射的に「……見んな」と目を逸らす。

祖国を出てからずっと、出会う人間にことごとく存在そのものを否定され続けてきた俺にとって、その贈り物は、誕生日を祝う言葉は、とんでもなく温かいものだった。それどころか、嬉しいと思ってしまった。この俺が、誕生日を祝われることを、嬉しいと。

今でも、俺なんかが生まれた日の何がめでたいんだと思う。いっそ生まれてこなきゃよかったと思ったことも数知れない。だけど、ああ——生まれてきたのも悪くないと、ここまで生きてきてよかったと、思えてしまった。

「ねえアレス、」

「泣いてねえ」

「……まだ何も言ってないよ」

「クソが、泣いてなんかねえよ。ただ……お前が、俺の……俺なんかの、誕生日なんて祝うから……」

余計なことすんな、馬鹿……」

「そっか……喜んでもらえたなら、よかった」

「……うるせえ」

顔を隠すようにシリウスを抱きしめて吐き捨てると、ふふ、と彼はやわらかく笑って、俺のことを抱きしめ返した。

本当にシリウスは、余計なことをしてくれた。

俺はずっと、気付かないふりをし続けるつもりだったのだ。この腕の中にある温《ぬく》もりを俺はもう、一生手放せそうにない、なんて。本当は、いつかシリウスが独り立ちした時にちゃんと、手放してやるつもりだったのに。こんな光を知ってなお、再び闇の中で生きていけるほど俺は強くない。今お前という光を失ったら、俺はきっと生きていけないだろう。

――お前のことが好きだなんて醜《みにく》い感情、絶対に気が付きたくなかったのにな。

《アレス、こんなことになんの意味がある》

――うるさい。

《自ら失うものを増やしてどうする》

――違う。今度こそ失ったりしない。

《なあ、お前とて本当は分かっているのだろう?》

――分からない。お前の言うことなんて、何も。

《今していることは全て無駄だ》

《お前を認めつつある魔導師団のやつらも》

《お前を受け入れているメルヴィアの民も》
《お前の新たな友のクロードという男も》
《お前が慕うシリウスという少年もどうせ》
――そいつらが、なんだっていうんだ。
《皆お前のことを、最後には裏切るのだから》
――うるさい。今度こそ誰も、裏切らないかもしれないだろ。
《今度こそ？　そう言いながら、お前は何度裏切られてきた？》
《まだ懲りないのか、これだけの目に遭いながら》
――懲りる懲りないじゃない。いつか俺なんかでも幸せになれるって、信じてるんだ。
《馬鹿なことを》
《お前がそう信じていたいだけだろう》
《そうやって期待して、また何もかもを失いたいのか》
――違う。今まではきっと、仕方がなかったんだ。それが俺の運命だったんだ。だけど、今度こそ。
《今度こそ、なんだ？　幸せになれるとでも？》
《無駄だ、アレス。今まで何度、その運命とやらの力で地獄に突き落とされてきた？》
《お前が不幸になるだけの運命など、従う必要はない》
――なら、運命を信じる他に、どうしろっていうんだ？　信じる他に、この地獄を生きていく方法なんて、

《ハ、簡単なことよ》
《我に身を委ねればいい》
《運命など、我らの手で全て打ち壊してしまえばよいのだ》
《アレス。我の手を――》

「――うるさいうるさいうるさい……ッ！」

　俺は剣で虚空を薙《な》いだ。邪神の声を切り裂くように。そうしたら邪神は《早く諦《あきら》めてしまえば楽になれるのに》と嘲笑《あざわら》うように囁《ささや》き、また息を潜めた。邪神は俺が一人でいる時、心の弱味に入り込んでくるように囁いてくる。何を言われると俺が揺らぐのか、よく分かっていて。

　俺だって思っている。いい加減、他人を信じるのは馬鹿らしいと。こんな俺が、幸せになんてなれる訳ないと。だけど、まだ世界に期待してもいいじゃないか。信じてもいいじゃないか。……俺は、シリウスの言葉を信じたい。

　一度固く目を瞑《つぶ》り、邪神の甘言に揺らぎかけた自分を振り払うように深呼吸をする。ようやく心が凪《な》いできた頃に再び剣を構えると、後方から足音がした。もう訓練は終わっているはずなのに。剣を収めながら振り向くと、そこにはクロードが立っていた。彼は後ろに何かを隠し持っている。

「訓練お疲れ、アレスさん」

「お前か……いつもいつも飽きないな」

俺の言葉を聞いて、彼は少しだけ気まずげに笑った。訓練後、少しの間俺が自主的に一人で訓練をしていると、よく彼は顔を出すのだ。というか、ほぼ毎回。

「お前暇じゃないだろ？　わざわざ顔を出さなくても、ある程度やったら帰るから問題ねえよ」

「別に、アレスさんの監視をしてる訳じゃないよ。それより、なんていうか――アレスさんがここにいるのが信じられなくてさ、いつも確認したくなっちゃうんだ」

「信じられない？　お前が俺をここに呼んだんだろうが」

「そうなんだけどね。……こんな未来が来るなんて、夢にも思わなかったから」

クロードがどこか遠いところを見るような顔になる。なあ、お前の知っている運命とやらでは、俺はどうなっていたんだ――なんて聞くのは躊躇《ためら》われて俺はただ「そうか」とだけ返した。

彼は少しの間思い出すように宙を見つめ、それから空気を変えるように「ところで！」と後ろに隠し持っていたものを俺に差し出してきた。

「訓練お疲れ様、ってことでこれどうぞ。最近本当に寒くなってきてるから、身体には気をつけてね」

「別にんなもんいらねえって……」

「頼むから受け取って！　普段全然貢がせてもくれないしファンレターもプレゼントも贈れない分、こういうところで貢ぐしかないんだ！　それに……ッンフ……推しに差し入れって、夢だったんだ……フフッ……」

何やら気味の悪い含み笑いをし始めたクロード。渋々受け取ると、それはマグカップに入った飲み物だった。立ちのぼる湯気からは、林檎《りんご》と香辛料の匂いがする。昔よく嗅《か》いでいた匂いだ。

「アップルサイダーか。昔はよく飲んでたな」

「そうなの？」

「ああ。昔の友達からよくもらってた。……そういえばあいつ、わざわざ自分で作ったもんを俺に押し付けてきてたっけな……」

よく悪戯《いたずら》っぽい笑顔でカップを押しつけてきていた、コンラートの姿を思い出しながら呟《つぶや》く。あいつとの思い出が、思い出すたびに泣きたくなるものから懐かしく思い返せる過去に変わったのは、いつからだろう。……少なくとも、一人でいた頃はこんなに穏やかに思い返せなかったように思う。

そうやって思い返していると、不意にクロードが顔を押さえて悶《もだ》えているのに気付いた。

「……どうした」

「待って違う、違うんだ……変なことを考えるな、僕……！　コンアレだけはどうしても地雷なんだっ……、だってあれはどう考えてもブロマンスだし、アレシリは、固定……ッ！」

……聞いてもよく分からなかったので、無視することにした。

そのアップルサイダーに口をつけると、香辛料の独特の香りと林檎の甘味が口の中に広がる。身体が温まるのを感じながら、シリウスにも今度作ってやろうかな、と俺はぼんやり考えた。

結局クロードは、俺が全て飲み終わるまで「コンアレは地雷……」と呟いていた。俺が「おいクロード、戻ってこい」と声をかけてからようやく彼は正気を取り戻した。

彼は「あ、ああ、ごめん……ところでこれ、不味《まず》くなかった？　大丈夫？」と尋ねながら俺が手渡したカップに視線を落とし、しばし固まった。……その後聞こえた「この世界にはチャック付きの保存袋ってないから、どう保存しようかなぁ……」という呟きの意味は、聞かないことにする。

「不味けりゃ全部飲まねぇよ。つーかこれお前が作ったのか？」

「うん。最近寒いからアレスさんに渡そうと思って、昨日林檎を絞って香辛料と一緒に煮詰めたんだ」

「ほぉ……手作りか。そりゃまた、面倒なことをしたもんだな」

「いやいや全然！　アレスさんのためなら僕はどんな苦労も厭《いと》わないから！　なんなら毎日でも作ってくるよ！」

クロードが勢い込んで言う。だが俺は少し前から視界の端にちらつく金色の人影に気付いていたため、肩をすくめてこう言った。

「毎日はいらねえよ。お前のこれは悪くなかったが、今日だけで十分だ。俺はもうすぐ帰るからお前も帰れ。冷えるぞ」

「あっ、そ、そうだよね、余計なお世話だったよねごめんね……っていうか『冷えるぞ』？　もしかして今僕の心配してくれた？　うわっそれなんて夢小説？　何ここ天国？　もしかして僕もう死んでる？　そっか死んでたのかぁ、どうりで僕にとって都合がよすぎると」

「お前はなんですぐ死ぬんだよ。いいからさっさと帰れ」

いつも通りべらべらとよく分からないことを言うクロードを無理やり帰すと、俺は視界の端に見える人影に向かって声をかけた。

「で？　何か言いたいことでも？　殿下」

その人影――こちらの様子を終始窺《うかが》っていたこの国の第一王子ルークス・アドウェルサは、一瞬身体を震わせると、意を決したようにこちらに歩いてきた。

遠くで何度か見た時も思ったが、彼は相変わらず眩《まぶ》しすぎて目が潰《つぶ》れそうな美青年だ。髪の色は金、目の色も金、肌の色は白、そして身に纏《まと》う衣服も白と金。発光しているんじゃないかとすら思えてくる配色だ。それに加えて光魔法の天才なのだから、巷《ちまた》で「光の英雄の生まれ変わり」と噂されるのも納得がいく。

容姿、頭脳、魔法の才、どれをとっても人外じみているほど優れていて、まるで天使のように慈愛に満ちていると評判の殿下はしかし、俺をじっと睨《にら》みつけて言葉を発した。

「お前がアレスか」

「そうですけど」

答えると、殿下は逡巡《しゅんじゅん》するように黙り込み、それから絞り出すように問いかけてきた。その声には強い嫉妬《しっと》が滲《にじ》んでいる。

「……どうしてお前はクロードにわざわざ飲み物を差し入れてもらえるんだ。なぜそんなに親しい。一体何をすればそうなる？」

「そんなん……俺が聞きたいくらいですけどねえ」

正直クロードには初対面時から異様なほどに慕われていたが、そんなことを言えば火に油を注ぐだけだろう。なんて返答しようか考えたが、もうどうにでもなれと投げやりな気持ちで答えると、殿下は顔を引きつらせた。だが他に答えようがないのに、俺にどうしろと。思春期真っ最中の恋する男は本当に面倒くさい。聞きたいなら本人に聞けばいいのに。

殿下はそれからしばらく無言で怒りに震えていたが、堪《たま》りかねたように「あああああっ――もうっ！」とキレた。

「二人でいても、何をしてる時でも、口を開けばアレスさんアレスさんアレスさん、そればっかりでいい加減気が狂いそうだ！　誰に対しても平等だったはずのクロードがあからさまに贔屓《ひいき》するし、誰よりも親しげだし、明らかに気を許しているし、こんなやつは今まで一人もいなかったのに。お前は一体クロードのなんなんだ！」

「何って、そりゃ、友人ですけど」

「嘘をつけ！　だったらなんであんなにクロードがデレデレしているんだ。アレスさんかっこいい、って最近クロードはそればかりだ。……俺だって、かっこいいと言われたことはほとんどないのに……！」

さすがに、少し殿下がかわいそうになってきた。キスで魔力譲渡が云々《うんぬん》の話をした時クロードは満更でもなさそうだったのに、どうして噛《か》み合わないのか。まあそれは当人の問題だからどうでもいいが、どうしてそれに俺が巻き込まれるのか。

今日は少しだけ訓練をしたらすぐ帰るつもりだったのだ。きっと今頃シリウスが「黒猫亭」で俺のことを待っている。……いい加減、シリウスと飯が食いたい。

「いい加減我慢の限界だ……！　今日こそ白黒つけさせてもらう。お前、俺と勝負をして、俺が勝ったらクロードにもう手を出すな！」

「いや……もう手を出すなも何も、一度だってあいつに手ェ出したことはないし、別に好きでもなんでも――」

「言い訳無用！」

殿下が魔法を身体に纏わせる。光魔法はよく分からないが、恐らくこの魔法の密度は、相当本気だろう。それなら本気を出さない方が不敬か……。若干うんざりしつつ、俺は仕方なく構えた。

と、その瞬間鋭い殺意が向かってきたのを感じて身を捻《ひね》る。するとちょうどその場所を光魔法が通過する。俺のすぐ近くで光が盛大に炸裂《さくれつ》し、爆風で若干飛ばされつつ、俺は冷や汗が流れるのを感じた。

正直、光魔法について俺はさほど詳しくないのだ。クロードのように、光魔法の中でも治癒魔法や補助の魔法だけは使える、という人間は少なくない。けれど、攻撃魔法となるとそれはもうほんの一握りしか使えないため、ほぼ未知の魔法だ。だからこんなに攻撃的な魔法だとは知らなかったし、今の魔法で一体何が起こったのかもよく分からない。圧倒的不利である。

殿下の方を見る。彼は、俺のことを睨みながらさっきの光魔法と同じものを大量に俺に放ってきた。まるで光でこの場を埋め尽くすように。どう考えても回避はできない量だ。ならば、と俺は火炎でもって応戦した。炎と光がぶつかり合う。目が灼《や》けるような光と共にそれらが爆発していった。

かと思えば、その隙間を縫って光魔法の光線が幾筋も俺に向かってくる。俺は爆発を足元に起こし、その爆風で全て回避した。

そのまましばらく一進一退の攻防を続ける。光魔法の天才の名は伊達《だて》ではなかったようで、俺がここまで一人の人間相手に苦戦しているのは初めてだった。何より恐ろしいのはその闘志だった。俺の魔法が何度か掠《かす》っているのにもかかわらず、ギラギラと輝く闘志がその瞳《ひとみ》には宿っていて、折れる気配が全くない。

俺は戦術を変えることにした。つまり、別に命がけの攻防戦でもないので殿下に合わせて遠隔魔法のみを撃っていたが、埒《らち》があかないため無理やり近接戦に持ち込むことにしたのだ。

ある程度魔法を撃ち合った後にわざと当たりに行って降伏した方がずっと楽に勝負は着くだろうが、殿下は恐らく負けるよりその方が頭に来るだろう。きっと彼は戦闘狂と呼ばれる類の人間だ。彼の更なる戦闘への渇望にギラつく笑みを見れば分かる。それは俺が戦場で何度も見た笑顔であり、コンラートもよく浮かべていた類の笑顔だった。そして恐らく、俺も今浮かべているだろう笑顔だ。

足元に爆発を起こし、剣を抜くと同時にその爆風を利用して彼の方へ飛ぶ。防ぎ切れないほどの光魔法が飛んでくるが、掠るだけのものは無視をして剣を振り下ろす。彼には当然俺の攻撃を避けられるが、そんなことはこちらも想定済みだ。近接戦に持ち込めば俺に隙はない。

けれど、魔法の才能がある人間は往々にして近接戦はからっきしだったりするが、この天才王子はその例には当てはまらなかったようだ。腰に佩《は》いていた剣を抜き、応戦してきた。

何度か打ち合った後、鍔《つば》迫《ぜ》り合《あ》いになる。殿下は金色の光を纏った剣の向こう側で、楽しげに目を輝かせていた。

「強いな、お前。特に剣が凄《すさ》まじい。俺とは流派が違うな……何流だ？　どこの生まれだ？」

「はあ……そんなことよりいい加減、俺の話も聞いてくれませんかね、っと！」

無理やり力で押し切った後、よろめいたその一瞬を突いて首筋を狙う。彼が体勢を立て直した時にはもう、その首筋に俺の剣を当てていた。もちろん魔法は全て消した状態であるが。彼は一瞬驚いたような表情を浮かべ、それからぱっと破顔した。

「本当に、強い。俺がこんなに手も足も出なかったのは初めてだ」

俺は剣を収めると、「そりゃどーも」と肩をすくめた。彼はさっきまで嫉妬で苛々《いらいら》してたのが嘘のように興奮している。こういうのが本物の戦闘狂なんだろう。懐柔するなら今だなと、俺は彼にそっと囁《ささや》いた。

「一つ、殿下にいいこと教えてあげましょうか。クロードのやつ、あんたとの魔力譲渡の話を俺にしてる時、顔真っ赤にしてましたよ」

彼は目を見開いた。俺の顔を覗《のぞ》き込むように見ると、「……本当か？」と恐る恐る尋ねる。俺は頷《うなず》いて、こう続けた。

「あくまで俺の見立てですが……あいつは押せばいける」

「ほ……本当か？　本当にそう思うか？」

「思いますねえ。あいつ、満更でもなさそうだったし」

彼はぱちくりと目を瞬いた後、顔を赤く染めた。その様子に手応えを感じつつ、俺はさらにたたみかける。

「一応言っておきますけど、俺は別にあいつのことを好きでもないし、あいつだって俺のこと好きじゃないですよ。俺が友達だっつったらすげえ喜んでたし、なんだっけか……推し？　って言ってましたね」

「……ということは、全て俺の早とちりか？」

「そうなりますねぇ」

彼は安堵《あんど》したように肩を落とすと、俺に手を差し出してきた。

「突然怒鳴った挙句勝負を挑んで悪かった。アレス、だったな。お前の実力を見ることができてよかった。これからもよろしく頼む」

「……こちらこそ」

手を握ると、温かい魔力が流れ込んできてぎょっとする。反射的に手を引こうとしたが、「今お前の怪我を治しているんだから少し待て。といっても、全て擦り傷だけどな」という言葉を聞いて力を抜いた。少し経ってから手を放し、自らの傷も治した殿下は、笑顔で俺にこう提案してきた。

「なあ、アレス。これからは俺にも訓練をつけてくれないか？　俺は一度もクロードに勝ったことがないんだが、どうしても負かしたいんだ。だけどお前が訓練をつけてくれるなら、それもできる気がする」

そんな厄介事はごめんだと断ろうとしたが、ふと一人で黙々と訓練をするよりも彼と戦った方が訓練になるのではという考えが浮かんだ。彼は俺が今まで戦った人間の中でもかなり強い上に、まだ成長途中の少年だ。きっとこれから化ける。しばし逡巡したが、俺は頷いた。

……その後、とんだとばっちりだったなと思いながらシリウスの待つ黒猫亭に向かったが、殿下にもこれから訓練をつけることになったと伝えると、彼はとても驚いた顔をした後に「すごいね！」と笑ってくれた。だからまあ、こんな出会いも悪くはない。

◆
◆
◆

最近のアレスはなんだか生き生きしているように思える。

相変わらず笑顔は少ないし、眉間《みけん》にしわを寄せることは多いけれど、何かを諦《あきら》めたような表情を浮かべることは少なくなった。出会った頃のアレスの瞳の底には、常に諦念《ていねん》が沈んでいたように思う。

だけど最近のアレスは魔導師団での愚痴を言いつつ満更でもなさそうな顔をしているし、クロードの奇行をおかしげに話すし、それからこの国の第一王子――『蒼アル』の主人公と親しくなったらしい。個人的に剣の稽古《けいこ》をつけていて、時々相談にも乗るという。相談に乗るなんて相当信頼されているんだね、と言うと、彼は「向こうが一方的に話すだけで、相談なんて大したもんじゃねえよ。はけ口にされてんだろうな」と言っていたけれど。

たぶん、彼は人に頼られるのが好きなんだろう。だから最近はこんなに生き生きしているんだと思う。それは嬉《うれ》しいけれど、なんだか僕しか知らなかったアレスのよさに皆が気付いていくようで少し寂しいし、そんなことを考えてしまう自分にもやもやする。

今日は黒猫亭がお休みの日だった。いつもは王都でエマと一緒に過ごすのだが、今日彼女は用事があるから無理だと言われた。

こういう時、僕は大体図書館に行く。祖国にいた時は読書しかすることがなかったのも相まって、僕は本を読むのが好きだ。本はいつも、部屋の中にしか居場所のなかった僕の友達だった。

アレスと出会うまで、僕はずっと孤独だった。第二皇子だからとそれなりの教育を受けてはいたが、その学びが役に立つ見込みもなければ、新しく知ったことを話す相手もいない、無意味で空虚な日々。変化がなさすぎて、僕はほんの些細《ささい》な変化をずっと大事に抱えていた。

たとえばある日、僕へ教育を施す使用人が部屋を後にしようと扉を開けた時、扉の向こう側から聞こえてきた笑い声を今でも覚えている。誰のものとも知れないあの笑い声は、僕が生まれて初めて聞いた他人の笑い声だった。一人きりで部屋にいると笑うことなんてないから、ああ、笑うってあんな音がするんだな、と思ったんだっけ。

そんなことを覚えているくらい、後宮の日々は変化がなくて虚しいものだった。あの頃は寂しかったな。心が凍りそうなくらいに寂しかった。その虚しさと寂しさを埋めてくれていたのは本だけだ。本の主人公と自分を重ね合わせて冒険に出たり、本の著者と共に世界を一周したり。僕を色々な場所へ連れていってくれたり、僕に寄り添ってくれたりしたのは本だけだった。

だから僕は本が今でも好きだ。予定がない時は大抵本を読むくらいに。今日もいつもと同じように、僕は図書館に行こうと思っていた。

けれど、ふと、足が止まった。今日はどこか別の場所に行きたい気分だった。あてもなく王都を歩く。行き先は決めていないはずなのに、僕の足は行き先を知っているみたいだった。

やがて辿《たど》り着いた場所は、教会だった。純白の小さな城のような外観のその教会は不思議と人気が全くない。僕は何かに導かれるように扉を開いて——息を呑《の》んだ。

「——ようこそ、シリウス」

扉の中は、別世界だった。壁一面には複雑な模様の描かれた大きなステンドグラスがあり、壁も床も椅子も全て、白と金で統一されている。まるで空気の違う清らかな空間だった。そして中央にある祭壇の前には、僕に向かって手を広げて微笑む人がいた。

その人は金色の刺繍《ししゅう》が施されている白くゆったりとした服を着ていて、上から白いガウンのようなものを羽織っている。確か、祭服——というんだったか。聖職者が着ている服だ。腰まで伸びるプラチナブロンドの髪は光を放っているようで、瞳は金色に輝いている。

総じて、この世のものとは思えないほどに神聖で、美しい人だった。性別も年齢もよく分からない容貌《ようぼう》と雰囲気も、それを助長している。まるで、光の化身のようだった。

「あの……あなたは」

思わず疑問が口から溢《あふ》れる。するとその人はほんの少しだけ、落胆するような色を浮かべた。

「覚えていないのですか。……それも、仕方がないことでしょうね」

不思議な声だと思った。男なのか女なのか、歳《とし》をとっているのか若いのか、それらが全く分からないのに、不思議と心に沁《し》み入って落ち着く声だった。その人は僕にゆったりと歩み寄ると、薄く微笑んだ。

「私の名はオールドー。今度は忘れないでくださいね？」

その人、オールドーが僕に近付くと、ふわりと百合《ゆり》の花のような香りがした。その香りにくらくらしながら、僕は恐る恐る尋ねる。

「あ、あの……僕とあなたは、どこかで会ったことがあるんですか……？　それと、あなたは一体……」

自然と丁寧な言葉遣いになる。なんとなく、この人にぞんざいな態度をとってはいけないと感じた。

そうするとオールドーはほんの少し考え込み、悪戯っぽい笑みを僅《わず》かに浮かべた。

「そうですね……教えても構いませんが、あなたが思い出すまでは秘密にしておきましょう」

その笑みがあまりにも綺麗《きれい》で見惚《みと》れていると、オールドーは僕にこう問いかけてきた。

「ところで、昔のことはどのくらい覚えていますか？」

「昔っていうのは、ええと――」

「――生まれ変わる前のこと、です」

ごく当たり前のように言われたその言葉に、僕は目を見開いた。誰にも話したことがないのに、どうして。驚いてそう尋ねるも、オールドーは「さて、なぜでしょうね」と煙《けむ》に巻くだけ。

僕は首を捻《ひね》りながらも、思い返そうとした――けれど、何一つ具体的な記憶が思い浮かんでこない。覚えているのは前世がどんな世界なのか、それとこの世界はゲームの世界なのだということのみ。前世のことを深く考えたことはなかった。今その時を生きるのに精一杯で、アドウェルサの未来、アレスの末路ばかりが頭を占めていたから。

「ほとんど何も――前世は魔法がなくて代わりに科学技術が発展した世界だったっていうこと、この世界がゲームの世界だっていうこと――くらいしか覚えてない、です」

「正確に言うと、ゲーム――『蒼天《そうてん》のアルカディア』という仮想世界を母体にして生まれた全く別の世界ですが、それはいいとして……そうですか、何も覚えていませんか」

オールドーが少しだけ眉尻《まゆじり》を下げる。心なしか、悲しそうに見える。今までは気にならなかったけれど、指摘されると急に気になってくる。僕は前世、どのように生きたんだろう。名前は？　家族は？　それから、どんな風に最期を迎えたんだろう。

「あの、あなたは……僕の前世を知っているんですか？」

どう答えるんだろうと身構えていると、オールドーはあっさりと頷いた。

「ええ。あなたの死に際もよく覚えていますよ。あなたは私にとって、特別な人間ですから」

「どうして知って――ええと、それから、僕はどんな前世を送っていましたか？　僕の死に際は？」

「特別な人間」という言葉に引っかかりを覚えつつもそう尋ねると、オールドーは少し考え込み、そしてこう言った。

「そうですね……全て秘密です。覚えていないことを無理に思い出させる必要はありませんからね。ですが一つだけ言えるのは、あなたは生に対する渇望が非常に強い人間だったということ」

「生に対する、渇望……」

「ええ。あなたは強く、とても強く、生きたいと願っていました。もっと色々なことを知り、色々な人と出会い、色々なことを経験してからでないと死にたくないと」

僕は、オールドーのその言葉を聞いてふと、アレスと出会った時のことを思い出した。

あの時は、ただ生きたかった。世界の運命も、アレスの末路ももちろん頭の中にあったけれど、一番強かったのは「生きたい」という気持ちだ。その気持ちがなかったら、後宮の奥で純粋培養されていた僕が自分を殺しにきた男と渡り合うなんてできなかったし、ましてや相手に連れていけなんて到底口にできなかったと思う。あの頃の僕には確かに、現状に対する諦めが深く根付いていたから。

「生きたい」という気持ちが強くなければ、そして僕が死んだ後のことを知らなければ、もしかしたら生きることを諦めていたかもしれない。いや、きっと諦めていたからこそ、ゲームではああいう結末になったのだ。その強い気持ちは恐らく、僕が前世から持ち続けていた思いなんだろう。

「ときに、シリウス。あなたは今幸せですか？」

僕が考え込んでいると唐突にそう聞かれて、僕は少し面食らいながらも首肯した。

「幸せ……です。周りの人はいい人たちばかりだし、日々色々な発見があって知識が増えていくのが楽しいし、とにかく毎日が楽しくて――それに、何より、アレスが幸せそうだから。だから、つられて僕も幸せだなって思うんです」

言葉にしながら、ああそうかと気付いた。僕はアレスを救いたい、幸せにしたいと思っているし、楽しそうなアレスを見ていると嬉しくなるけれど、それだけじゃない。たぶんだけど、僕はアレスと同時に、後宮の奥で一人ぼっちだったあの頃の僕自身も救っている。

オールドーはふわりと笑った。花が綻《ほころ》んだ瞬間のような、やわらかく美しい笑みだった。

「そうですか。それならよかった。……ですが、一つだけ間違っていることがありますよ。あなたは周りの人間に恵まれているのではなく、あなたがそういう人間ばかりを惹《ひ》きつけているのです」

「僕が？」

「ええ。私は数え切れないほどの人間を今まで見てきましたが、中には心優しい人間ばかりが周りに集まり、触れた相手を温かい気持ちにさせる、そんな人間が稀《まれ》にいます。それがシリウス、あなたです。あなたは人を救う力を持っているのですよ」

オールドーが僕の頬に触れる。また、ふわりと百合のような香りが漂う。オールドーは僕の瞳《ひとみ》をじっと覗《のぞ》き込むと、囁《ささや》いた。

「眩《まばゆ》い光で闇を全て滅するのも素晴らしいことですが、あなたならば、優しい光でそっと闇を照らすことができるかもしれません。いいえ、きっとできるはずです。そして私は、そんな優しい未来を見てみたい」

オールドーの瞳は、吸い込まれそうなほどに美しく、綺麗《きれい》な金色をしていた。そしてとても優しくて、けれどどこか深い悲しみを宿しているようにも見えた。それは抽象的でよく分からない言葉だったけれど、なぜだか心に響いた。

呆《ほう》けながらその言葉を聞いていると、ふとオールドーが顔を上げて扉の外を見、そして僅かに苦笑した。

「少し話しすぎましたね。シリウス、そろそろお帰りなさい」

話しすぎる、というほど時間が経っているだろうか。せいぜい十分ほどしか経っていないように思える。それに僕はほとんど、この人に聞きたいことを聞けていない。オールドーが誰で、どうして僕の前世を知っていて、そしてどうして僕に謎めいた言葉を告げるのか。まだ話し足りない。

だがオールドーは僕の心を読んだように、苦笑を深めてかぶりを振った。

「いいえ、もう帰った方があなたのためです。それに、私はいずれ再びあなたに会いにきますよ」

僕は何かを言おうとしたのだが、諦めてオールドーに背を向けて扉に手をかけた。きっと、何を尋ねても今ははぐらかされるだけだろう。

最後に振り向くと、オールドーはやわらかい微笑みを湛《たた》えて僕を見つめていた。


扉を開いて外に出ると、ちょうどその時、どこからかアレスが息を切らせてこちらに走ってきているのが見えた。

「あれ？　アレスどうしたの、そんなに急いで」

僕のもとまで駆け寄ってきたアレスは、「あぁ!?」と目を吊《つ》り上《あ》げて怒鳴った。

「どうしたの、はこっちの台詞《せりふ》だ馬鹿野郎！　今までどこに行ってたんだ！」

「どこって、教会だけど……なんでそんなに怒ってるの？　それと仕事は？」

「んなもんとっくに終わってる！」

とっくに終わってる？　僕が教会に行ったのはちょうど昼頃で、教会の中にいたのはせいぜい十分くらいなのに……と首を捻りながらなんとはなしに空を見上げて、僕はあんぐりと口を開けた。僕の頭上に広がっていた空は、さっきまでの太陽が輝く青空ではなく、もうとっくに日も暮れて、星々が瞬いている夜空だった。

どうして、十分ほどしか過ごしていないはずなのに日が暮れているんだろう。まるで、教会の中の時空が歪《ゆが》んでいて、あそこだけ別世界だったかのようだ。最初僕はその考えを冗談と笑い飛ばそうとしたが、よくよく考えるとそうとしか考えられないことに気付いた。だって、時間の流れがおかしいのに加え、本当にあの教会は別世界のようだった。

別世界――と考えて、僕は恐る恐る振り向き、ついさっき出てきた教会の扉を押した。するとそこに広がっていたのは、先ほどまでとは全く違った内装の教会だった。

壁や柱は白と金色で統一されてこそいるけれどステンドグラスは一つもないし、祭壇の前に並べられた長椅子は普通に木でできている。それに、さっきまでオールドーがいたはずなのに影も形もないし、代わりに黒い祭服を着た聖職者らしき男の人が、教会内を掃除していた。

その人は僕に気付くと、「何か？　もう礼拝の時間は終わりましたが……」と首を傾げる。僕は慌てて「すみません、なんでもないです」と言って扉を閉めた。一体、これは……。

「おい、シリウス？」

「……アレス、驚かないで聞いてね。僕、さっきまで違う世界に行ってたみたい」

「はあ？　……まさかお前、変なもんでも食ったか？　それとも知らねえやつから変な薬でも飲まされたんじゃねえだろうな？」

アレスがさらに視線を鋭くする。僕は慌てて弁解した。

「ち、違うよ！　僕はただ教会の中に入っただけ！　その教会、不思議な場所でね、天井も柱も椅子も床も、何もかもが白と金色で統一されてて、大きなステンドグラスが壁一面にあってね、それからとっても不思議な人が祭壇の前に立ってたんだ。その人、長い金髪と金色の目のすっごく綺麗な人で、だけど性別も年齢もまるで分からなかったんだ。声もそう。だけど落ち着く声をした優しい人でね、それとどうしてか僕の名前を知ってたんだ」

「……性別も年齢も分からない？」

「うん。……何か、心当たりでもあるの？」

アレスは厳しい顔をして考え込む。やがて彼は僕にこう聞いた。

「……何を言われた？」

「ええと……僕なら優しい光で闇をそっと照らすことができるんだ、って言ってた。抽象的で、よく分からなかったんだけどね」

「そうか……」

彼は表情をふっと緩ませた。僕に向ける彼の目は、どこか遠い存在を見るような目だ。

「お前は、とんでもないやつに目をかけられてんだな……」

「え！　僕が誰に会ったのか、アレスには分かるの？」

「たぶん、な」

「本当？　教えてよ！　お願い！」

「たぶんっつってんだろ、確証はねえよ。それよりさっさと帰るぞ、もう夜遅いんだ」

アレスが僕に手を差し出す。僕はその手を握って、思わず笑った。彼は気付いているんだろうか。

帰る時に手を繋《つな》ぐというこの行為が最初は当たり前じゃなかったこと、少し前を歩く彼の手を僕から繋いでいたら、いつの間にか彼から手を差し出すようになったことに。

オールドーが一体誰なのかは分からないし、謎めいたあの言葉の意味もよく分からない。だけど彼が隣にいてくれる当たり前があるだけで、そんなのは些細《ささい》なことに思えてくる。

いきなり笑い出した僕に彼が「……なんだよ」と顔をしかめる。僕はなんでもないと返事をして、彼の手を引いた。

◆
◆
◆

僕は癒し系ヒロインが好きだ。天然でお淑《しと》やかでいつも笑顔、文武両道の完璧《かんぺき》少女だが料理がド下手なキャラは、ベタだけど最高だと思う。

僕の初恋はそんな特徴を持った桃色髪の正統派ラノベヒロインだった。中学生の僕にとって彼女は刺激が強すぎた。ちなみにその子の殺人料理を再現したくて試行錯誤していたらものすごく料理が上手くなってしまったり、その子があまりに好きすぎたために中二の時初めてできた彼女に気持ち悪がられて振られたり、原作のラノベが完結した時には大泣きしてしばらく大学を自主休講したり、まあ色々とあったがそれはいいとして。

正統派すぎて最近ではあまり扱われないヒロインでもある。僕はこの現状を嘆いていた。

僕は理想のヒロインを求めて、雨にも負けず、風にも負けず、オタクすぎるあまり何度も彼女に振られたことにも、理想のヒロインを前のめりで語ったせいで友達が減ったことにも負けず、必死に色々な作品に触れた。そんな僕がようやく辿り着いた桃源郷、それこそが『蒼天のアルカディア』だった。

この作品はいわゆる王道RPGなのだが、ヒロインが素晴らしい。正ヒロインが僕の理想そのままだった。正ヒロインは水魔法と治癒魔法を使う「聖女」だ。彼女は全てを失い途方に暮れていた主人公を慰め、献身的に支え、そして共に旅に出る。文句なしのヒロインである。

もちろんこのゲームは正ヒロイン以外のキャラも素晴らしい。サブヒロインにツンデレもドジっ子もいて、また主人公の仲間もよかった。途中で主人公サイドに寝返る敵に、終盤で王位を捨てて仲間に加わるお茶目なお兄さん。どれもこれもが僕の性癖ど真ん中ストレートだった。

そんな訳で僕は『蒼天のアルカディア』、通称『蒼アル』をヒロイン目当てで始めたのだが――結局好きになったのは、ノーマークだった魔王《ラスボス》だった。

ラスボスことアレスさんのよさは、とても一言では語り切れない。ちなみになんでアレスさんと呼んでいるのかというと、以前呼び捨てで呼ぶのがあまりにおこがましくアレス様と呼んでいたら、姉にドン引きされたからである。

彼は非常に過去が重い。ラスボスを単なる悪役で片付けないのは本当に素晴らしい部分だが、だからこそ苦しい。あまりに苦しくてエンディング後に「皆を救える正義なんてこの世に存在しないのか……」と思わず呟《つぶや》いたら、しばらく家族内での僕の呼び方が「正義マン」になった。正直少し辛かった。

彼は幼い頃から、黒い髪色と孤児院という出自のせいで、常に差別され腫《は》れ物《もの》扱いをされていた。

もちろん味方なんていやしない。そのうえ、幼い頃から邪神に取《と》り憑《つ》かれていた。曰《いわ》く、「貴様は魔王の最後の末裔だ」「すなわち魔王の後継者である」「我と共に世界を滅ぼそう」と。そして、邪神は彼にとって都合の悪いことが起きるたびに、心の内で怒りや憎しみを増幅させるような甘言を吐いた。彼を堕落させ、魔王にしてしまおうと。

それなのにアレスさんは必死に耐えて、一国の騎士団長まで上り詰めてみせた。それも「より多くの人を救いたい」その一心で。あまりにも理想の漢《おとこ》である。世界一かっこいい。だが、ある時彼の祖国を魔族が襲う。それを命からがら防いだら、今度は「彼こそが魔族であり国を傾けた原因だ」と言われてしまう。彼のあまりに強すぎる力に恐れをなし、言いがかりをつけてきたのだ。

その結果、彼は国外追放されてしまう。命をかけて祖国を守ったのに、いつだって人を救うことしか考えていなかったのに。

その後彼は各地を転々とするも、行く先々で黒い髪色や強い力を怖がられ、魔族だと言われてしまう。やがて彼は真っ当な仕事では食べていけなくなって、殺しに手を染めてしまう。殺し屋という不本意な仕事を続ける彼は、それでも生きることを諦《あきら》めなかった。だが、彼はある時仕事で純真な子供を殺してしまう。その子供の名は「シリウス」。

シリウスくんは由緒正しい皇子様として生まれたのに幽閉され、実の母に暗殺を企てられてしまう。ある異能を持っているが故《ゆえ》に。シリウスくんはずっと閉じ込められて育ったからか、齢《よわい》十四にして既に生きることを諦めていた。そして、殺しにきたアレスさんに儚《はかな》げに微笑んで言うのだ。「殺してくれてありがとう」と——。

シリウスくんを殺したことで、とうとうアレスさんは絶望してしまう。自分はこんなことがしたかったのか、自分はこんな純真な子供を殺してまで生きたいのか。こんな世界はもう嫌だ、いっそここで死んでやる、と。自死を試みるアレスさんだが、その際邪神に心を乗っ取られ——魔王として覚醒《かくせい》してしまうのだ。

心優しい彼を国外追放させた後に殺しに手を染めさせ、子供まで殺させ、最終的に魔王にしてしまった製作陣は鬼畜でしかない。きっと人の心がないんだ。そう姉にぼやいたら「人の心がなきゃゲームなんて作れないでしょ」と言われたが。そりゃそうだ。

そうしてアレスさんは邪神に負けて魔王となるのだが、それでも彼は彼なのだ。途中で恨みに駆られた「俺以外全てを滅ぼす」という方向から「魔族のための世界を創る」という方向性に変わるし、最期の時には「言い訳や命乞《いのちご》いをするつもりはない。俺の負けだ。殺せ」と主人公に言う。その潔さが死ぬほどかっこいい。

そんなアレスさんの弱点が「優しくされること」であり、彼が最後まで大切にしていたのが「シリウス」だった。

アレスさんは邪神と共に人間を滅ぼそうとしていた時もずっと、あの時自分が殺した子供、シリウスくんのことを後悔し続けていた。それは彼が殺される時「殺してくれてありがとう」と微笑んだからで、それが自分と重なって思えたからだ。

ずっとずっとシリウスくんのことを引きずり続けたアレスさんは、物語の中盤でシリウスくんのことを復活させてしまう。いわゆる不死者《アンデッド》として。

蘇《よみがえ》ったシリウスくんは、最初こそ驚くけれど次第に状況を受け入れ、アレスさんのことを慕い始める。なぜなら彼にとってアレスさんは、初めて自分を人として扱ってくれた相手であり、地獄から引き上げた相手だからだ。もう彼は死んでいるのに。

最期までシリウスくんはアレスさんのことを守ろうとしたし、アレスさんは最期、空を仰いで「星が綺麗《きれい》だな」と呟いて死んでいく。この「星」とは確実にシリウスくんのことを指している。まあ、この最期の台詞はファンの中で解釈が分かれるのだが。

とにかく、こんなに魅力的なラスボスを推さないはずがない。だけど僕の生涯のうち男のキャラにハマったことは初めてで、非常に戸惑いながら推していた。そして僕はある日出会ってしまったのだ。二次創作――アレシリに。

きっかけはアレスさんの絵を見ようとネットで検索していた時。素晴らしい表紙の漫画がネットに上がっていて、僕は嬉々《きき》としてそれを開いたのだが――すごかった。とにかくすごかった。

僕はその同人作品を読んで大泣きした。あまりにその話が尊くて。僕はアレシリに見事に落ち、BLというものに足を踏み入れてしまい、気付いたら同人誌即売会で壁サークルになっていた。

推しカプってすごい。どんなに辛いことがあっても、乗り越える希望と勇気を与えてくれる。たとえ就活で心がすり減っても、ようやく入った会社でパワハラを受け辞めざるを得なくなっても、今度こそはと結婚を考えた彼女を寝取られても、両親姉共に突然事故で亡くしても。僕はアレシリのおかげでここまで生きてこられた。

なんとか前を向いてやってきたのだ。

再就職先は以前と比べ待遇も給与も良かったし、ヤケ酒していた時にバーで出会った女の子とはいい感じだったし、家族の死もなんとか乗り越えた。これからだった。僕の人生は、これからまた新しく始まるはずだったのだ。なのに――。

「なのに、なんで死んじゃうかなぁ……」

「うん、確かに君の死ぬタイミングはかわいそうだけど、人間ってそんなもんだからね。ていうか、君の人生の振り返りのほとんどがおしかぷ？　のことだったけどそれでいいの？」

「アレシリは僕の全てなんですよ！　色んなものをなくしまくった僕に唯一残ったもの、それがアレシリなんでね……ハハ」

出勤途中に事故で死んでしまった今、人生を思い返してみると、僕の人生はなかなかに辛いものだったような気がする。できた彼女は九人中八人にこっぴどく振られ一人は寝取られるし、友人付き合いは気付けば上辺ばかりだし、ブラック企業でパワハラは受けるし、挙句家族を亡くして天涯孤独。僕の人生、もうちょっと報われてもよかったんじゃないだろうか。

目の前で僕の話を聞いているその男からは、呆《あき》れたような雰囲気が伝わってくる。顔が全く分からないから、表情もよく分からないが。

僕は、死んだと思った次の瞬間、この空間――真っ白な空間の中にいたのだ。上も下も分からないし、浮いているのか立っているのかも分からない。そして僕の目の前にいる男は、年齢も容姿もよく分からない。見えているのに、次の瞬間には記憶から消えているような感じだ。辛うじて男のような気がするだけ。

「ところで、ここはどこであなたは誰なんですか？」

「なんにも分かってないのにいきなり人生語り出したのね、君。いや話を振ったのは僕だけどさ、ここまでがっつり語り出すとは思ってなかったっていうか……君、話が長いとか一方的に話しすぎって言われない？」

「それ、そのせいで友達も彼女もなくした僕に言います？」

「おお……なんかごめん」

いいんだ。気付けば語りすぎて、ドン引きされて離れられるのは慣れている。……僕の人生、本当に虚しいものに思えてきた。

「ま、まあ、気を取り直して……ここはね、一言で言えば世界の狭間《はざま》になるかな」

「世界の狭間」

「うん。で、僕は……分かりやすいように言うなら、違う世界の神だよ。名目上は、創世神ってことになってる」

「違う世界の創世神」

「そう。分かってくれた？」

分からない。一ミリも理解ができない。分かる訳がないだろう。それなんて異世界転生ファンタジー？　頭の上にいくつも疑問符を浮かべる僕を無視して、その男は説明を続ける。

「ま、神っていっても、ただの下位世界の管理者なんだけど。あ、そうそう、世界には上位世界と下位世界ってものがあるんだけどね、上位世界っていうのはいわゆるオリジナルの世界。君の住んでた地球みたいなね。で、君たち人間みたいな知的生命体ってすごいよね、自分たちでたくさんの虚構をつくり上げちゃうんだ。その虚構にものすごく多くの思念が積み重なると、いつの間にかその虚構は世界として独立して生まれちゃう。それがさっき言った下位世界。で――」

「えっちょっと待って本格的に分からなくなってきたんですけど。下位世界？　思念？　虚構？　何？」

僕の頭はパンク寸前だった。だってそもそも、自分が死んだことすらあんまり真剣に受け止められていない。そうすると彼は、うーんと小さく唸《うな》った後にこう説明をした。

「噛《か》み砕《くだ》いたつもりだったんだけどな……まあもっと簡単に言うなら、ある物語がたくさんの人に愛されると、それを元にした世界が勝手に生まれちゃうんだ」

「なにそれすごい」

「分かった？　よし、話を続けるよ。で、僕はそんな風に生まれたいくつかの世界を押し付け――じゃなかった、任されてるんだけど、そのうちの一つが何回やり直しても滅んじゃうんだよね。前回なんか特に酷かったよ？　二種族間の大規模な全面戦争のせいで、世界が崩壊しかけたんだ。砂みたいにサラサラ～って。全く、何がどうなったらそんなことになるんだよ……」

「世界が崩壊」

たぶん今の僕はＩＱ三くらいだと思う。本気で意味が分からない。話のスケールが大きすぎる。僕はとりあえずうんうんと頷《うなず》いておいた。

「だけど、僕ある時思いついちゃったんだよね。そうだ、オリジナルの世界を知ってる人間を連れてきちゃえばいいじゃん。そいつを放り込んだら、いい感じに世界救ってくれるかも、って。それで、とりあえず地球に来てどうしようかなぁって考えてたら、ちょうど目の前でぴったりな人間が死んでくれてさ。本当にラッキーだったよ。まあ言い方は悪いけど。それが君って訳」

「僕?」

「そう。君がさっきまでベラベラ語ってた『蒼天《そうてん》のアルカディア』。それが、何回やり直しても滅んじゃう世界のオリジナルなんだ」

「……なんて?」

僕は思わず聞き返す。何回やり直しても滅んじゃう世界をなんとかしたくて、別の世界から人間を引っ張ってきた。それは分かった。で、その滅んじゃう世界っていうのが僕の理想郷こと『蒼天のアルカディア』。

……つまり?

「前置き長くなっちゃったけど、君には『蒼天のアルカディア』の世界を救ってもらいまーす! あ、世界存続の絶対条件は人間側の勝利ね。魔族も邪神くんも世界存続させる気がさらさらないから、魔族が勝つと絶対に世界滅んじゃうんだよねぇ。で、今から、こんな世界もう嫌だ……っていっつも嘆いてた人間と君の魂とをパパッと入れ替えた後、君がこっちの世界で生まれる辺りから世界やり直すから、あとは頼んだよ! 確か、アドウェルサって国の何かの団長くんだったかな」

情報過多とはこのことだ。彼の言葉が全然頭に入ってこない。耳から入って素通りしていく。……

つまりどういうこと？

「えっ何？　僕が『蒼アル』の世界を救うの？　この僕が？　しがない営業マンにすぎない僕が？　ていうかアドウェルサってあれですよね？　プロローグでさらっと滅ぶ国ですよね？」

「あれそうだっけ？　ま、まあ何事も最初が肝心っていうからね。いい感じに運命変えて、英雄くんサポートして世界救ってきてよ。君ならできる！　期待してるからね！」

「いやいやそれ無理ゲーすぎません？　え？　は？」

「てことで、三、二、一、いってらっしゃーい！　応援してるよ〜！」

「えっちょっと待ってさすがに無理ッ、――――！」

泣き言は一切聞き届けられずに、僕の視界は一瞬でブラックアウトした。

「――僕、本当にこの二十六年間頑張ったなあ……」

夜、書類仕事をしながら、僕はそうひとりごちた。

結局あの創世神とやらはその後、僕が成人した時の一回しか姿を現さなかった。彼は、僕が成人した時にいきなり目の前に現れたかと思うと「おっ、いいねぇいい感じに強くなってるね〜。その調子で君、邪神くん倒せない？」と馬鹿なことを抜かしてきたのだ。

無理に決まっている。僕はしがないモブだぞ？　それも『蒼アル』では名前すら出てこない、プロローグであっさりと死ぬ哀れなモブである。ふざけるのも大概にしてほしい。

前世にもこういうやつがいた。部下に全てを丸投げし、苦労を全く顧みず、そして無茶な仕事をぶん投げてくる上司が。創世神もどきの言動は、無能上司のそれである。

思い出してイライラしながら書類を確認していると、不意に目の前が真っ白に光った。思わず眩《まぶ》しくて目を閉じ、そして目を開けると——噂をすれば、というやつか、目の前には創世神（自称）の姿があった。

「……は？」

「いやぁ久しぶり。ちょっと君に言いたいことができてね。ええと……なんか僕もよく分かってないんだけどさ、もしかしたら君いらなかったかも」

唐突に現れたかと思うと、目の前でその男はそうほざいた。ほざきやがった。腹の底からふつふつと怒りが湧いてくる。僕は気付くより先に、その男の胸ぐらを掴《つか》み上げて怒鳴っていた。

「ふざっ……けんなよお前！　神だかなんだか知らないけど僕がどんだけ今まで苦労してきたと！　ふざけんな！　僕の努力をなんだと思ってるんだ!?」

僕はあまり怒らない方だが、これは怒っても仕方がないと思う。だってこちらは来たる災厄の日に備え、様々な策を講じてきたのだ。

具体的には、死ぬほど頑張って自分自身をめちゃくちゃ強化しながら、死ぬほど頑張って魔導師団をクリーンな組織にした。そう、国を守るはずの魔導師団はとんでもなく腐敗した組織だったのだ。賄賂《わいろ》に汚職に闇オークション、とにかくこの国に蔓延《はびこ》る闇に魔導師団は全て関わっていたのだ。民を守るために存在する魔導師団が、率先して人身売買に関わるとか正気じゃない。だからプロローグであっさり滅ぶんだよ。

それと同時に主人公である殿下と関わり、気に入られ、そして個人的に訓練を施した。主人公が強くなきゃこの世界はジ・エンドだからだ。

僕は本当にとっても頑張った。どうして過労死しなかったのか、もしくは暗殺されなかったのか不思議なくらいには。とにかく、僕は血反吐《ちへど》を吐きながら頑張りに頑張り抜いてきたのだ。それが、いらなかった？　僕は真剣に、この男を道連れにして自害する方法を考え始めていた。

だが、続く創世神（仮）の言葉で僕の怒りはすっと消えた。

「ま、待って待っていい知らせなんだってば！　本当だよ！　最終的に魔王になる彼と、その隣にいる白髪の男の子――ええと、なんて言ったっけな――」

「……アレスさんとシリウスくんがどうしたんですか」

「そうそう、そのアレスって人間、なぜか邪神に精神乗っ取られずにその少年とこの国で暮らしてるんだよ」

「この国で暮らしてる」

「うん。港町の人気者になってた」

「港町の人気者」

「そう。僕が……昨日の夜だったかな、に見た時は、二人で酒場で歌ってたよ。えっと確か、吟遊詩人ってやつ？」

「吟遊詩人」

……訳が分からない。この国の港町で、住民たちに愛され、二人で仲良く歌ってた？　それなんて二次創作？　あまりにも情報量が多すぎて頭がパンクしてしまいそうだ。ゲームと比較するなら、今頃シリウスくんは殺され、アレスさんは闇堕ちし、この国を滅ぼす算段を立てている最中のはずだ。それが――なんで？

なんでアレスさんが闇堕ちしてないのかも、なんでシリウスくんが生きてそこにいるのかも、なんでこの国にいるのかも全く分からない。……だけどオタクとして生を受けたからには、やらねばならないことがある。

「……どこで？」

「え？」

「だから！　どこの！　酒場で！　歌ってたのか！　聞いてるんです！」

「ええっと……確か、メルヴィアって街の、噴水広場の近くにある……何とか鳥？　みたいな名前の酒場で――」

「分かりましたァ行ってきますッ！」

「えっちょっと君！　今書類仕事してたんじゃないの!?　ってあぁ――窓から空飛んでっちゃった……」

創世神もどきの声を背に、僕は躊躇《ちゅうちょ》なく窓枠を蹴《け》って飛び降り、そのまま風魔法で空を飛んだ。もちろん全速力で。

辿《たど》り着《つ》いたのは、「風見鶏」という名前の酒場だった。たぶんここだ。創世神（笑）の言うことを信じるのなら、推しカプがこの扉の先にいる。

手が震えるのを感じる。手のひらを見ると、じっとりと手汗で濡《ぬ》れていた。緊張のあまり今までにないくらい心臓がうるさく鳴る。耳元で心臓が鳴っているみたいだ。だって、この先に推しカプがいるかもしれないのだ。恐らく、僕が描いてきたどんな二次創作よりも幸せな推しカプが。これで緊張しなかったらオタク失格である。というか吐きそう。

だがここで立ち止まっていても仕方がないので、僕は恐る恐る扉に手をかけ、開いて――。

「はえ……？」

変な声が出た。扉の先にあったのは、まさしく天国だった。アレスさんは酒場のカウンター席に座りながらリュートを奏でていて、その隣に立つシリウスくんが澄んだ声を響かせて歌っていた。そう、推しが、生きているのだ。

すごい。推しが目の前で動いてる。歌ってる。

シリウスくんの顔は楽しげにキラキラと輝いていた。さらさらの髪に大きくてくりっとしたお目目。まつ毛は長くて手足はすらっと長くまさに美少年って概念の擬人化。本当にかわいい。かわいすぎる。シリウスくんの声は透明で綺麗《きれい》で、心が洗われるようだ。この世に降臨した天使にしか見えない。ていうかアレスさん。すごい。顔がいい。本当に顔がいい。

まず目。目がかっこいい。切れ長できりっとした目元は世界一美しいし睫毛が案外長い。アッすごい、瞬《まばた》きしてる。推しが瞬きしてる。目を伏せるとエロいし顔を上げると綺麗な瞳《ひとみ》にドキドキする。ていうか闇堕ち前の銀色の瞳はめちゃくちゃ綺麗な色してる。あとリュートを弾いてる手が最高すぎる。血管が浮き出ていて「雄」って感じの骨張った手だ。

あれ待って、アレスさん優しい表情してない？　うん間違いない。リュートを奏でながら横目でシリウスくんを見つつ、やわらかい表情をしている。アレスさんってそんなに優しい顔もできたの？相手がシリウスくんだから？　アレシリ付き合ってる？　いや完全にこれは愛しい相手を見る目だろ。すごい。視線に愛がこもってる。うわ今アレシリ目が合った。シリウスくんが楽しいねって感じで笑うのかわいいね世界で一番かわいい、ってあああああッ！　アレスさん笑ったアアアァ！　えっ待って待って何その笑顔嘘でしょ待って。

気付けば視界が滲《にじ》んでいた。頰に止めどなく熱い滴が流れるのを感じる。今日は人生最高の日だ。尊さで昇天してしまうかもしれない。いや間違いなくする。おしかぷってすごい。

やがて演奏が終わる。アレスさんは満足げな顔をしながら黙ってリュートを机に置いて、シリウスくんは満面の笑みでありがとうと皆に言っている。そしてアレスさんはそばにいるシリウスくんに何か囁《ささや》き、そしてシリウスくんの頭を、撫《な》でた――？

僕は気付けば口元を押さえ、声を殺して号泣していた。あまりに尊くて。本気で泣きながらその幸せすぎる光景を見つめていると、不意にシリウスくんと目が合った。シリウスくんはただでさえ大きな目をさらにまん丸くして驚いて、それからこっちに駆け寄ってきた。

「……お兄さん、大丈夫？」

シリウスくんに上目遣いで見つめられ、もう僕は死んでもいいと思った。至近距離で見るとお肌が綺麗でやっぱりまつ毛が長い。こんなにかわいい子が生きてるなんて信じられる？　僕は信じられない。魔法で動き出したお人形さんか何かじゃないのかな？

僕はかわいさのあまり心臓がきゅうっとなるのを感じながら、とりあえず腰をかがめて視線の高さを合わせ、極力声が震えないように頑張って喋《しゃべ》った。

「だ、大丈夫だよ。お兄さん、君たちの歌にとっても感動して泣いちゃったんだよ。仕事でずっと疲れてたからなおさらね……。君、名前は？」

「僕？　シリウスだよ」

にこっとシリウスくんが笑う。その笑顔があまりにかわいくて、僕は思わず「えっ何それかわいい……」と口に出してしまっていた。怪訝《けげん》な顔をされたので、慌てて取り繕うように笑みを浮かべる。

「え、ええとじゃあ、あっちの楽器を弾いてたお兄さんは？」

「あの人はね、アレスっていうんだ」

「そっかあ。二人ともいい名前だね。そういえば、君とアレスさんはどういう関係？　ご兄弟とかかな？」

聞かないつもりだったのに、思わず欲に負けて聞いてしまった。シリウスくんの顔が曇って「ええっと……」と口ごもったものだから、口にした後で僕はそのことを猛烈に後悔した。

「あ、あああ、ごめんね！　答えづらかったら全然無視していいからね！　ただ、とっても息ぴったりだったから、ご家族か何かかなぁって気になっただけなんだ。本当にごめんね！　そうだよね、いきなり知らない人からこんなこと聞かれても困っちゃうよね、ごめんね」

「ううん、大丈夫。ええっとね……アレスにはね、拾われたんだ」

「拾われた？」

「そう。あのね、僕の親は、その……僕のことがあんまり好きじゃなくて、それで……ええと、追い出されちゃって、でもアレスが――」

シリウスくんの世界一かわいいお顔が曇っていくのに耐えられなくて、僕は慌てて言葉を遮った。

「あああ、ごめん！　話しづらいことを聞いちゃってごめんね！　……でもそっか、じゃあ今は、アレスさんと一緒に暮らしてるってこと？」

「そう！　アレスはね、態度はちょっとぶっきらぼうだけど、とっても優しいんだよ。優しくて、僕に色んなことを教えてくれるんだ」

「くぅッ……」

何それアレシリの理想形ッ……！　僕は耐えきれずまた涙を流した。二十六年間の苦労が今全て報われたように思える。

僕は泣きながら懐から財布を取り出して開き、そして絶望した。……こんなにも心が救われているのに、推しカプにこんな端金《はしたがね》しか貢げないなんて……！　本当にいると分かっていれば、ちゃんとお金を持ってきたのに。僕は心底申し訳ない気持ちになりながら、財布に入っている金貨たった一枚をシリウスくんに手渡した。

「……これは？」

「チップだよ。僕に素敵な歌と話を聞かせてくれたから。……ごめんね、今これしかないんだ……ちゃんとお金持ってくればよかった……」

「ううん、ありがとう！　……この国のお金に詳しくないから、多いのか少ないのかよく分かんないけど」

「ごめんね……こんな端金しかなくて本当にごめんね……できることなら全財産貢ぎたいくらいなのにっ……！　ところで、君たち二人はいつもここで歌ってるの？」

「そうだよ。お兄さん、また聞きにきてくれる？」

シリウスくんがこてんと首を傾げる。えっ何その仕草かわいい〜！　来る来る絶対来るぅ〜〜！

僕はハッとして口を塞《ふさ》いだ。心の中で思ったはずなのに、気付けば口に出していた。目の前のシリウスくんはきょとんとした顔をしている。僕はあははと取り繕うように笑い、立ち上がった。

「僕はクロードっていうんだ。また聴きにくるから、名前を覚えてくれると嬉《うれ》しいな」

「クロード？」

「そうだよ。はぁ推しに名前呼ばれたやば……何これ癒し効果すごすぎ——じゃなくて、ええと、僕仕事がまだ残ってるから帰らなきゃいけないんだけど、仕事が一旦《いったん》落ち着いたらまた聴きにくるよ。でもいつになるかなぁ……ハハ……」

遠い目になりながら呟《つぶや》く。どこぞの身分しか取り柄のない副団長様が全く仕事をしてくれないから、重要な書類はほぼ全て最終的に僕に回ってくるのだ。たとえ、魔物の災害による被害が国に及んだ時ですら、である。せめて魔物の災害があった時ぐらい仕事してくれたっていいのに、と思わず愚痴りたくなる。だから僕が夜自室に書類を持ち帰ってまで残業する羽目になるのだ。

それだけではない。魔導師団が以前酷く堕落していたのは確実にこの人のせいだ。なのに証拠も何も残さないから僕からは何もできず——積もりに積もった恨み辛みは、とんでもないことになっている。可及的速やかに、できれば明日の朝にでもお亡くなりになってくれないだろうか。

「えっと、クロード、お仕事頑張ってね！」

「えええありがとう頑張るううう！　はぁ推しが尊いかわいい……え、ええと、じゃあまたね！　僕が渡したお金でアレスさんと何か美味しいものでも食べてね！　また来るから！」

「うん、ありがとう。またね！」

シリウスくんが小さい手を一生懸命振る。かわいい。かわいすぎて浄化されて消えてしまう。僕はにやけそうな顔を必死に引き締め、酒場の扉を閉めた。そして扉に背を向けたところで、自分の重大なミスに気付いてしまった。

「あっ……酒場《推しのライブ会場》『風見鶏』にお金積むの忘れてた……」

次来た時はきちんとこの酒場にもお金を落とそう。そう固く誓った僕だった。……お酒は飲めないから、できれば別の方向で。

◆　◆　◆

いつも通り黒猫亭で働いていたある日。昼休憩に入ると、不意に料理人見習いの少女・エマがこう尋ねてきた。

「ねえ、シリウスって好きな人いないの？」

僕は手を止めて考え込んでしまった。

昼休憩、といっても昼時からは少し経った時間ではあるけど。黒猫亭は昼時までしばらく営業した後、店を閉めて、夜になってからまた店を開けるのだ。

「好きな人、って言われても……僕、恋ってよく分かんなくて……」

僕は首を捻《ひね》った。アレスのことは大切だし幸せになってほしいと思うけれど、当の本人に「そんなん恋じゃねえ」とか「好きっつーのはそんなに簡単なもんじゃねえよ」とか否定されるから、よく分からない。だったら僕のこれはなんなんだろう。そうアレスに聞くと、「知るか」と一蹴《いっしゅう》。

話の矛先を逸らすため僕は、「そういうエマは？　最近どうなの？」と尋ねた。確か彼女には恋人がいたはずだ。けれど彼女は、深々とため息を吐《つ》いた。

「私？　もう散々。あいつったら最悪なのよ？　私とは別にもう一人別の女と付き合ってたんだから！　しかも私の友達と！　信じられる!?　ほんっとサイテー！」

エマの地雷を踏んでしまったようだ。僕は慌てて「ごめんね、話したくないこと聞いちゃって」と謝る。そうすると彼女はハッとしたように口をつぐみ、かぶりを振った。

「ううん、私こそごめん。シリウスは悪くないのに八つ当たりしちゃって。でもいい？　あんたは好きな子ができても絶対に浮気しちゃ駄目よ？」

「わ、分かった！」

「おーおーエマ、お前あいつに捨てられたのか？　男前だったのに惜しいことしたなぁ……ま、男なんざ星の数ほどいるから頑張れよ！　なんなら俺なんてどうだ？」

笑いながら料理長が話に入ってくる。エマは彼を射殺さんばかりに睨《にら》みつけ、怒鳴った。

「うっさい既婚者！　あんたは本当にデリカシーのかけらもないわね!?　今言ったこと奥さんに言うからね！」

「おっとそりゃ勘弁。俺があいつに殺されちまう」

料理長が慌てて首をすくめる。彼の奥さんは気立てがよく、彼に似て明るく朗らかな人だ。何度か会ったがとても優しくていい人だ。ただ、僕にいつもしつこいくらいかわいいと言ってくるのには辟《へき》易《えき》してしまうけれど。

それにしても、と僕はふと呟いた。

「エマがいるのに他の人に目移りしちゃうなんて、かわいそうな人だね。エマはこんなにかわいくて素敵な人なのに」

思わずこぼれた言葉だったが、エマにまた深いため息を吐かれた。心なしか、料理長も呆《あき》れた顔をしている。

「あんた……そういうことは滅多に言うんじゃないわよ」

「こりゃあ、シリウスはとんだ女泣かせな男だなぁ！　ハハッ、将来が楽しみだ！」

「ちょっと笑ってる場合？　はぁ、とんでもない口説き文句ね……あんたが同い年だったらやばかったわ」

「えっ、口説き文句？　僕エマのこと口説いてないよ？」

「分かってるわよ、馬鹿。口説き文句に聞こえるって言ってんの。あんた気をつけなさいよ？　今はまだいいけど、近いうちに絶対女の子たちがあんたに群がるわよ」

「そうかなぁ……？」

自分が女の子たちに群がられる、つまりモテる光景が全く想像できなくて、僕は首を捻った。

今僕は周りの人にかわいがられている自覚はあるけれど、言ってみればそれは子犬をかわいがるようなものだと思っている。たとえば、黒猫亭によく遊びにくる、小さくてふわふわな子犬がいる。その子犬を見かけるとかわいいなあと思い、僕はつい撫でたり構ったり、時には余った食べ物を与えたりしてしまう。皆が僕をかわいがってくれているのはそういう感じで、決してモテるなんてことにはならない気がする。

「分かんないなぁ……女の人に好かれるのは、もっとこう……アレスとかクロードみたいな人なんじゃないかな」

僕がそう呟くと、二人とも「ああ……」「確かになぁ……」と頷《うなず》いた。

「正直、神風様は別格だと思うわよ。女に好かれるどころか、男にだってあの人を崇拝してるやつがごろごろいるでしょうし。……あんたの前じゃ様子がおかしいけど」

「アレスさんもモテるんじゃねえか？　男前だし色気あるしな。いいかシリウス、女ってのはな、あいうどっか陰のある男に不思議と惹《ひ》かれるもんなんだぜ」

何気なく例に挙げただけだったが、アレスはモテるだろうと聞くともやっとする。

確かに、アレスは男前だし、ああ見えて優しいし、強いし、それから料理長の言う「陰のある男に惹かれる」という言葉も分かる気がする。それに祖国では騎士団長をしていたのだから、そりゃあ人気だったんだろうとは思う。思う、けれど——あまり想像したくない。

僕が押し黙っていると、ふと、料理長が尋ねてきた。

「……ところでシリウスお前、好きなやついねえんだってな？」

「うん、恋ってよく分からなくて……恋って何？」

料理長にそう聞くと、「難しい質問だな……」と彼は顔をしかめた。

「相手のことで頭がいっぱいになるとかか？　おいエマ、お前はなんだと思う？」

「私に振るの？　ううんそうね……相手のことを思うとドキドキするとか、相手に自分だけ見てほしいって思うとか……？」

僕はそれでもいまいち分からなくて首を捻っていた。すると料理長は「あっ！」と閃《ひらめ》いたように顔を明るくし、悪巧みをするような顔になった。

「あれだあれ。恋っつーのはな、相手のことが誰より大切で、なおかつ相手を抱きたいって思うことだな。なんなら抱かれたいでもいいぞ」

「抱っ……」

抱く、という言葉の意味くらい僕だって知っている。それに、どんなことをするのかだってぼんやりだが分かっている。けれど、そんな会話を他人としたことがないものだから、僕は思わず恥ずかしくなってしまった。顔を赤くした僕を見て「お？」と料理長は悪戯っぽく笑った。

「そうかぁ、お前も年頃の男だもんな。興味くらいあるよな。そうかそうか。でもお前、詳しいやり方は知ってるか？　俺がいくらでも教えてやるぞ？　まずはな――」

「シリウスに何教えてんのよこの変態親父《おやじ》っ！」

「痛ってえ……んなこと言ったってな、こいつだってもう十五だぞ？　もうすぐ誕生日だもんな？」

「シリウスは別よ！」

この後しばらく続いた二人の言い争いは、早々に昼ご飯を食べ終わり仕込みをしていた店長に「お前ら何くだらないことを言い争ってるんだ！　そんな暇があるなら、もうすぐ店を開けるんだから少しは手伝え！」と一喝され終わりを告げた。

「……なんて!?」

クロードは素《す》っ頓狂《とんきょう》な声で聞き返した。口に含んでいた飲み物が変なところに入ってしまったみたいで、彼はしばらく苦しそうに咳《せ》き込んでいた。

今僕とクロードは営業が終わった後の黒猫亭にいてアレスを待っている。アレスは、第一王子殿下の訓練が長引いているそうだ。

僕は気恥ずかしくてクロードから顔を逸らした。……実のところ、料理長の言葉がずっと頭から離れなかったのだ。それで、クロードに思わずこう聞いてしまった。――男同士って、どうするの、と。

「……顔逸らすってことはそういうこと？　え？　待って理解が追いつかない。何があったの？」

「ええと、ここの料理長が言ってたんだ。恋っていうのは相手が何より大切で、なおかつ、その……したいいって思える人だって」

「ああー……状況はなんとなく把握した。でも、どうするのって言われてもなあ……」

クロードはうんうん悩んだ後、神妙な顔で尋ねてきた。

「本当に知りたい？」

「……うん」

「……よし分かった。シリウスくんも男だし、そりゃ興味あるよね。僕も君くらいの時は――いや、それはいいとして、ええと、説明下手だから絵に描きながら説明するよ」

クロードは近くにあった紙をとると、懐からペンを取り出し、さらさらと簡素な男の下半身の絵を描きつけた。それから子供ができる仕組みと男同士でする方法を真面目な表情で話し始めた。猥談《わいだん》というよりは性教育の様相を呈している。最初のうちはちらちらとこちらを気にしていたエマが「思っていたのと違った」と言いたげな表情で離れていったくらいには真面目な話し方だ。

「――そんな感じかなぁ。……分かった？」

「分かった。……けど、これってなんの意味があるの？」

「なんで？　そうだなぁ、なんて言えば伝わるかな……」

彼が腕を組んで唸《うな》ることしばし。彼は言葉を選ぶように言った。

「人間には大概、性的なことをしたいっていう欲求が備わってるもので――いやまあそうじゃない人もいるけど今はさておき――まずはその欲求を満たせるっていうのが一つ。あとは、まあ……簡単に言っちゃえば、この行為って快感を伴うものなんだよ。だから、意味があるのかって聞かれればないのかもしれないけど、好きな人相手だとしたくなっちゃうものなんだ」

「そういうものなの？」

「そういうものなんだよ。たぶん、シリウスくんもいつか分かると思うよ」

「クロードは？　クロードはしたことあるの？」

「そりゃあ……それなりに生きてるからね」

お茶を濁すような答え方をするクロード。そうしたら何かを察したのか、さっきまで離れていたエマがおずおずと話に入ってきた。彼女は恋愛の話が大好きだから。

「神風様の噂って全く聞いたことがないんですけど、今までどんな人とお付き合いしてきたんですか？」

「まあ、噂にならないように気を遣ってきたからね。それに、そんなに面白い話じゃないよ。僕の立場上、派手に遊ぶことは無理だしね。だから……王立学校時代、同格の侯爵家の子が一人、団長就任前後、僕が救った街の子が一人、かな」

「ええっ、素敵！　救った街の女の子ってことは、身分違いの恋ですよね！　やだ憧《あこが》れる～！」

「団長就任前後……ってことは、その二人とはどうなったの？」

僕が聞くと、クロードは一気に暗い目になった。何か聞いては駄目なことを聞いてしまったのかと慄《おのの》いていると、彼は地を這《は》うような声で俯《うつむ》きながら答えた。

「……寝取られたんだよ、どっちも。ハハ、嫌になっちゃうよね……」

エマはそれを聞いて、神妙な顔になって黙り込んだ。遠くで聞いていた料理長までも。僕は「寝取られる」の意味があまり分からなかったけれど、なんとなく察して同じように黙った。

そんな中、アレスが店の中に入ってきた。彼はお通夜のような空気に驚いて立ち止まる。ちなみにクロードは、そんな雰囲気ながらもアレスが入ってきた瞬間に説明に使った絵を手で握《にぎ》り潰《つぶ》していた。

「……なんでこんな暗い雰囲気なんだ？」

「今ね、クロードの恋愛の話を聞いてたんだ」

「それでどうしてこんなに暗くなる？」

「あのね、クロードが今までお付き合いしてきた人、皆寝取られたんだって」

それを聞いたアレスは「そりゃあ、なんともまあ……」と苦虫を噛《か》み潰した顔になった。彼はクロードの肩にぽんと手を置いて、労《ねぎら》うように言う。

「……今度、一緒に飲むか」

「……うん、ありがとう」

僕はそんな光景を見ながら、アレスに後で「寝取られる」の意味を聞こうと心に決めた。アレスが「帰るか」と僕に手を差し出してくる。僕はその手を握り返して頷いた。

家に帰り、石鹸《せっけん》で身体を洗いながら僕はぼうっと考えた。クロードは、男性器が硬くなって上を向いた状態で刺激すると、精液が出るって言っていた。……僕の身体でも、そうなるのかな。

生活魔法で出したお湯で身体を洗い流したあと、恐る恐る触れてみる。だけど別になんにもならなくて、今度はよく分からないなりに手で擦ってみた。そうしたらむずむずするような感覚が湧き起こってきたから続けてみた。自然と息が荒くなる。なんとなく気持ちいい、気がする。次第に僕のそれは硬さを増して、大きくなっていく。クロードが言っていたのはこういうことなんだろうか。

ぼんやりと考えながら続けていると、急に、本当に急に、アレスの顔が浮かんだ。そうしたらいきなり恥ずかしくなってきて、顔が熱くなった。手の中のそれを見ると、一気に硬さを増していたものだから驚いた。

「うわ……」

よく分からないながらも僕は続けた。むずむずするような感覚がどんどん強くなっていく。僕は戸惑いながらもさらに続ける。頭がクラクラしてくる。突然浮かんだアレスの顔は消えてくれない。それどころか、これをアレスに触れられたら、なんて考えてしまって、恥ずかしくなって、それで――。

「んっ……」

むずむずするような、ぞくぞくするような感覚が一気に高まった。見ると、僕のそれの先からは白く濁った、少し粘度の高い液体が溢《あふ》れていた。手で触ると少しベタベタしている。これが精液？

僕は少しの間好奇心からそれを眺めていたけれど、はたとさっきまで考えていたことを思い出して、ピタリと動きを止めた。……アレスに触られたら、なんて。そんな恥ずかしいことできるはずない。だけど——。

生まれかけたその思いを振り払うように、僕は慌てて生活魔法でお湯を出し、すぐに洗い流して浴室を出た。

「出たか。遅かったな。中で寝てんのかと思っただろ」

椅子に座って紙に何かを書いていたアレスが少し顔をしかめて言う。僕はアレスの顔を見た途端、少しだけ考えてしまった想像を思い出して、恥ずかしくなって固まった。「じゃあ俺も身体洗うか」なんて伸びをしながら彼は立ち上がったが、そんな僕を見て不審げに眉《まゆ》を寄せる。

「……どうした？　なんかあったか？」

アレスに顔を覗《のぞ》き込まれて、僕はびっくりして少し飛び退《の》いてしまった。今、たぶん僕の顔は赤くなっている。彼はそんな僕を見てさらに眉をひそめた。

「なんだ？」

「な、なんでもないっ」

「……そうか？」

僕が慌てて首を振ると、彼は釈然としない顔ながらも浴室に向かっていった。

彼がいなくなってから僕は自分の頬に手をやった。やっぱり少し火照《ほて》っている。熱を冷ますため別のことを考えようと、彼がさっきまで書いていたものを覗き込む。

見るとそれは、訓練日誌のようだった。名前や隊の名前が書かれ、どんな訓練をしたか、どんな訓練が今後必要か、が日誌の形でぎっちりと記されている。もう一枚あったので上の紙をめくってみると、そちらは訓練計画のようだ。箇条書きで色々と書かれている。

それを見たら急に熱が冷めるのを感じた。……こんな風に真剣に努力していたアレスの不埒《ふらち》な想像をしてしまったのか、僕は。自己嫌悪で落ち込んでしまって、僕は悄然《しょうぜん》としながらベッドへ行き、寝転がって目を瞑《つぶ》った。

だけど、落ち込んだとはいえ、一度浮かんだ不埒な想像は消えてくれない。その幻影を振り払うようにぎゅっと目を瞑って寝ようと努力し始めて、どのくらい経っただろう。不意に、衣擦《きぬず》れの音が微かにした。人の気配が近くでする。やがて、僕の頭に硬い感触がした。たぶんアレスの手だ。それは何度か僕の頭を往復していく。

「……おやすみ、シリウス」

アレスの低くてやわらかい声がした。慈しむような優しい声に僕の胸はいっぱいになって、それから申し訳なくなった。その後、微かに笑う気配がした。彼は僕の前髪をかきあげながら、ため息を吐《つ》くように囁《ささや》く。

「本当にかわいいな、お前は……」

どきりと胸が高鳴る。慈しむのとは少し違って、なんだか愛しさが混ざった声のように感じた。その声の甘さにどぎまぎしてしまう。胸の奥が甘く痛む。もうすっかり慣れてしまった痛みだ。

不意に、額にやわらかいものが触れた。それは温かくて、触れると同時にふわりといい匂いがした。たぶん、石鹸の匂いとアレスの匂いだ。

そのままアレスの気配は遠くなった。一生懸命耳をすますと、ペンで何かを書く音がする。僕はほっと息を吐いて、それから一気に恥ずかしくなった。今のは――唇？　僕は額にキスをされた？　疑問がぐるぐると頭を巡る。それと同時にどくんどくんと胸が高鳴る音が聞こえる。

結局その日は考え込んでしまって、しばらくの間眠れなかった。


それは、最近何度か見る夢だった。

夢の中の僕はどこか静かな部屋で寝ている。白く清潔なベッドの上で、白い天井を見上げているのだ。僕の右側には小さなテレビと小さな引き出しと机が置いてある。左側には、大きな窓。近くには心電図モニターがあって、静かな部屋の中で小さく規則的な音を立てている。それから、僕の腕からは管が何本も延びている。

「俺さ、ゲーム作るのが夢なんだ」

僕の隣には、同じようなベッドがもう一つ。そのベッドの上に腰かけているのは一人の少年だ。彼は病的に痩《や》せこけているが、表情は明るい。夢で見る彼はいつもそうだ。

彼は目を輝かせて夢を語る。治療が辛い時、何も食べられない時、苦しくてもう全て終わりにしてしまいたい時、いつだってゲームは俺の隣にいてくれた。俺はゲームがあったから今まで頑張れた。だからいつか、大人になれたら、ゲームを作る会社に入ってゲームを作りたいんだと。

「君なら、絶対なれるよ」

「へへ、お前もそう思うだろ？　いつか俺が作るゲーム、お前も絶対プレイしてくれよな！　俺もいつか、『蒼アル』みたいなすっげーゲーム作るんだ！」

「っ……うん、楽しみに、してる」

夢の中の僕は、彼が明るく夢を語る姿を見て泣きそうになりながらも、それでも肯定の返事をする。

そしたら彼は、真剣な顔を向けて僕にこう問うのだ。

「お前は？」

「え？」

「お前の夢は？　お前は将来、何をやりたいの？」

「僕は……」

夢の中の僕は、いつも答えられずに視線を下に落とすのだ。そこには電源のついたゲーム機がある。

画面が表示しているのは青空のイラストと、『蒼天《そうてん》のアルカディア』の文字。

「僕、は……」

そこでいつも、目が覚める。

今日もその夢を見て、僕はどこかもやもやとした気持ちになりながら目覚めた。たぶんだけど、僕は前世で入院していたんだろう。それも一時的じゃなくて、ずっと。あの病室は酷く懐かしいから。けれどそこまで夢で見せるのだったら、いっそのこと全て思い出せればいいのに。僕にはどんな家族や友人がいて、どんな人生を送って、どんなことを思って死んだのかを知りたいのに。僕にいつも夢を語って僕の夢を聞いてくる彼は、一体なんて名前で、僕とどういう関係だったんだろう。

僕はため息を吐《つ》いて、朝ご飯を準備しようと立ち上がった。

アレスは寝起きがすこぶる悪いから、いつも起きてくるのは僕よりも後だ。僕が朝ご飯を作ったり、もしくは市場で買ったりして準備を終えた頃に、アレスはいつも起きてくる。そして彼は、眠い時特有の殺意すら感じるほどの悪い目つきで食卓を少し眺めた後、黙って僕の頭を撫《な》で、席に着くのだ。

いつも僕の頭を撫でるのはなんでだと聞いたことがあるが、アレスは「別に」としか答えてくれなかった。だけどその手つきはとても優しいから「ありがとう」のような意味なのかなと勝手に思っている。朝ご飯は僕が用意しているけれど、夜ご飯は買うにしても作るにしてもアレスがやってくれているから、そんなの別にいいのに。お互い様だ。

だけど、その日だけは違った。僕がいつものように起きてくると、アレスはもう食卓について僕を待っていたのだ。その机の上にはパンや湯気を立てるスープが既に準備されていた。彼は、それでもいつものように機嫌の悪そうな寝起きの顔で僕を見ると、ぼそりと呟《つぶや》く。

「誕生日おめでとう、シリウス」

僕は呆気《あっけ》にとられてしまった。たぶん、僕も寝起きで頭が働いていなかったから。そうしたらアレスがさらに顔をしかめて「なんとか言え」と言うものだから、僕はそろそろと問いかけた。

「……僕の誕生日だから、僕より先に起きて朝ご飯を準備してくれたの？」

「誕生日のお前にやらせる訳ねえだろ」

ぶっきらぼうに吐き捨てられた言葉。だけど僕はその言葉が嬉《うれ》しくて、思わず彼に抱きついた。

「ありがとう！　嬉しい！」

「いいからさっさと顔洗ってこい」

難なく彼に引き剥《ひは》がされてしまった。僕は少し不満に思いつつも、顔を洗いに行く時にちらりと見た彼の横顔が安心したように少し緩んでいたのを見て、さらに嬉しくなった。

やっぱりアレスは優しい。僕は君のそういう優しさが大好きだ。

「……そういえばお前、なんか欲しいもんあるか」

顔を洗い、食卓に着き、朝食のスープにスプーンを差し込んだその時。アレスにそう声をかけられ、僕は手を止めて考え込んでしまった。

欲しいもの？　……と言われても、僕は今の生活で十分満足しているから特にない。何か必要なものがあったら自分で買うし、自分で買えないほど高価な欲しいものは何もない。強いて言えば、そうだな――僕は思ったことをそのまま口にした。

「欲しいものっていうか……今のままアレスと一緒に暮らせれば、僕はそれだけでいいよ」

今度はアレスがピタリと手を止めた。口に運ぼうとしていたちぎったパンを置くでもなく口に入れるでもなく、彼はしばらくそのまま固まっていた。その様子に少し不安を覚えて「アレスは嫌？」と尋ねる。そうしたら彼は、怒ってるような悲しんでるような不思議な顔をして吐き捨てた。

「……無理だ」

「無理って、なんで？　僕とずっと一緒にいるのは嫌？」

「そうじゃねえ」

「じゃあなんで？　アレス、いつもそういうこと言うよね？　僕がずっと一緒にいるよ、何があっても味方だよ、って言うと、そんな訳ねえだろって返すし。ねえ、アレス――」

　僕は銀色の目を覗き込んだ。

「何が、駄目なの？」

　彼は顔を歪《ゆが》めて僕から逸らした。そして、小さく呟く。なぜだか苦しそうな声だった。

「俺が嫌なんじゃなくて、お前が、俺なんかと一緒にいるべきじゃねえんだよ、本当は」

　そんなんじゃなくて他になんか欲しいもん考えとけ、アレスはそう言うと、それ以降何も答えてくれずに出かけていった。


「でね――って、シリウス聞いてる？」

「えっ？　……ごめん、聞いてなかった。もう一回言ってもらってもいい？」

「もう、今日ぼーっとしてるんじゃないの？　一体どうしたのよ」

「な、なんでもないよ」

エマが心配そうに僕の顔を見る。僕は慌ててかぶりを振った。

実を言うと、あれからずっとアレスの言葉が頭から離れなかった。僕がアレスと一緒にいるべきじゃない——って、なんでだろう。何が駄目なんだろう。僕にはよく分からなかった。彼女はそんな僕を見て、納得がいかなそうな顔をしながらも「そう？」と頷《うなず》いた。

今日黒猫亭は休業だったが、エマが買い物に付き合ってくれと言うので一緒に買い物に来ていた。そうしたら彼女は満面の笑みで「シリウス、十五歳の誕生日おめでとう」と言ってくれて、僕に雫《しずく》形のペンダントをくれた。薄青く輝くそれは宝石のように見えたけれど、どうやらガラス玉に魔法を込めた魔導具だそう。

「こんなのもらっていいの？」と聞くと「露天商から安く買ったからいいのよ、買い物上手でしょ？」と言われた。ちなみに、この魔導具には拡声器のような魔法が込められているらしい。

僕はそれを聞いて妙に納得してしまった。拡声器のような魔法とは恐らく生活魔法の一種なんだろうが、マイナーな上に使い道が分からない。魔導具は大抵が馬鹿高いが——エマは、なかなか売れない不良品を在庫処分代わりに買わされただけで、買ったはいいものの使い道が分からなかったから、体よく僕に押し付けたんじゃないのかなぁ……と思ってしまった僕は悪くないだろう。

そうしたら僕の視線に気付いたエマに「な、何よ！　あんたが店で歌う時に使えばいいじゃない！」と言われた。けれど、店で歌う時に拡声器は必要ないと思う。むしろ声が大きくなりすぎて迷惑だ。彼女もさすがに少し申し訳ないと思ったのか、僕にお高めの食事を奢《おご》ると言ってくれた。それは申し訳ないと断ったが、エマも食い下がり、僕らは折衷案として喫茶店に入ることにした。

「……でね、あいつったら最悪なのよ？　お前の大切さに気付いた、もう絶対浮気はしないからやり直そうって言ってきて……今更言ってきても遅いっての！　あー、もう！」

そして僕は今、エマの相談――というか愚痴？――を聞いていた。恋愛相談なら僕なんかじゃなくて、もっと恋愛に詳しい人がいいんじゃないかな、そう思ったし実際にそう言ったが、僕が一番真剣に話を聞いてくれるんだそう。

今日も荒れてるな、と苦笑いしながら僕は言った。

「そんなやつのことなんて、もう忘れた方がいいんじゃない？」

「……でも好きなの」

「そ、そう……」

……僕にはよく分からないけれど、そういうものなんだろう。好きなんだったら僕はもう何も言えない。というかこれ、結論が変わらないなら僕に相談する意味あるの？　エマのことは好きだし力になってあげたいから、相談ならいつでも乗りたいけれど……これは本当に力になっているんだろうか。

困惑しつつも僕はエマの恋愛相談と将来の夢――いつか独立して店を持ちたいという――に対する不安に対し、根気強く相槌《あいづち》を打った。

「今日はありがとね。あんたの誕生日を祝うはずだったのに、私が元気もらっちゃった」

「それなら何よりだよ。……でも、僕、本当に力になれたの？」

「もちろんよ！」

「それなら、いいけど……」

僕はそう言いつつも首を捻《ひね》った。結局いくら相談に乗っても結論は出なかったんだけど、それでいいんだろうか？　黒猫亭の料理長が前に「いいか、シリウス。女と話す時はな、とにかく親身になって頷いときゃいいんだ。話の内容なんてろくに聞かなくっていいぞ」と僕に言って、後ろから来たエマに「本当サイテー！」と怒鳴られていたけど、そういうこと？　……僕にはよく分からないけれど。

「でもエマ、やっぱり新しい恋を見つけた方が建設的じゃないかな？」

「分かってるけど……でも好きだし、あいつ以上にいい男なんてそうそう……新しい恋なんて、そんな……」

「……うーん？　だけど――」

僕は言葉を発そうとしたところで、エマが悩みながらふらりと踏み出したその道の後ろから、馬車が通り過ぎようとしているのに気付いた。僕は慌てて「危ない！」とエマの手を引き、馬車から守る。そしたらちょうどエマのいた場所を馬車が通り過ぎていったから、僕は安堵《あんど》のため息を吐《つ》いた。

本当に危なかった。僕はそうほっとしながら咄嗟《とっさ》に抱きしめてしまったエマに「ぼうっとしながら道を歩いてたら危ないよ？　ちゃんと気をつけなきゃ」と言ったのだが、エマはなぜか呆《ほう》けたように僕の顔を見つめていた。

「エマ？　どうしたの？」

「……新しい恋、見つけた……」

「なんて？」

エマは何かを口の中で小さく呟いたが、全然聞こえずに僕は聞き返した。そうしたらなぜか「う、うるさいわね、なんでもないわよ！」と軽く突き飛ばされた。……やっぱり、よく分からない。

エマはその後しばらく僕と目を合わせてくれなかったが、不意にぽつりと呟いた。

「……あんた、そんなに背高かったっけ」

「え？　そりゃ、僕だっていつまでもちっちゃいままじゃないし成長だってするよ。だってあと一年で成人だよ？　最近ね、特に身長が伸びてきてるんだ！」

そういえば、会ったばかりの頃は僕がエマを見上げていたな。気付けば僕はエマと同じくらいの身長になっていた。

いつかアレスに追いつく日は来るだろうか。いや、そこまでいかなくても、せめてクロードくらいにはなれるだろうか。早くそうなりたいなと思う。

「成長期、怖いわ……」

エマはそう呟く。僕は、それどういう意味、と聞こうとしたが――エマは不意に立ち止まった。そして、なぜか少し脇に逸れた先にある路地裏を見つめ始める。

エマの目がなんだか虚《うつ》ろに思えて僕は「……エマ？」と声をかけた。けれど彼女は何も言わずにふらふらとそちらへ歩いていく。

「え、エマ！」

声をかけるもエマは振り向きもしない。異様な雰囲気の彼女が怖い。だけどこのまま置いていくわけにはいかない。僕は逡巡《しゅんじゅん》したが、結局その背中を追った。

エマはふらふらと路地裏に入っていく。僕がいくら声をかけても止まりはしない。なんで？　どうして？　疑問符が頭を埋め尽くす。僕は怖くて必死に引き留めようとエマの手を掴《つか》んで引いた。けれどありえないくらい強く振り払われ、僕は尻餅《しりもち》をつきながら困惑した。彼女は何も言わない。

さすがにおかしい。まるで何かに操られているかのような――そのことに遅まきながら気付き、僕は目を見開いた。

「エマ！　止まって！」

魔力を込め、どうかこちらを向いてくれと願いを込めながら叫ぶ。そうしたらエマはピタリと立ち止まり、困惑したように辺りを見回し、僕と目が合うと首を捻った。

「……あれ？　私たちなんでこんな路地裏に――」

エマはそう首を捻ったが、次の瞬間、また目が虚ろになってその場で固まった。血の気が引く。僕の能力で正気を取り戻すということは恐らく、精神汚染系の何かでエマは操られている。

まさか僕と同じ力を持つ人間がいるとは思えない。となるとこれは十中八九闇魔法だ。けれど、闇魔法は、魔族しか使えないはずで――？　どうして。どうしてエマが狙われた？　エマが魔族に狙われる理由はなんだ。それから本当に魔族だった場合――僕はどうすればいい？　どうしたらエマを守れる？

呼吸が浅くなり、心臓が早鐘を打つ。視界がぐらぐらと揺らいでいくような錯覚すら覚える。僕は、一体どうすれば――。

「はーいここまでの案内お疲れ様～。てことで君もう用済みね」

そんな軽薄な声がどこからか聞こえた。かと思うと、次の瞬間彼女はぐらりと揺らいでそのまま倒れた。まるで物みたいに。

「エマ――!?」

「おっと、人の心配してる場合じゃないよ？」

今度は声が背後から聞こえた、かと思うと突然後ろから口を塞《ふさ》がれた。ひんやりとした体温を感じない手だ。僕は必死にもがきながら背後を振り向き、そして固まった。

そこには、闇のように黒い瞳《ひとみ》があった。……魔族の、瞳だ。僕を捕らえた魔族は、ニタニタと笑いながら言う。

「君には悪いけど、我ら魔族のためにここで死んでよ」

その魔族が僕を捕らえていない方の手に魔力を込め始める。狙いはエマじゃなくて僕？　息ができない。苦しくて、怖くて、目の前がチカチカとしだす。どうすればいい？　僕はどうやって抗ったらいい？

やがて、そのおどろおどろしい闇の魔力がこもった手が僕に触れようとし――たところで、突然身体に衝撃がきた。視界が回る。頬に冷たい石畳の感触を感じて初めて、僕は地面に転がったのだと気付く。状況が把握できずに目を白黒させていると、突然「シリウス！　エマ！」と声が聞こえた。馴《な》染《じ》みのある声だった。

そこに立っていたのは、切羽詰まった顔をした店長だった。彼は手のひらを魔族に向けていたが、魔族も僕と同様地面に転がっているのを確認すると、こちらに駆け寄ってきた。そして、僕らを庇《かば》うように魔族との間に立つ。どうやら魔族は水魔法で吹っ飛ばされたようだ。彼は濡《ぬ》れた髪をかきあげながら、ゆっくりと立ち上がり彼を睨《にら》みつけた。

「いったぁ……君、どうやってここに来たの？　一応結界張ってたはずなんだけどな～」

「そんなもん破ってきたわ！　シリウス、エマはどこだ!?」

僕は未だ混乱しつつもなんとか倒れているエマを指さした。エマは虚ろな目のまま何も言わない。彼は目を見開いて、それからこう怒鳴りつけてきた。

「馬鹿野郎！　なんでこんな暗い路地裏にわざわざ入っていったんだ！　俺がたまたま路地裏に入ってくお前らを見かけて追いかけたからよかったものの！」

「ち、違うんだ、エマ、エマが操られて、それで、」

「操られて――？　おいエマ、大丈夫か、エマ！」

店長がエマのことを揺さぶったり頬を軽く叩《たた》いたりする。けれど彼女はぼうっと宙を見上げるのみ。

「その子はもう戻らないかもね～？　なんせ、急ごしらえで洗脳しちゃったもんだから、間違えてどっか壊しちゃったかも？」

魔族は依然ニタニタと笑いながら言う。僕は身体の力が抜けてその場にすとんと座り込んでしまった。……エマが、もう戻らない？　目の前が真っ暗になりそうになる。だって、ついさっきまで普通に話していたのに？

「ふざけるな、貴様……ッ！」

「おー怖ぁい。そんなことより君さ～、その子殺すのに邪魔なんだよね？　どいてくれない？」

「殺させる訳がないだろうに！　おいシリウス、逃げろ！　ここは俺がなんとかする！」

彼にそう怒鳴られても僕は反応できなかった。何をすればいいのか分からなくなっていたから。

魔族がついっと店長に指を向ける。すると小さな闇の塊のようなものが彼めがけて飛んだ。彼はすぐさま前方に水の壁を魔法で生み出して、再び「シリウス！」と怒鳴った。

「……でも、エマが」

「エマなら俺が守る！　だからお前は逃げろ！」

僕は思考が働かないながらものろのろと立ち上がり、走り出した。

後ろから魔族の軽薄な「逃さないよ～？」という笑い声、「貴様の相手は俺だ！」という店長の怒号が聞こえる。僕は恐怖を振り払うように拳《こぶし》を固く握りしめて走り抜けた。

路地裏から抜けた先の大通りは別世界だった。比喩《ひゆ》ではなく、路地裏は異様に暗く淀《よど》んだ空気が充満していたのだが、大通りはいつも通り明るく賑《にぎ》やかだった。そして、道を歩く人は路地裏に一切目を向けない。そこに何も存在していないかのようだ。たぶん、これが魔族の言っていた「結界」なんだろう。

どうすればいいのかも、どこに行けばいいのか分からない。だが――僕は自らに問いかけた。このまま、彼を置いて逃げることが正解なのか？　否、恐らく今の最適解は、助けを呼んでくることだ。彼は退役軍人なのだと聞いた。だから戦えなくはないだろうが、一人で魔族と渡り合えるほどなのかは分からない。いや、むしろ厳しいんじゃないのか。

僕は頷《うなず》いて、人の波をかき分けて再び走り出した。行き先は決まっていた。

「――だから、大通りを少し逸れた先の路地裏に、魔族がいたんです！」

「魔族……この王都に？　にわかには信じ難いなぁ……」

「本当です！　僕襲われて、慌てて逃げてきたんです！」

「って言われても……最近そういう悪戯多いんだよね、困るよ」

魔導師団の王都支部――たとえるなら交番のような場所だ――に駆け込んで僕はそう訴えかけたが、そこにいた数名の団員たちは困惑したように顔を見合わせるのみだった。

支部のすぐ近くには訓練場が併設されていて、そのさらに奥、外敵から王城を守るような場所に本部が存在する。だが、本部へはそれなりの役職につく団員の付き添いがなければ入れない。当たり前だ。機密事項もたくさん眠っているだろうし、王城にも程近い場所にあるのだから。

本当だったら、本部にそのまま乗り込んでクロードに直接訴えかけるのが一番手っ取り早い。だがそもそも、団長はおいそれと会える存在ではないのだ。いつもがおかしいだけで。

どうすればいいのか分からず少し声を荒らげそうになったその時、「どうした？」と誰かが支部に顔を出してきた。見ると、そこには怪訝《けげん》そうな顔をしたアレスが立っている。

「お前の声が聞こえた気がしたから来たんだが……なんの用だ？」

アレスの顔を見たら酷く安心して、僕は彼に抱きつきにいった。支部の団員たちが戸惑ったような声を上げるが、気にしていられない。僕は必死に、さっき団員に言ったのと同じことをもう一度言った。

「あの、あのね、すぐ近くの市民街の大通りを少し逸れた先の路地裏に、魔族がいて、殺されそうになったんだ」

声が震える。アレスはそれを聞いて、不安げな表情から一転、目を鋭くして僕を抱きしめる力を強めた。

「――魔族が？　確かか？」

「あの、アレスさん。最近そういう訴えがすごく多いんですよ。でも魔族なんてどこにもいないし、そもそもこの王都に魔族なんて――」

「うるせえよ、俺は今こいつに聞いてんだ」

団員が口を挟みかけたのをぴしゃりと一蹴《いっしゅう》すると、アレスは僕の顔をじっと覗《のぞ》き込んだ。そしてゆっくりと静かな声色で「詳しく話せるか？」と問いかけてきた。彼の声を聞いたら不思議と落ち着いてきて、僕は頷いた。

「僕、さっきまでずっとエマと一緒にいたんだ。だけど突然エマの目が虚ろになって、ふらふら路地裏に入ってって、僕が慌てて追いかけた先に魔族がいた。その時のエマはまるで何かに操られてるみたいで――」

「闇魔法か」

「うん。僕を殺そうとしてきた魔族が『急ごしらえで洗脳した』って言ってたから、間違いないと思う」

「それで、今その魔族はどうしてんだ」

「店長が食い止めてる。店長は退役軍人らしくて強いから、今すぐどうこうはならないだろうけど
……その魔族の力が未知数だからなんとも」

「大通りは騒ぎになってたか？」

「なってないし、ならないはずだよ。その魔族がなんらかの方法——たぶん闇魔法かな、で結界を張ってるから、誰も気付く様子がないんだ」

「……分かった」

安心させるようにアレスは僕の頭に軽く手を乗せ、小さく撫《な》でた。そして「怖かったな」と優しく囁《ささや》く。その声を聞いたらほっとして、じわりと滲《にじ》みかけた涙を慌てて堪える。違う、泣いている場合じゃないんだ。

アレスは僕のことを抱き寄せたまま、支部の中を通り過ぎ、そして訓練場まで歩を進めた。背後で団員たちが困惑したような声を上げるが、彼は一瞥《いちべつ》もくれなかった。恐らく休憩中だったんだろう、訓練場で和やかに談笑するか、もしくは地面にへたり込んでいた団員たちが、一斉にこちらに注目する。アレスは団員たちをぐるりと見回すと、静かに告げた。

「王都に魔族が現れた。死ぬ覚悟のあるやつは俺と来い」

ざわりとどよめく。僕にいくつもの視線が集まるのが居心地悪くて、僕はさらにアレスに身を寄せた。やがて、団員のうちの一人が困惑しきりといった様子で僕を指差した。

「あの……その子は」

「情報提供者だ」

「……それ、本当に信じられるんですか」

ほとんど皆が同じことを思っているようだ。中には無遠慮に僕を疑うような目を向ける人もいる。

しかしアレスはそれらを一蹴した。

「信じねえやつはここにいろ。死ぬ覚悟のねえやつもだ。足手まといだ。ただし団長への報告は誰か今すぐ行け。誰でもいいが、そうだな……」

「じ、自分が行きます！」

「分かった。お前に団長への伝令の命を与える。行け！」

アレスに睨まれ、その団員は慌てて敬礼をしてさらに奥の本部へと飛んでいった。アレスは再び団員たちを見回し、言った。

「もう一度言う。王都に魔族が現れた。俺と来るやつは挙手をしろ」

いの一番に挙手をしたのは、ゼルだった。彼はその細く糸のような目でアレスをじっと見て、至極真剣な顔で言う。

「僕は行くっすよ。こういう時のための魔導師団ですんで」

ゼルの言葉を聞いて、他にもパラパラと数人が手を挙げる。アレスは頷いて、こう命令を下した。

「手を挙げたやつは俺についてこい。そうじゃねえやつはここで待機、団長の指示を待て。……返事はどうしたァ！」

アレスの怒鳴り声を聞いて皆が慌てて「はい！」と返事をする。空気が震えるような返事の圧に驚いていると、アレスは「よし」と頷き、かがんで僕と目線を合わせた。

「魔族がいた場所までの案内を頼めるか」

僕は首肯して、アレスの手を引きながら早足で歩いた。


アレスたちを連れて戻ってくると、店長が大変なことになっていた。彼はボロボロになって血を吐いていて、ふらふらになりながらそれでもじっと魔族を睨み付けている。一方の魔族はほぼ無傷だ。

魔族はニタニタと軽薄な笑みを浮かべていたが、僕に気付くと、さらに楽しげに頬を歪《ゆが》めた。

「あれ？　君戻ってきたんだ～。殺されにきたの？」

その魔族の声に気付いた店長は振り向くと、目を怒らせた。

「シリウス!?　なんで戻ってきやがった！」

「だって、店長とエマを見捨てるなんてできないよ！　助けを呼んできたんだ！」

「だからってお前が戻ってくるこたぁねえだろうが！　お前が狙われてんだぞ!?」

「俺にとっては都合がいいけどね～？　君、コレをすぐ片付けて早く殺してあげるから待っててね？」

アレスは僕らがそんなやりとりをしている間、真剣な表情で何かを呟《つぶや》いていた。僕がそれに気付き耳をすますと、アレスは手のひらを魔族に向け、こう呟いていた。

「――悪を滅する蒼《あお》き炎を」

それが神級魔法の詠唱なのだと気付いた時には既に、魔族は青く燃え盛る炎に包まれていた。魔族は聞くに堪えない悲鳴を上げている。アレスはそれを確認するとすぐに店長へと駆け寄り、尋ねた。

「おいあんた、動けるか」

「なんとか……」

「よし。ハンナはこの人を、レノはそこの倒れている少女を本部の治療所へ」

ハンナと呼ばれた人は店長に肩を貸して歩き出し、レノと呼ばれた人は倒れているエマを担いで立ち上がった。

「あとはゼル、お前はシリウスを逃がしてやれ。それから――」

「アレス！　僕だって何か――」

何もできない自分が嫌でそう言い募りかけた――ところで、魔族を包む青い炎が闇にかき消された。よろめいた魔族は、さっきまでの余裕ぶった表情から一転、思い切り顔を歪めて喚いた。

「あああああっ、信っじらんない！　俺のこと思いっ切り燃やしやがって！　殺す！　今すぐ殺す！」

魔族は喚きながら両手を掲げた。彼は宙に小さなブラックホールのようなものを生み出し、そのままそれをとてつもない速さで飛ばしてきた。恐ろしい闇の塊から目が離せない。こちらに飛んでくるというのに、僕は動くこともできなかった。僕がその衝撃とそれによる惨状を予感して目を閉じた――が、しばらくしても何も起こらない。僕はそろそろと目を開けた。すると、

「――皆生きてるか！」

凛《りん》とした声が絶望的な空気を切り裂く。そこには、結界を展開してその闇魔法を防ぐ、クロードの姿があった。

「状況は！」

「死者なし、重傷者は二人で既に避難済み。敵は目の前の魔族一人」

「了解。アレス、君はこの魔族を倒すのに何人必要だと考える？」

クロードの問いに、アレスは不敵な笑みを浮かべて言い放った。

「お前がいるなら二人で十分だ」

「よし。なら君たちは、この周辺に結界を展開して街を守ってくれ」

「はっ！」

指示された団員たちは目配せをして宙に手を掲げる。すると薄青い光が壁や天井のように展開していった。やがて魔族の闇魔法がクロードの結界に押し負けて霧散する。魔族が「二人で十分とか馬鹿にしてんの!?　絶対殺してやる……！」と喚く。それを横目にゼルは僕に手を差し出した。

「行くっすよ！」

「で、でも……」

「このままここにいても、邪魔になるだけっすから」

ゼルの言葉に僕は唇を噛《か》んだ。分かってる。僕は足手まといでしかないことくらい。だけど、ただ守られるのが嫌だった。何もできないのが悔しかったのだ。

僕は黙ってゼルの手をとって、彼に連れられるまま走った。

路地裏から出た先の大通りは、人気が全くないがらんとした場所になっていた。僕が驚いて目を見張っていると、ゼルが走りながら僕に説明してくれた。

「他の人たちは王城前の広場に避難してるっすよ」

「広場……お城のバルコニーがあるところ？」

「っす。王都で魔物か魔族による災害があった時にはあそこに人を集めて、まとめて結界を張って市民を守ることになってるんす」

「へえ……」

「この避難場所も、避難誘導の計画も、全部団長が決めて押し通したらしいっすよ。それまでは、団は市民を守る気がさらさらなかったとか」

僕はその言葉に目を見開いた。避難計画なんて、普通一人で立てられるものじゃないだろう。それに、実際に魔族が現れた時、こんなに迅速な避難なんて、一朝一夕でできるものではない。何度訓練を重ねたんだろう。

普段はあんななのに――だが思い返してみれば、クロードはよく「仕事が……」と疲れた顔で言っていた気がする。それから「副団長ったら全然仕事してくれないんだよね……だから僕一人で全部回してるんだ」とも。……近いうちに過労死するんじゃないだろうか、クロードは。

「すごいね、クロードは……」

「っす。団長は本当にすごいんすよ。この国を必死に守ろうと、一人で何もかもを変えて、全責任を負って、国のシンボルになって、皆に愛されて――だから、あの人が折れた瞬間にこの国は終わる」

「え？」

「……一人の絶対的リーダーっていうのは劇薬なんす。何かを大きく動かす時には便利っすけど、その分脆《もろ》い。それじゃ駄目なんすよ。たった一人じゃ、いつか折れるに決まってるっす。それじゃ――魔族に勝てるはずがない」

ゼルの言葉はまるで何かを予見しているかのようだった。それくらい重みがあって、それから暗い。いつの間にか僕は立ち止まっていて、彼もそれを咎《とが》めなかった。彼は僕と真正面から向き合って、こう尋ねる。

「シリウスは、自分の命と他の人の命、どっちが大切だと思うっすか？」

「それは……他の人の命、かな」

「どうして？　いくら他の人を救っても、自分が死んだら意味ないじゃないすか。自分が死んだら全部終わりっすよ？」

ゼルの問いかけは、純粋な疑問を孕《はら》んでいた。僕は思わず口ごもる。

確かに、自分が死んだら全て終わりだ。もう何も感じることはできない。命あっての物種なのだから。なら、死んだ瞬間に全てが無意味になるのか？　何も残せないのか？　僕は――そういう考え方はしたくない。

あまり思い出せないけれど、僕はきっと前世で必死に生きていた。それが、もう何も意味をなさないものだとは思いたくない。何か意味があったのだと思いたい。だって、そう考えでもしないとあまりに虚しい。だからきっと、他の命を優先することにも意味はあるはずだ。他の人の人生を救って、その人の心の中で生き続けることができるはずだ。

そんなことを言うと、ゼルはしばらく黙り込んだ。そしてややあって「……すごいっすね」と囁く。

「僕には、そんな考え方できっこないっす」

「……ゼルは、どう思うの？」

「僕っすか？　僕は、そうっすね——力を得て、生き延びて、それで初めて人生に意味が生まれると思ってるっすよ。死んでも意味がないし、力がなくても意味がない。この世は力ある者こそが正義だから」

「力ある者こそが、正義……」

「そう。よく覚えておくといいっすよ」

ゼルはそう呟くと、また僕の手を引いて広場へと走り始めた。僕もまた、その言葉を反芻《はんすう》しながら走り出した。

やがて広場に着くと、色々な人たちに心配そうに出迎えられた。一番大声で迎えてくれたのは料理長だ。ゼルは僕の様子を確認すると、「じゃ、僕はこれで行くっす！」と手を上げて、今来た道を戻ろうとする。僕は思わず声を上げた。

「え……戻るの？　魔族のいる場所に？」

「そうっす！」

「でも、生き延びてこそだって――」

「だから行くんすよ！」

ゼルはそう言い残して走っていった。僕は止めようと一歩足を踏み出したけれど、ゼルの言う「力」を持っていない僕は彼を止められない。僕はそう思い至って足を止めた。

――力ある者こそが正義――

僕は彼の考えに、諸手を挙げて賛成することはできない。だが、間違いだと言い切ることもできない。力がなければ国を守れない。魔族を止められない。――アレスを、止められない。

それに僕に力がないから、こうやって何もできず、二人が無事に戻ってくることを願って待つことしかできないのだ。力があれば、僕がエマを守れた。二人はどうしただろう。僕は魔導師団の治療所がどこにあるか知らないから、二人が今どうしているのか分からない。二人の回復を願うことしかできない。

何もできない自分が歯痒《はがゆ》くて、悔しくて、僕は唇を噛んだ。誰に声をかけられても、「怖かったでしょ」「よく無事で」と言われても、僕の心は晴れないままだった。僕はただじっと待ちながら、あることを決意した。それは――。


魔族が王都に現れた翌日。

店長はなんの後遺症も残らず光魔法でその日のうちに回復したが、エマは違った。やはりまだ目覚めていないらしい。らしい、というのは、今日初めてエマの様子を見にいくからだ。

王都に魔族が現れたというのはとんでもない重大事件らしい。なんせ王都は魔導師団員が定期的に巡回している上、王都全体をすっぽり覆う結界が存在するから。その結界は、ある魔導具によって維持されているらしい。僕は詳しいことを知らないから、その魔導具は実在するのかと訝《いぶか》ってしまう。だって、そんなものが存在するのなら、どうしてゲームではアドウェルサの王都は滅ぼされた？

とにかく、そんなとんでもないことが起きたものだから魔導師団は大騒ぎだった。僕も延々と事情を聞かれて、エマの様子を見に行くことさえできなかったのだ。

「エマ……！」

通された部屋の先には、死んだように横たわるエマの姿があった。慌てて飛びついて首筋に手をやると、そこはちゃんと脈打っていた。僕は安堵《あんど》してその場に崩れ落ちそうになる。僕をここまで連れてきてくれたクロードは、僕を案じるように軽く肩を叩《たた》いた。

「大丈夫だよ。彼女は一時的に心身喪失状態になってるだけだから。何も異常はないからじきに目覚めるよ」

「でも――」

「どうしても心配？　……そうだよね、友達がこんな状態だと心配だよね。なら――そうだ、シリウスくんが歌を歌ってあげたらいいんじゃないかな？　そしたらきっと、彼女もすぐ目覚めるさ」

クロードは僕を励ますようにそう言うと、申し訳なさそうな顔になって「ごめんね、僕まだ仕事があるから、もう行かなきゃ」と足早にその場を去っていった。僕は彼の言葉に違和感を覚え引き止めようと手を伸ばしかけた。が、引き止めたところでどうすればいいのか、と思い直してぱたりと下ろした。

歌を歌ってあげたらいい、クロードはそう言った。その言葉は僕を励ますため適当に言ったものだと言えばそれまでだ。けれど、本当にそれだけなんだろうか。

思えばあの時——メルヴィアでアレスが暴走しかけたあの時も、彼は僕に「歌で恐怖を解いて」と言った。それはまるで、僕の歌でアレスの「威圧」というデバフが打ち消せるのを知っていたかのような口ぶりだった。それだけじゃない。彼は僕の指輪を目にした時酷く動揺して、僕にこんなことを言っていた気がする。——確かに君も金の色を持つ少年だ、と。

それから、彼は初対面の時から僕とアレスに随分と入れ込んでいたし、アレスの強さは不可解なほどに買っていた。以前「僕じゃ死んでもアレスさんには敵わない」と笑いながら言っていたこともある。

まるで未来を——否、シナリオを知っているかのような言動である。

僕はクロードに尋ねたかった。「クロード、君も『蒼天《そうてん》のアルカディア』を知っているの?」と。

……だが、聞いたところでどうなるというのか。知っていようが知っていまいが、僕にとってクロードはクロードだし、きっとクロードにとっても僕は僕だ。それに、単なる僕の考えすぎもあり得る。勘違いでなくとも、この大変な時に不用意なことを尋ねて混乱させる必要はないだろう。

僕はこの疑問を飲み込むことにした。答えが何であれ、どうにかなる訳でもないから。

それより、エマだ。僕は彼女に向き直って首筋に手をやり、しばらく彼女の脈が打っているのを確かめた。大丈夫だ。エマはちゃんと生きている。あの時、糸の切れたからくり人形のように倒れ込む姿を見た時は肝が冷えたが、きっと大丈夫だ。彼女は強いから。

「大丈夫だよ……」

ひとりごとのように口からぽろりとこぼれる。歌を歌うため息を吸い込もうとしたところで、強烈な既視感に突然襲われて、僕は息を止めた。

見たことがある。こういう光景を僕は知っている。横たわる人、それを見守る人、「大丈夫だよ」という囁《ささや》き——なんだ？　僕は一体どこで見た？　思い出そうとすると、不意に強烈な痛みに襲われた。頭が万力で締め付けられているかのような痛みだ。とても目を開けていられなくて、僕は両目を固く瞑《つぶ》り頭を押さえてその場に蹲《うずくま》った。

僕の喉《のど》から呻《うめ》きが漏れる。やがて脳裏に次々と昔の記憶が現れては消えて——僕は、全てを思い出した。

僕の前世の話だ。

僕は重い病気に罹《かか》っていた。それも、難病指定されているような、治る見込みもない病に。そのせいで僕は何一つ満足にこなせなかった。学校に行けたとしても数日、よくてもほんの数ヶ月で、すぐに病院に逆戻りしてしまう。だから学校に友達はいなかった。僕の周りにいるのは、家族、馴染《なじ》みの主治医、看護師、それから同じように重い病に冒されていた一人の友人だけ。

彼は僕と同じでいつ死ぬか分からない、そんな苦しい病状だったのに、いつだって底抜けに明るかった。そして本を読むくらいしか趣味のなかった僕にゲーム機を押し付けた。容態が安定していてベッドから起き上がれる時は、いつだって二人でゲームをしていた。確か、最初に二人でプレイしたのは対戦型アクションゲームだった。

僕は彼のことが大好きで、彼といる時間だけが心の安らぐ時だった。どれだけ苦しくても、彼とまた遊ぶために様々な治療も耐え忍んだ。僕の希望だったといえるかもしれない。二人で泣いて、二人で笑って、色んなことを共にしてきた。どんなに辛くても励まし合って頑張ってきた。

ある時彼は僕にこう言った。「俺、将来ゲームを作りたい。ゲーム会社に入って、俺らみたいな子供が楽しんで遊べるゲームを作るんだ」と。そんなことできっこない、と一蹴《いっしゅう》するのは簡単だった。だって彼の容態は日々悪化していて、大人になるまで生きるのはほぼ不可能だと言われていたから。

だけど、僕は彼のその決して消えることのない希望を宿した目に胸を打たれた。同時に、もう大人になるまで生きられないという未来を飲み込んで諦《あきら》めていた僕の心を震わせた。僕は泣きそうになりながら頷《うなず》いた。「君なら、絶対なれるよ」と。そしたら彼はまっすぐな目で僕を見て、こう尋ねたのだ。「お前は?」と。

僕は彼に問われて初めて未来を考えた。だけど、すぐにやりたいことが見つかるはずもない。僕は彼の問いにかぶりを振った。そうしたら彼は「じゃあ頑張って生きて、これから見つければいいよ」と言った。

だから僕は頑張って生きた。夢を見つけるために、未来を追いかけるためには、病になんて負けている暇がないから。……でも、身体の方が先に限界を迎えた。

僕の病状はある時一気に悪化していって、ついにはベッドから起き上がれなくなった。僕の心の拠《よ》り所は、彼が僕のところに訪ねてきてくれること、それから彼が貸してくれたゲーム──『蒼天のアルカディア』をプレイすることだけだった。

僕はよく彼に弱音を吐いてしまっていた。僕、もう死ぬのかな、と。そうしたら彼は決まって泣きそうに顔を歪《ゆが》めて、僕の手を包み込むように握って、こう絞り出すように言うのだ。

「大丈夫だよ……」

きっと、それしか言えることがなかったんだと思う。誰の目から見ても僕がもう永くないのは確かで、それを彼が分からないはずもなかったから。

僕は生きたくて堪らなかった。死にたくないと何度一人で泣いたか分からない。だって、僕はまだ何も知らないのだ。何もこの手に掴《つか》んでいない。夢だって、何一つ見つけられていない。死にたくない。僕は彼と、思い描いた明るい未来予想図をこの目で見るまでは死にたくないのだ。

何かに縋《すが》るように僕は『蒼天のアルカディア』をプレイしていた。なんとなく、このゲームのエンディングを迎える頃に僕は息を引き取るだろうという妙な直感があった。

僕はどのキャラクターも大好きだったけど、唯一「シリウス」というキャラクターだけは気に食わなかった。なんせシリウスは、生きるのをすっかり諦めて「殺してくれてありがとう」と自らを殺す相手に微笑み、そして再び得た生さえも敵に敵わないとなるとあっさり捨ててしまう。

いらないなら僕にくれよ——そうぼやいたことだってある。僕だったらそんな風に命を無駄にしないのに。必死に生きてみせるのに。ゲームのキャラクターに八つ当たりしそうになるくらいには、僕は追い詰められていた。

死にたくないと泣いてはその現実から逃れるためにゲーム機を手に取って、そう騙《だま》し騙し生きていた。だけどとうとう『蒼天のアルカディア』がエンディングを迎えて、たぶん気が抜けてしまったんだと思う。

突然容態が急変して、苦しくて堪らなくて、頭の隅で「これが最期だ」となんとなく感じた。嫌だと叫びたくても、まだ生きたいと泣き喚きたくても、もう声すら出なかった。徐々に薄れていく意識と、抗う力も奪っていく「死」の奔流に押し流されていく間、僕は束の間、不思議なものを見た。

僕の身体は慌てて駆けつけてきた医師たちに囲まれ、救命措置が行われているはずだった。だけど瞳《ひとみ》を閉じてもう一度開けたその場所は——病院ではなかった。僕は長らく自分の足で立っていなかったはずなのに、僕は自分の二本の足でちゃんと立っていた。そうして見回したその場所は、不思議な場所だった。

そこはどこか海外の教会のようだった。写真でしか見たことがないけれど、ヨーロッパのどこかにこんな教会がありそうだ。その教会の壁一面には複雑な模様の描かれた大きなステンドグラスがあり、壁も床も椅子も全て、白と金で統一されている。

僕はぽかんと口を開けて固まった。ここは天国なのか。であれば、僕はとうとう死んでしまったのか、と。僕が固まっていると、誰かが前方から歩いてくるのを感じた。それからその人はふわりと僕を優しく優しく抱きしめた。清らかな百合の花のような匂いがする。

「今まで、さぞ辛かったでしょう……」

不思議な声だった。性別も年齢も分からなくて、だけど心洗われる綺麗《きれい》な声だった。その人はやがて僕を離した。僕は戸惑いをそのまま口に乗せる。

「ここは……天国？　僕は死んじゃったんですか？」

僕の問いにその人はやわくかぶりを振った。

その人は白くゆったりとしたワンピースのような服、そして白いガウンのようなものを身につけていた。テレビで見たことがある、カトリックの教皇のような服装だと思った。それから、その人の腰まで伸びるプラチナブロンドの髪はまるで光を放っているようで、その瞳は金色に輝いていた。総じてこの世のものとは思えないくらい美しい人だった。

「いいえ。あなたはまだ死んではいません。ですがじきに……。それから、ここは天国ではありません。私があなたに見せている、幻のようなものです」

「幻……？　なら、あなたは神様なんですか？」

僕のその言葉にその人は目を伏せた。どこか憂いを帯びた表情だった。

「いいえ、神ではありません。そのような力など、私にはないのです。私は所詮《しょせん》神の紛《まが》い物に過ぎないのですから……」

「神の、紛い物……」

「……余計なことを言ってしまいましたね。私の名はオールドー。あなたに救いを求める者です」

「救いを……？」

その後オールドーはこう語った。

この世にはいくつも世界が存在するという。そして、オールドーの世界が危機に陥っているのだそうだ。何をどうしても滅びに向かってしまうのだと。世界を創り給《たも》うた神はそれを憂えて、運命を変えようと別の世界から人間を呼び寄せた。けれど、今までずっと世界を放置してきた神が本当に世界を救えるとは正直思えない。だから自分も神の真似事をしてみようと思った。

そこで、目をつけたのが僕だそうだ。

「私は、あなたのその生への強い渇望に惹《ひ》かれたのです。あなたなら、運命を変えてくれるのではないかと、そう思いました。ですから、どうか、私の願いを聞き届けてはくれませんか」

「つまり……僕に別の世界に転生してほしいってことですか？」

「ええ」

「……僕は、あなたの言葉に乗らなければ、このまま死んでしまうだけですか」

オールドーは一瞬言葉を切った後「……ええ」と頷く。正直、あまり理解の及ばない話だ。異世界に転生をする——なんてお伽話《とぎばなし》、僕に訪れるとは思っていなかった。だが、僕の答えは一つだ。迷う余地なんてない。

「なら僕は、あなたの言葉に乗ります。あなたの世界に生まれ変わって、あなたの世界を救います。

……本当に救えるかは、分からないけど」

そうしたら、オールドーの顔は明るく輝いた。まるで、荒れ果てた大地に緑が蘇《よみがえ》り、花が一斉に綻《ほころ》んだかのような微笑みだった。

「本当ですか、ああよかった……！　あなたは、特別なことをする必要はありません。ただ、あなたの思うままに生きればそれで良いのです。それだけで、きっと世界は変わるでしょうから。ただ……また辛い人生を強いてしまうことになるかもしれません。それでも構いませんか？」

「はい。僕は、生きたいんです。たとえ何があっても。だって、僕はまだ何も知らないから。まだ、夢の一つもないままで死にたくないんです。生きられるのなら辛い人生でも一向に構いません」

オールドーはその美しい微笑みのまま、「ああ、やはり……あなたを選んだのは間違っていなかった……」と安堵《あんど》したような声を漏らした。それからオールドーは僕の手を両手で包み込むように握り、こう囁いたのだ。

「私は創世神に比べ不完全な力しか持っていませんから、不完全な転生しかさせてあげられないかもしれません。私と出会った記憶も、それからあなたのこの人生の記憶も、全て消えてしまうかもしれない。けれど、これだけは忘れないで――私は、あなたの味方です。世界が救われ、あなたも救われることを、心の底から願っています」

全て思い出して、僕は静かに涙を一粒こぼした。何に対する涙なのかは分からない。前世の僕への悲しみだろうか。

……そうして、僕はこの世界に「シリウス」として生まれ変わったのだ。いらないなら僕にくれ、とあれだけ願った命を得て、僕は上手く生きられているだろうか。命を無駄にしてはいないと思う。けれど、オールドーの願いを叶《かな》えられているんだろうか。

オールドーの姿を思い出して、僕はふと考えた。人を転生させられるほどの人ならざる力を持っていて、けれど創世神よりは不完全。そして全ての人間の味方で、慈悲深く、この世の安寧と平和をただ願っている——そんな存在を、僕は一人しか知らない。いや、一柱、だろうか。まさかオールドーは、秩序神なのでは——物思いに耽《ふけ》りそうになって、僕は慌てて頭を振った。

そんなことを今考えたって仕方がない。これからどう生きていけばいいのかなんて、今少し考えただけで答えが出るはずもない。それより、今はエマだ。僕は立ち上がってエマの頬に手をやる。大丈夫、彼女の頬は温かい。頷いて、僕は歌声に魔力を込めた。どうか彼女が目覚めますようにと願いながら。

エマの瞼が僅《わず》かに痙攣《けいれん》する。そのまま歌い続けると、やがて彼女は恐る恐る目を開けた。

「シリウス……？」

ほとんど息の掠《かす》れた声でエマが囁く。僕は嬉《うれ》しくなって、少しだけ泣きそうになって彼女の名前を呼んだ。

「——エマ！」

◆　◆　◆

やっぱり、クロードとの共闘は驚くほどにしっくりくる。俺は魔族との戦闘の最中、そう実感した。

まず、俺と同じくらいの気軽さで神級魔法を撃ってくるやつはクロード以外に出会ったことがない。

そもそも神級魔法とは、魔法をある程度まで極めた時に突然降りてくるものだから、使える人間が非常に少ない。降りてくる、とは、唐突にその魔法の詠唱が頭の中に浮かんできて、それ以降その魔法が使えるようになる、ということだ。一説によれば精霊が、自らの認めた者だけに詠唱を囁《ささや》くのだそうだ。自分たちの知っているとっておきの魔法を、こういう暗号を唱えてくれれば使わせてあげるよ、といった具合で。

その上魔力消費量が他の魔法に比べ激しいため、連発して撃てる人間は滅多にいない。けれどクロードは、その圧倒的な魔力量にものを言わせ気軽に神級魔法を撃ってくる。しかも今回は、結界を自分で維持する必要がないからと全力で。

それだけでなく、単純に相性も良かった。俺はどちらかといえば近接戦闘を得意とし、力で押す戦い方を好むのだが、クロードは逆だ。遠距離や補助、守備の魔法を得意とし、いい意味で保守的な戦い方をする。いうなれば俺の戦い方は「攻撃こそ最大の防御」であり、反対にクロードは「防御こそ最大の攻撃」だ。

相性は抜群で、お互い実力も抜きん出ていて、たかが魔族一人に苦戦するはずがなかった。のだが――。

変だと思ったのは魔族を本格的に追い詰めにかかった時だった。「この俺が人間二人如《ごと》きに負けるなんて……！」と喚く魔族を鼻で笑い、一気に畳みかけようとしたところで、クロードの様子がおかしいことに気付いた。クロードは、どう考えても俺たちが優勢なのに、何かに怯《おび》えていたのだ。心なしかその顔は強張って、掲げる手は震えていた。

俺が不審に思い「おいクロード？」と腕を掴むと、瞬時に彼の身体は強張った。彼の喉《のど》からヒッ、と短い悲鳴が漏れる。その瞳は俺に向いていた。恐怖の矛先は、俺――？

慌てて周囲を見回す。離れた場所で結界を張る団員たちも皆、俺のことを凝視していた。瞬きもしないで、ただその瞳に俺への恐怖を映して。

「は……？」

気付いた瞬間、俺は目の前がぐにゃりと歪むのを感じた。まとまらない思考がいくつも頭の中を駆け巡る。思えばいつだってそうだ。俺が国や人々を守るため戦っていると、周囲は決まって恐怖する。それが必然であるかのように。そのたびに俺は大切なものを失って、居場所を追われ、そして――。

《アレス、全て無駄だ。我は言ったであろう？　お前がどんなに人間に尽くしても、皆結局はお前に恐怖し見捨てるのだと》

邪神が全て見透かしたように囁く。途端、俺の胸中に色濃い絶望がなだれ込んでくる。

またなのか？　また俺は、恐怖され捨てられるのか？　他人を守ろうとするたびにいつもこうだ。なぜ皆分かってくれない？　なぜ皆は俺を怖がる？　……なぜ、クロードまで？　信じていたのに。どうして。やっぱり俺はこうなのか。俺なんかが甘い希望なんて見ちゃいけなかったのか。どうやったって俺は怖がられる運命なのか。だったら俺は、俺のとるべき最善策は――。

《アレス、我ならば決して怖がることも裏切ることもない。さあ、我の手を――》

「――違う！　違う。そんなはずない。嫌だ。違う、違うんだ。俺は、俺は俺は――ッ！」

邪神の言葉が救いの手に感じられる。俺は意識を明け渡しそうになって、すんでのところで思いとどまった。しゃがみ込んで頭を抱える。邪神はなおも甘く囁き続けている。違う、俺は人間だ、邪神の誘いになんて決して乗らない。

逆らうように拳《こぶし》を強く地面に打ち付ける。痛みだけが、俺の意識をギリギリ保ってくれる。駄目だ。このままだと闇に呑《の》まれてしまいそうだ。暗い考えしか浮かばない。邪神の声に抵抗する力すら次第に弱まっていって、俺は――。

唐突に、邪神の言葉で満たされていた俺の世界に音が戻ってきた。呼吸をするのも嫌になるくらい重い絶望がまるで幻だったかのように軽くなり、やがて消える。俺は驚いて顔を上げた。すると目の前には、心配そうに俺を覗《のぞ》き込むクロードの顔があった。

「……アレスさん、大丈夫？」

俺は目を瞬いた。慌てて立ち上がって周囲を見回すと、俺たちから少し遠巻きにして団員たちも不安げにこちらを窺っていた。そしてその遠くには、既に絶命している魔族の亡骸《なきがら》がある。

なんだこれ。意味が分からない。いつ戦闘が終わったっていうんだ？　そして皆が俺に恐怖していたのはどうなった？　困惑している俺を見て、クロードは立ち上がり、こう静かに説明した。

「アレスさんはあの魔族にとどめを刺そうとした瞬間、急に目が虚ろになって動かなくなったんだ。魔族を放っておく訳にはいかないし、仕方なく僕一人でとどめを刺した後、君のもとへ駆け寄ったんだけど――君は崩れ落ちて地面に拳を打ちつけながら、何かをぶつぶつ呟《つぶや》いてた。それも、僕が何度呼びかけてもこっちを見ることすらなくて」

「なん、だよ……それ……」

理解ができなくて団員の方を振り向いた。すると一人が神妙な顔で頷《うなず》く。別の団員の顔を見ても、同じ。困惑するような顔で、または心配そうな表情で、または俺から目を逸らして。

「……何があったの？」

クロードが痛いほどに真剣な顔で俺に尋ねる。

何があった？　皆が俺に恐怖した事実がなかったのだとすれば、俺にだけ全く違う光景が見えていたのだとすれば、考えられることは一つだけ——俺が、幻を見ていた？

幻を見せるなんて闇魔法でしかできない芸当だろう。ならば唐突にのしかかってきた絶望も、邪神の甘い囁きしか聞こえなくなっていったことも、闇魔法の一種か。だとしたら、俺はいつかかった？　誰がかけた？　そして、誰が解いた？　何一つ分からない。術の効果が出るのも、また解けるのもあまりに唐突だった。

「俺も分からねえ……が、恐らく闇魔法をかけられたんだと思う」

「闇魔法？」

「ああ。酷《ひで》え悪夢を……いや、幻覚か。とにかく、死んじまいたくなるぐらい最悪なもんを見た」

「……幻覚か。一体誰が、なぜ君に……あの魔族は決して、君に闇魔法をかける余裕なんてなかったはずだ……」

あの魔族に闇魔法を使う余裕がなかったのだとしたら、どこかに魔族が潜んでいることになる。だた。

が、一体どこに？　俺とクロードは無言で顔を見合わせる。俺たちは、しばらくの間口がきけなかった。

それからしばらくは気が休まらなかった。

なんせ、王都、魔道師団内がバタバタしているのに加え、国王と謁見をした際に再び叙勲の話を持ち出されたのだ。魔族討伐の栄誉を称えて、だそうだ。今の地位ですら身に余る栄誉だからとかなんとか言って躱《かわ》したが、いい加減諦《あきら》めてくれないだろうか。……俺はもう二度と、「国」に帰属したくないのに。

その上、いつもにこやかだったクロードが最近頻繁に渋面《じゆうめん》を作るようになった。そのせいかなんとなく団内の空気は暗い。クロードの気持ちはよく分かる。この国を魔族から守ろうとしている彼にとって、王都のどこかに未だ魔族が潜んでいる、というのは大きな悩みの種だろう。

俺も頭が痛い。魔族はシリウスのことを殺そうとしていて、しかも俺にあんな幻覚を見せて絶望の底に叩《たた》き込《こ》もうとしたなんて、何が狙いだ？　魔族は一体何がしたいんだ？　何も分からないから不気味でしかない。

さらにいえば、団の全体的な実力はまだまだ低いのも悩みの種だ。数ヶ月訓練を担当して思ったが、この国はあまりに平和ボケしている。それは、俺の祖国グローリアと比較するとさらに顕著に表れる。

それも仕方がないのかもしれない。グローリアは北国で厳しい気候のせいで資源に乏しいため周辺諸国とのいざこざがしょっちゅう起こり、さらには魔物もよく発生していたため、平和ボケする暇がなかった。一方のアドウェルサは温暖な気候のため資源が豊富で、周辺諸国との関係も良好、魔物も本来は滅多に現れない上に、守り神である大魔導師「神風様」までいる。平和ボケするのも然りだ。

まあ、一言で言うならばあまりに弱い。魔族に攻め込まれても国を守れるほど強い団をつくるのは、正直厳しいと言わざるを得ない。一人だけが強いのでは意味がない。魔力量、魔法の威力、生命力、純粋な腕力、全てにおいて人間は魔族に劣るのだ。人間が魔族に勝っているものなんて数の多さくらいしかない。ならばそれを最大限に活かさなければ、勝てるはずがないだろう。

だが王都を魔族が襲ってもなお、俺の目から見れば団員はあまりに安穏と構えすぎている。なんとかなるだろうと皆が思い込んでいる。

ああ、本当に苛々《いらいら》する。クロードがいなければ、魔族に襲われなかったとしても早晩こんな国は滅んでしまうだろう。グローリアじゃこいつらのようなやつは役立たずの烙印《らくいん》を押《お》され、早々に団から追い出されていたというのに。

俺は鬼教官じゃない。こいつらの心構えが目に余るほど甘すぎるだけだ。むしろ訓練内容はグローリアよりもまだ優しい。それなのになんだこのありさまは。どいつもこいつもすぐにへばりやがる。骨があるのは数人だけだし、そいつらの実力もまだ足りない。その上貴族派の連中は訓練に参加すらしない。今のところ一番役立たずだというのに。

ああ、このクソ平和ボケ野郎共をどう仕上げろってんだ――。

「──アレス、最近頑張りすぎじゃない？」

今日は黒猫亭が休みだったらしく、家で待っていたシリウスは、開口一番に眉《まゆ》を寄せながらそう言った。

「俺が？　頑張りすぎ？　んな訳あるか」

頑張りすぎているやつっていうのは、クロードのようなやつのことを言うのだ。決して俺は該当しない。けれどシリウスは、さらに渋い顔になると俺に手を伸ばしてきた。俺が少し腰をかがめてシリウスと目線の高さを合わせると、彼は俺の眉間《みけん》をぐりっと指で押す。

「でもここ、最近ずっとしわが寄りっぱなしだよ？　分かってる？　気を張るのは分かるけど、程々にしなきゃ」

「仕方ねぇだろ、弱すぎんだよ団のやつらが」

「うーん……でもそれって、アレスだけが短期間必死に頑張ってもなんにもならないでしょ？　だったら、適度に息抜きしないと続かないし疲れちゃうよ」

「でも──」

なおも言い募ろうとすると、シリウスは「分かった」と頷いて少しの間どこかへと消えた。そして戻ってきた彼の手には、俺のリュートがあった。

「はいこれ」

「あ？」

「強制的に息抜きさせようと思って。リュート弾くの好きでしょ？」

戸惑ったが、シリウスがぐいぐいと押しつけてくるので渋々手に取って近くの椅子に腰かけた。すると彼は満足げな顔をする。

「なんでもいいから好きな曲を弾いてよ。そしたら僕が合わせるから」

「んなこと言ったってな……」

リュートを小さくかき鳴らす。郷愁的な音が響いていく。ああ、なんだかんだ言ってもこの音は好きだ。手癖に任せて曲を奏でていく。一番弾きやすいのはやっぱり「光の英雄」だ。シリウスは俺の奏でる調べを聞くと、にっこり笑って声を重ねていった。

歌は歌う人によって全く聞こえ方が違ってくる。たとえば、「光の英雄」をコンラートが歌うと勇ましい軍歌に聞こえるし、俺が歌うとどうしてか物寂しい哀歌になる。そしてシリウスが歌うと、全てを包み込むような優しい歌に聞こえるのだ。俺はそれが好きだ。彼の歌は、苦しみを全て溶かしていくから。

思わず笑みがこぼれる。するとシリウスも楽しげに笑った。シリウスの顔立ちは恐ろしく整っている。なんの表情も浮かべていない時の彼は、侵しがたい神秘性を纏《まと》って見えるほどだ。けれど笑うと途端に神秘性が立ち消えて、陽だまりのように明るくてやわらかい雰囲気になる。俺はシリウスの笑顔が好きだ。儚《はかな》い表情よりも明るい笑顔の方がこいつには似合う。

後奏部分を弾き終わり、俺はほうと息を吐いた。団員たちへの苛立《いらだ》ちや魔族に対する不安などで暗く澱《よど》んだ気持ちが軽くなったような気がする。彼は綺麗《きれい》な笑みを浮かべている。そして楽しげに俺を促した。

「ね、アレス、もう一曲」

「もう一曲？　そうだな……」

俺は少し考えて、喜劇的な宮廷恋愛を描いた曲を奏で始めた。それは「気高きローレンツ」という騎士の叙情詩を基にした歌で、なんでも有名な吟遊詩人が書いた詩だそう。コンラートが昔言っていた。今度は明るく甘い歌声が響く。シリウスの歌は魔力を込めているのか否かにかかわらず、聞く人の心を全て奪ってしまう。俺は彼の歌に聞《き》き惚《ほ》れながらリュートを奏で続けた。

そうやって何曲か続けて奏でたら、すっかり心が軽くなった。リュートを弾くのが楽しいのもあるが、シリウスの歌声に癒されたんだろう。満足してリュートを机の上に置くと、彼は嬉《うれ》しそうな表情になった。

「ほら、息抜きしてよかったでしょ？」

「……そうだな、これからも付き合ってくれるか」

「もちろん！」

シリウスの顔がぱっと華やぐ。

俺の気分はすっかり良くなっていて、今日の晩酌は必要ないかと考えながら買ってきた夕食を机の上に広げた。彼はそれを手伝っていたが、さあ食べようというところで口火を切った。

「ねえ、アレス。僕、君に話があるんだけど」

「話？」

俺は何気なく聞き返したが、いや俺の機嫌をわざわざ直してからする話って一体なんだ、と考えピタリと手を止めた。案の定、彼の話は俺の機嫌を急降下させるに値するものだった。

◆
◆
◆

「――僕、魔導師団に入りたいんだ」

僕はそう切り出した。すると、一気にアレスの機嫌が急降下していった。彼の眉間に深いしわが刻まれる。

「ハァ？　何ふざけてんだお前」

「ふざけてないよ。僕は本気だ」

「ふざけてんだろ。魔導師団に入る？　戦ったことなんて一度もないお前が？　どうやって入るつもりだ？」

どうやって入るか。それは、クロードから話を聞いてもう既に考えてある。

魔導師団に入る方法は、大きく分けて三つあるという。一つ目が家柄を使うこと。上位貴族や王族は数年間王立学園に通ってそこで魔法を学んだ後、望むならそのまま魔導師団に入れるという。クロードはああ見えても侯爵家の人間だから、この方法で入ったそうだ。二つ目が、何か大きな功績を挙げること。アレスの入った方法がこれである。そして三つ目が、魔導学校に一年通った後に入るという方法。魔導学校とは、いわゆる士官学校や騎士学校のようなものだ。

とはいえそれは誰でも入れる訳ではなく、それはそれは高い倍率の試験をくぐり抜けなければ入れないらしい。下位貴族や平民が団に入る方法はほぼこれに限られるため、毎年倍率が高くなるのだとか。僕の使える方法は三つ目しかないため、必然的にそれを目指すことになる。

そのことを話すと、アレスの機嫌はさらに悪くなった。一度舌打ちをしてから彼は吐き捨てる。

「馬鹿か。そういうことを言ってんじゃねえ。お前がそれをできんのかっつってんだよ俺は」

「できる」

「できねえよ馬鹿野郎。お前ができる訳ねえだろ」

「できるよ。僕は人より多い魔力を持ってるし、クロードにこの前魔法の使い方を教えてもらった時、見込みがあるって言われた」

「あいつはお前にすげえ甘いし適当なこと言ったんだろ」

「そんなことない」

「あのなぁ……第一なんで急にそんな馬鹿げたこと言い出したんだよ！　できる訳ねえだろうが！」

ついにアレスは立ち上がって怒鳴りつけてきた。彼の蹴《け》り飛ばした椅子が軋《きし》んだ音を立てて転がる。

彼に反対されることは分かっていた。だけど、僕はそれでも諦めるつもりはなかった。僕は決めたのだ。

僕は力が欲しい。力が全てではないけれど、力がなければできないことはたくさんある。だから、自分の身を守るために、そして大切な人を救うために力が欲しい。

魔族から逃げてきてただ待っている時、僕はとても不甲斐《ふがい》ない気持ちになった。そして、待つしかできない自分への嫌悪も大きかった。だから、力がなくちゃいけない。誰かを守れる力が。そしてその「力」を得るための最短距離を進むなら、魔導師団に入るのが一番いい。僕はそう思う。

僕は強く拳《こぶし》を握った。爪が皮膚に食い込む。分かってる、無謀なことくらい。だけど無謀なことでもしない限りアレスのことを、それからこの国を守れやしないだろう。

こんな言い方はよくないけれど、今回はたった数人を失いそうになっただけで酷くショックを受けたし、自己嫌悪に苛《さいな》まれた。ならばあと数年後にこの国が滅ぶさまを目の当たりにしたら、その時何もできなかったら、きっと僕は自分で自分を許せなくなる。

今回のことで僕は思い知ったのだ。自分の甘さを。今までは「アレスに闇堕ちしてほしくないなあ」とぼんやり考えていただけで、そのために起こした行動なんて極々僅《わず》かだ。ただ平和を享受するばかりだった。だけど、アレスが闇堕ちしなかったとして、その時この国を魔族が襲わない保証なんてどこにある？　僕はその悲劇を知っているのに、何もしないままでいいのか？　今までの僕は真新しい世界にただ目を輝かせていただけの、無力な子供でしかなかった。それでいいのか？　無力な子供のままでいいのか？

――いや、よくない。僕は力が欲しい。死にたくない。そして、周りの人も同様に死んでほしくない。もうすっかり好きになったこの国も滅んでほしくない。

このままじゃ、このまま何も行動を起こさずに恐らく待ち受けている滅びの運命を受け入れるだけでは、『シリウス』と変わらない。僕が「いらないいならその命をくれよ」と恨んだ、命を無駄にした彼と。

僕だったら絶対に無駄にしないのに、そう僕は考えていたのに、このままじゃただ命を消費するだけだ。そんなの嫌だ。僕は、何かのためにこの命を使いたい。

それに僕は、オールドーと約束したのだ。「この世界を救う」と。だったら、そのためにできることはなんでもやらなきゃいけないだろう。だって僕は彼に――秩序神に選ばれた人間だ。その責任は果たさなきゃならない。

だから僕は魔導師団に入る。魔導師団に入って、力を得て、そしてこの国の人々を救う。それが僕のやりたいことで、やらなきゃいけないことだ。そのために僕はきっと生まれ変わったのだから。

睨《にら》み付けるようにアレスを見つめていると、アレスは不意に眉を下げた。そして椅子を戻して座り直すと、低い声で言った。

「……お前の覚悟は分かった。だがなんでそんなことを言い出した？」

僕はなんて話そうか迷い、結局、あの時不甲斐ないと感じたこと、自分の力で誰かを守りたいと思ったことだけを話した。するとアレスは視線を落として黙ってしまう。いい加減焦れて口火を切ろうとしたその時、彼は不意に呟《つぶや》いた。

「……お前が、なる必要はねえだろうが」

「え？」

「お前の気持ちは分かる。強くなりたいと思うのもな。だがな、人には向き不向きってもんがある。なあシリウス、お前に戦場は似合わねぇよ。お前は平和のど真ん中で笑ってんのが似合うんだ。俺なんかと違ってな。だから……わざわざ、戦場に出ようとすんじゃねえ」

アレスの声はどこか苦しそうに聞こえた。彼の言いたいことは分かる。だけどそれじゃ駄目なんだ。滅びの運命を知っている僕が、世界を変えてくれと秩序神に頼まれた僕が、動かなきゃいけない。それが責任ってものだろう。

それをなんて言えばいいのか分からず、けれど譲歩するつもりもなく。僕は黙って彼のことを見つめた。その声なき攻防に彼はやがて押し負け、深いため息を吐《つ》いた。

「分かった。だがな、一応俺はお前の親代わりだ。ハイ分かりましたってそう簡単に認める訳にはいかねえ」

「つまり？」

アレスは黙り込んだ。何か言葉を探しているような沈黙だ。沈黙が耳に痛くなってきた頃、ようやく彼は重苦しい声でこう言った。

「……俺に向けて魔法を放て。適性があると判断したら許してやる」

僕はアレスと向き合ったまま、一つ深呼吸をした。彼の顔は険しいけれど、いつもの不機嫌そうな表情とは違う。もっと凪《な》いだものだった。波一つない水面のように凪いでいて、けれど緊張感に満ちている。

あのまますぐに魔法を撃つのはさすがに無理だったため、机や椅子などの家具を極力端によけて開けた空間を作ったのち、アレスが結界を張った。結界の張り方はクロードに教わったんだそう。

「お前の撃てる一番強い魔法を撃ち込んでこい。全部受け止めてやるから」

「一番強い魔法？」

「ああ」

「……分かった」

アレスが僕を見据える。その目に宿る光は剣の切っ先のように鋭い。

大丈夫、ここ一月《ひとつき》くらいクロードや店長なんかに魔法を教わってきたんだから。才能がある、筋がいい、なんて言われていたし、魔力量だって恐らく人よりはある。僕はもう一度深く息を吸った。腹の底に溜《た》められるだけ空気を溜めるため。そしてアレスの方へおもむろに手のひらを向け、詠唱を紡いだ。

「水よ、万物を凍《い》てつかせ時を止めよ――」

「はァ!?　ちょっ、聞いてねえぞなんで詠唱してんだよ！　待ってくれさすがに神級を受け止める準備は――」

「――永久の氷花《ひょうか》よ咲き誇れ」

静かで凪いだ表情をしていたアレスが一転、途端に顔をひきつらせる。けれど途中で止めるのは無理だ。必死に精神統一してようやく放ったものだから。心のうちでだけごめんと呟いて僕は魔法を放った。

その瞬間、周囲の温度が氷点下まで下がる。魔法の効果か、もしくはごっそり魔力が持っていかれたから身体が冷えてそう思うだけか、またはその両方か。ぐらりと視界が歪《ゆが》む。僕はたたらを踏みながらもなんとか持ちこたえて、自分の放った魔法をしっかりと見た。

アレスの足元から、氷が蔓《つる》のように這《は》い上がってきて身体を拘束し、瞬く間に彼の動きを封じ込めた。さながら氷の薔薇《ばら》の花だ。そう感じながら見ていると、徐々にいくつも氷の薔薇の蕾《つぼみ》が綻《ほころ》び始めたものだから驚いた。

僕の使った水魔法は、相手を拘束する氷の薔薇を生み出す魔法だった。こうして魔法を放つのは初めてだったから、放った僕自身ですらその凄《すご》さに圧倒されて口をぽかんと開けた。が、次の瞬間にはその氷の花が粉々に砕け散った。アレスが炎魔法で溶かしながら一気に砕いたのだ。空中を舞う氷の粒がキラキラと瞬いて綺麗《きれい》だ。

「――シリウス、お前、お前なんで神級が使えんだよ!?」

僕の魔法をすぐに無効化したアレスはしかし、肩で息をしながら僕に詰め寄り、詰問してきた。その表情は必死だ。

「さあ……僕にも分かんないよ。ただ、魔法の練習を始めてから少しして、精霊たちが詠唱を囁《ささや》いてくれたんだ。よく分かんないけど、僕のことを気に入ってくれたみたい」

その時のことを思い出しながら、僕は言った。

あれはクロードが少ない時間を僕のために割いて魔法を教えてくれた次の日、自分で練習している時だった。自分の得意属性が水だと分かり、またどうやら才能もありそうだと分かり、やる気が湧いてきたその時、気付けばいくつかのキラキラとした小さな光が僕の周りに集まってきたのだ。光たちはきゃらきゃらと笑い声を上げながら、こんな風に囁いてきた。

《きみ、ふしぎな魂の色してる〜》
《魂が二つの色できらきら！》
《すてきすてき！》
《魔法の練習なの？》
《がんばってる！》
《強くなりたいの？》
僕はその声に驚きながらも頷《うなず》いた。そうしたら《なんで〜？》と尋ねられたので、大切な人を守りたいということ、それからオールドーと世界を守ると約束したのだということを答えた。そうしたら光たちは、楽しげに様々な色に瞬いた。
《愛し子？》
《光の愛し子だ！》
《おもしろ〜い！》
《強くなるのはぼくたちに任せて！》
《いいもの教えたげる》
《とっておきのすてきな魔法だよ〜》
そうして囁かれたのが、この魔法だった。あの光たちはなんだったんだろう、僕が囁かれたのは一体なんだろう、そんな疑問をクロードにぶつけたら、彼は驚いたようにこう言ったのだ。
「えっ、シリウスくんも見えるの!? 僕だけかと思ってた……」

「見えるって、何が？」

「何って、精霊だよ。あっ、ほら、ここにもいるでしょ？」

クロードは言いながら人差し指を立てた。その指の先によく目を凝らすと、彼の指の先で小さな光の粒が楽しげに舞っている。見間違いかと思って瞬きをしても、その光の粒は未だにそこにいた。かと思うと、どこかへふわりと飛んでいってしまう。

クロードによると、この光の粒たちは精霊なんだそう。僕にも精霊が見えて、なおかつすぐに神級魔法の詠唱を覚えたのだと知った彼は、嬉《うれ》しそうにこう言っていた。

「いや〜、僕だけ変なものが見えてるんだってずっと思ってたから、シリウスくんにも見えるって知れて嬉しいよ！　僕なんかが覚えたんだから、シリウスくんはすぐ神級魔法を覚えるだろうなって思ってたら、やっぱりね！　シリウスくんは天使だから当たり前だね！　シリウスくんマジ天使ッ！」

……正直、精霊の言っていることも、それからクロードの言っていることもよく分からなかった。とにかく分かるのは、僕はどうやら精霊に気に入られて、運良く神級魔法の詠唱を教えてもらえた、ということだ。

「……精霊に……？」

怪訝《けげん》な顔でアレスが言う。なぜそんな顔をしているんだろう。僕が疑問に思っていると、彼はこう続けた。

「お前、まさか精霊でも見えんのか」

「えっ、アレスには見えないの？　じゃあどうやって神級魔法を覚えたの？」

「ある時パッと頭ん中に詠唱が浮かんでくるんだよ。普通そうだ。それをお前は、精霊が見えて、その精霊に実際に囁かれて知った……？　訳が分からん。お前は一体何者なんだよ……」

アレスはぶつぶつと呟きながら頭を抱えてしまった。僕が恐る恐る「……これで魔導師団を目指すの、認めてくれる？」と尋ねると、彼は若干自棄《やけ》になりながら答えた。

「認めざるを得ねえだろうが、んなもん……魔法の練習始めてすぐ神級使えるようになったやつなんて聞いたことねえよ……」

「ほんとに？」

「……ああ。むしろこんな才能を遊ばせとく方がもったいねえ。俺が直々にきっちり鍛えてやる」

「ほんと？　嬉しい！　アレスに認めてもらえるかどうかが一番心配だったんだ！　よかったぁ」

ずっと前からいつ言おうと悩み続けていた心配事がなんとか解決して、僕は安堵《あんど》のため息を吐《つ》いた。

そんな僕を、アレスは複雑そうな表情をして見つめていた。僕が「なぁに？」と尋ねると、彼はこう呟く。

「……お前は、どんどん遠くなってくな」

「遠く？」

僕が目指しているのは魔導師団だから、むしろアレスに近付くことだと思うんだけど。しかし彼はかぶりを振って、ため息を吐くように言葉をこぼした。その言葉はよく聞こえなかったけれど、僕の耳が間違っていなければ、たぶんこう言っていた。

――お前は、いつ俺のもとから離れていくんだろうな。できればこのまま――その後なんて言ったのかは、僕には分からなかった。

僕はまず黒猫亭の皆に、魔導師団に入りたいからいずれここは辞めるつもりだと伝えた。そして店長やアレス、時々クロードに魔法を教えてもらった。貴族以外の人間が魔導師団に入るルートはこれしかないから、毎年試験の倍率がとんでもないそうだ。

けれど、そうそうたる面子《メンツ》に指導してもらえたおかげで魔導学校には難なく合格できた。どころか、首席だ。これも全て、周りの人間と環境にものすごく恵まれたおかげだと思う。入学してからは全員条件が同じだから、気を抜かずに頑張りたい。

魔導学校は、貴族の子女が通う王立学園とはまるでシステムが違う。

王立学園は、三年間魔法などを学びながら貴族の子女同士で交流を深め、最終的に官僚の道か魔導師団の道か、その他の道を選ぶという形だ。とはいえ実際はかなり緩い学校だそうで、本格的に貴族社会に出る前に遊び惚《ほう》ける人ばかりだそう。例えるなら、大学に近い機関だろうか。

「クロードの学園生活はどうだった？」と聞くと、彼は遠い目をしながらこう言っていた。「必死に結界魔法を研究してたら、いつの間にか三年間終わっちゃってたんだよね。なんとか作った婚約者も寝取られたし……ハハ、僕だって遊びたかったなぁ……」と。正直かわいそうになってそれ以上は追及しなかった。けれど、その必死に研究した三年間があったからこそ、今の「神風様」がいるんだろう。

一方の魔導学校は一年間、みっちり魔法や戦い方などについて学ぶ学校だ。遊ぶ余裕はほとんどない。なぜこうも差がつくのかというと、貴族と平民その他はそもそもが違うからだ。貴族は幼いうちから魔法を含めた基礎教育を受けている場合が多く、そのため三年間遊びながら学んでも形になる。けれど平民その他はそうもいかないからだ。中にはやっと文字が読める程度か、それすら覚束ない人間もいる。

そのため魔導学校に入ってくる人は、まだ魔法を使いこなせない人の方が多い。入学時点で皆ある程度形になっている貴族とはここが大きく違う。また貴族とは違いお金のない人も多い。三年も悠長に通っていられない人もいるため、一年で一気に仕上げるのだとか。

そんなことを考えながら、僕は会場の壇上に立った。今は魔導学校の入学式の最中で、首席だった僕が式辞を話すことになっていた。前世では式辞を話すどころか、まともに式典に出られなかった僕がこの場に立つなんて。

少し感慨深くなりながら前を見ると、なぜか辺りはざわりとどよめく。不思議に思いつつも「入学生代表のシリウスです」と挨拶《あいさつ》すると、またどよめいた。どうしてだろう、と内心首を捻《ひね》りつつ淡々と挨拶を続けていると、不意に寒気が走った。アレスに戦い方を教わっていた時に覚えさせられた類のものだ。

それに従うままに身体を逸らし、体勢を立て直しながら結界を展開する。僕の身体のすぐ近くを何かが擦過し、展開した結界に何かが衝突する。勢いに顔を歪めつつ寒気の正体を確認して、僕は思わず声を上げた。

「魔物――？」

そこにいたのは、蠍《さそり》のような一匹の魔物だった。僕のすぐ近くを擦過し、そして衝突したのは、どうやらそいつがこの会場を破壊しようと放った魔法だったらしい。壊れた会場の壁の先から、そいつは顔を覗《のぞ》かせていた。

蜂の巣をつついたような騒ぎが会場を包む。そりゃそうだ。誰も、魔物との戦い方を学ぶために入った学校の入学式で、魔物に襲われるなんて思わない。けれどさすがというべきか、壇上に待機していた何人かの先生はすぐに持ち直し、僕を庇《かば》うように目の前に立った。それ以外の先生は、並んでいる他の生徒を守るため結界を展開してこちらの様子を窺《うかが》っている。

「君はできる限りここから動かないように」

僕の目の前に立つ先生がそう言った、その瞬間。魔物がこちらを睨《ね》めつけながら魔法を放ってくる。放ってきたのは火の玉だった。それを一人の先生が防ぎ、もう一人の先生が魔法を放って反撃する。そうして魔物と先生たちとの戦いが始まった。

この学校の先生は年齢やその他の理由で団を退いた精鋭だったらしく、みるみるうちに魔物を追い詰めていく。その手腕は、アレスやクロードには及ばないものの鮮やかだった。僕もこうなれるだろうか。そう弱気になりかけて、いや、と否定する。僕が目指したいのはアレスやクロードだ。もっともっと、上を目指さなきゃ。

「君、シリウスくんだろ？」

突然魔物が現れる、という騒動が一段落して、教室に移動している途中。僕はそう声をかけられた。声をかけてきたのは僕よりいくつか年上に見える、栗色の髪と青色の瞳《ひとみ》を持った男の人。彼は整った容姿をしているが、どこか軟派な雰囲気を纏《まと》った人だった。僕が頷くと、彼はぱっと顔を明るくした。

「いやー君、すごかったねぇ！　咄嗟《とっさ》に魔物の魔法を避《よ》けて、結界まで展開して！　かっこよかったよ～！　どうやってあんなすごいことできたの？」

「そ、そうかな？　ちょっと照れるなぁ……あれはその、突然殺気を感じたからそれに従っただけで、僕なんてまだまだだよ」

曖昧《あいまい》に笑いながら答えると、彼は目を見開いた。

「殺気を？　すっごいなぁ……。いやね、今年の試験でとんでもない成績を叩《たた》き出したやつがいるって噂聞いたから、首席がどんなやつだかずっと気になってたんだ」

「噂？」

「そうそう。で、すっげえ強そうなやつなのかな、って思ってたら、君みたいなかわいい子が出てきたからびっくりしちゃって。君そんなに強そうに見えないじゃない？」

強そうに見えない——のは、僕も重々承知している。叶《かな》うならアレスのように男らしくなりたいけれど、体質的にたぶん無理だ。身長の伸びも鈍くなってきている。少々落ち込みつつ「そうだよね……」と頷くと、彼は慌てて弁解してきた。

「わー！　ち、違うんだ、馬鹿にしてるんじゃなくて！　君みたいに可憐《かれん》な子が実は強くて、殺気を感じたからって咄嗟《とっさ》に避けて結界展開できて、すごいなぁって思ったんだよ！　壇上の君見ててすっかり痺《しび》れちゃった！」

「本当？　嬉しいな」

思わず笑顔になると、彼は何事かを呻《うめ》いたのち、急に僕の手を握り込んで顔を近づけてきた。

「ねえ君、恋人いる？」

「は？　い、いや、いないけど……」

「なら俺なんてどう？」

まさに晴天《せいてん》の霹靂《へきれき》で、僕は目を瞬いた。俺なんてどう、なんて言われても……。僕らの様子を見ていたのであろう周りから、「ふざけんな！」「抜け駆けはずるいぞ！」などと声が飛んでくる。……抜け駆けって、何？

「あの、そもそも僕、君の名前も知らないんだけど……」

それを口にすると、彼は「しまった」と言いたげな顔になり、それからにっこりと笑ってこう名前を告げた。

「ちょっと焦りすぎたな……。俺はフェリク。まずは俺と仲良くなってよ！」

……結論から言うと、フェリクは一日で僕のことを諦《あきら》めた。あまりに脈がないと一日で悟ったらしい。

最初に受けた軟派そうだという印象は間違っておらず、彼はとにかくかわいい子と付き合いたいだけらしかった。彼は僕を諦めた数週間後にこの学校の数少ない女の子と付き合い始め、二ヶ月後に別れた。そして今度は別のかわいい女の子と付き合い始めたがそれもすぐ破局し、別の子と付き合い始めた。しかしその子とも、入学から半年後の今、三股《みまた》がバレて破局寸前だ。

……だいぶ遊び方が激しい彼だが、それに目を瞑《つぶ》れば明るくていいやつだった。色々相談に乗ってくれるし。

「……は、花街？」

「そうそう。お前も男だろ？　一回くらい俺と行ってみよ？　俺と大人の階段登っちゃお？　な？」

前言撤回。彼は全然いいやつじゃない。どうしようもないやつだ。彼はにやにやしながら僕を花街へと誘ってくる。僕はため息を吐《つ》いた。

「行かないよ花街なんて……。行くなら一人で行けばいいでしょ？」

「俺一人じゃ意味ないんだって、お前と行ってこそ意味があるんだよ！」

「僕は大事な休日をそんなことで潰《つぶ》したくない」

「頼むよぉ！　絶対にどっかの店入って女を買えとは言ってないだろ～、お前の分の会計全部出すし！　人生経験だと思って！　な、な？」

「――ねぇ、もう帰ろうよ……」

僕はげっそりしながら隣を歩くフェリクの手を引いた。結局花街へ付いてきてしまった。最近自分の欠点が分かったが、僕は頼まれると弱いのだ。

フェリクが僕をここへ連れてきたのは、僕の反応が見たいのが半分、もう半分が「シリウスがいるとさ、お姉さん系とかお兄さん系の人の反応がめちゃくちゃいいんだよなぁ。いつもと違う系統が釣れてすげえ楽しい！」からだそう。

一応僕を慮《おもんぱか》ってか、彼はいわゆる遊郭などではなく酒場に僕を連れていったが、それでもここは花街だ。扇情的な格好のお姉さんやお兄さんがいるし、お客さんもそういうつもりで来ている人が多い。その上、三軒目に行った場所では突然そういうショーが行われてびっくりした。すっかり気まずくなって何も言えなくなった僕を、フェリクがにやにやと眺めてきたため、とりあえず睨んでおいた。

僕は大量に声をかけられて疲労困憊《こんぱい》だったが、フェリクは既に色んな人と仲良くなり、後日何人かとは会う約束まで取り付けていた。そんなことをしているからすぐに破局するというのに……。

「えぇ、もう帰る～？　まだまだ行けるだろ！」

「……僕、なんで君と友達なんだろう……」

「そ、そこまで言う？　分かったよ、次で最後にするから……」

「いや、だからもう帰ろうって──」

そう言いかけたその時、見覚えのある人影が視界の隅を横切って、僕は歩みを止めた。フェリクが不思議そうな声で僕の名前を呼ぶ。見覚えのある人影は、よく見るとゼルのように見えた。彼もこんなところに来るんだ──そう思いつつも、何か違和感を覚えて僕は彼を追いかけた。

「お、おい、シリウス？」

フェリクが戸惑ったような声を上げる。僕はそれを無視してゼルのことを追いかけた。ゼルはどこか目的地があるんだろう。迷う様子一つ見せずに花街を奥へ奥へと進んでいく。

しばらくすると後ろから追いかけてくるフェリクが「な、なあ、ここ特に治安悪いって言われてる場所だろ……戻ろう……」と弱気な声をかけてくる。けれど、ここまで追いかけてきて途中で止めるのもなんだか癪《しゃく》だ。

どんどん人影がなくなっていく。随分と奥まった場所まで来て、ゼルは不意に裏路地へ入っていった。慌ててそれを追いかけると、ゼルは裏路地にある一つの扉を開けて、その中へ入っていく。木製の黒く塗られた扉だ。

「ここ……？」

「シリウス、ここ何も看板ないし、本気でヤバいとこなんじゃねえの？　なんか、違法な取引が行われてるとか、地下組織があるとかさぁ……お前が何を追いかけてきたのかは知らないけど……」

「何って、知ってる人が目の前歩いてたから、気になって……でも、本当になんでこんなところに用があるんだろう……」

「知ってる人？　何言ってんだよ、お前の前には誰もいなかっただろ……？」

黙って僕とフェリクは顔を見合わせた。少しの間暗い裏路地に静寂が訪れる。その静寂に先に耐えきれなくなったのはフェリクだった。

「か、帰るぞシリウス！　絶対帰る！　何か危ないもんに出くわす前に帰るからな！」

「あ、ちょ、ちょっと！」

僕がその扉に手をかける前に、フェリクは僕の手を引いて走り出してしまった。どんどんとその場所が遠ざかる。引っ張られながら走って、ようやく立ち止まった時にはすっかり息が切れてしまっていた。肩で息をしながら、彼が歪《ゆが》んだ顔で叫んできた。

「お、お前、一体何を見たんだよ……！　幽霊か？　幻覚か？　勘弁してくれよ……！」

「知ってる人がいたんだって。本当に誰も見なかったの？」

「見てないって言ってんだろ！」

「そんなはずは……あれ？」

そう言いかけた時、ふと手に違和感を覚えた。指輪をはめている指が熱を持っているように思える。一度外して確認してみると、やはり熱を持っていた。気付かないうちに何らかの状態異常を無効化していた……？

そうなると僕が幻覚を見ていたのではなく、僕以外が幻覚を見ていたと考える方が自然だ。つまりフェリクの方が、ゼルが見えないという幻覚を見ていたことになる。

だとすれば、ゼルは一体――？

「俺、もうしばらく花街なんて来ねえ……」

フェリクは、そう掠《かす》れ声でぽつりと呟《つぶや》いた。

魔導学校での生活はおおむねつつがなく過ぎていった。魔導学校はキツい、という前評判通り、遊ぶ暇がほとんどないほど厳しい学校だった。……それでもフェリクは相当遊んでいたけれど。

そして、もうそろそろ卒業というタイミングで、僕は無事に誕生日を迎えた。十六歳の誕生日――つまり、成人だ。立派な大人になれたかは全く分からないが、ともあれ数字上は大人だ。

記念すべき誕生日の朝、期待していなかったかといえば嘘になる。

結局十五歳の誕生日では僕が何も欲しいものを思いつかなかったから、アレスとは後日お高めのレストランで食事しただけだった。だけど、今回はただの誕生日ではなく成人する日でもある。きっとアレスから何かあるんじゃないかな……とつい期待してしまうのは仕方ないと思う。

ちなみにアレスの三十歳の誕生日では誕生ケーキのリベンジをした。二十九歳の誕生日ではアップルパイを焼いたから、今度こそケーキを作ろうと思って。彼はすごく喜んでくれた。

誕生日の朝、僕はそわそわしながら起きた。僕の前世ではとんと縁がなかったが、クリスマスの朝を迎える子供ってこんな気持ちなんじゃないだろうか。起きて顔を洗い、食卓へ向かうと、アレスがものすごく眠そうな顔で座っていた。食卓には既に朝ご飯が用意されている。

「おはよう、アレス」と挨拶《あいさつ》をすると、彼はのっそり頷《うなず》いて無言で手招きしてきた。そちらへ行くと、頭を優しく撫《な》でられた。

「おはよう。それと、誕生日おめでとう」

彼の銀色の目はやわらかく緩んでいる。胸の奥が、きゅうと甘く痛む。恥ずかしくて嬉《うれ》しくて、なんだか苦しい。最近アレスといる時はずっとこうだ。なんで苦しいんだろう。

アレスはふと何かを渡してきた。綺麗《きれい》にラッピングされた手のひら大のものだ。これは、まさか！

高鳴る胸を押さえながらも白々しく「これは？」と尋ねると、彼は期待通りの答えを返してきた。

「誕生日プレゼントだ。去年は大したもんを渡せなかったからな」

「！　やったあ！　ね、ね、今開けてもいい？」

「好きにしろ」

喜び勇んで包装を解くと、現れたのは懐中時計だった。一見シンプルだが、細かい装飾が施された銀の時計だ。光に当ててみると、磨き抜かれた銀がしっとりと輝く。銀の良し悪しはよく分からないが、この時計の銀が相当上等なのは分かる。

「ありがとう……！　すっごく嬉しい！　僕、これ大事にするね！」

僕は懐中時計をぎゅっと抱きしめた。嬉しい、すごく嬉しい！　今までもらったものの中で、一番。アレスは「そうか」とそっけなく呟く。が、彼の表情は安堵《あんど》したように緩んでいる。僕は彼のそういうところが大好きだ。

それはもういいからさっさと食え、と彼が促してくる。どう考えても照れ隠しだ。僕はちょっと笑ってしまった後「はあい」と素直に返事をした。

誕生日の今日はたまたま魔導学校が休みだったから、それもあって、僕はエマと過ごしていた。エマはあの後すっかり元気になって、「全然覚えてないけど、迷惑かけちゃったみたいね」と申し訳なさそうにしていた。

僕は「黒猫亭」をやめて魔導学校に入ったから、エマと過ごす時間は前に比べて格段に減った。それでも彼女は変わらず仲良くしてくれるんだから、僕はいい友達を持ったなと思う。

昼食を食べて、彼女の買い物に付き合った後、王都にある公園で僕らは一息ついていた。噴水のある、王都市民のための穏やかな公園だ。空を見上げると、橙色《だいだいいろ》と青色が入り混じる空の中で雲が泳いでいる。彼女は不意に、それにしても、と呟いた。

「あんた、もう成人したのねえ……時の流れって早いわ。出会った頃は危なっかしくて無垢《むく》な子供だと思ってたのに」

「そうだね。君と出会ったばかりの頃と比べて、僕、少しでも成長できたかな？」

「少しどころの話じゃないわよ」

彼女は苦笑を漏らして、それからふと立ち止まった。彼女はなんだか、眩《まぶ》しそうな顔でこちらを見ている。

「子供だと、思ってたんだけどねえ……。あんた、いい男になったわね」

「そう？　嬉しいな。まあ、身長は割と伸びたかな」

「そうね。いつの間にか、私より大きくなっちゃって」

彼女は僕を見上げている。出会ったばかりの頃は彼女の方が大きかったはずだ。いつの間にか、僕は彼女の身長を追い越していた。

「ね、シリウス。今のあんた、モテるでしょ」

「うーん、まあ」

突然投げられた問いに僕は苦笑を返した。確かに彼女の言う通り、気付けば僕は同級生や行きつけのお店の店員さんなんかに恋文なりなんなりを渡されるようになっていた。応えられる気がしないからいつも断ってしまっているが。

「そうでしょうね。それだけかっこよくなっちゃって、しかも中身もとびっきりいいんだから、当然そうなるわよねえ」

「今日のエマ、すごく褒めてくれるね？　嬉しいけどさ。エマも変わったよね」

「そうかしら？」

「うん。ほら、もうすぐ夢だった自分のお店を持てそうなんでしょ？　そうやって夢に向かって一生懸命なエマ、昔以上に輝いてるよ。それに、昔よりもずっと素敵なお姉さんって感じになったしさ」

エマは笑った。なんだか、ちょっと泣きそうな顔にも見える。

「あんた、思ってた通りの罪作りな男になったわね」

「え？　どういうこと？」

「気のない女にそういうことは言うもんじゃないわよ、ってこと」

彼女はまっすぐにこちらを見つめていた。彼女の頬は、夕焼けに照らされていてもなお分かるくらいに赤い。

「好きよ、シリウス」

息を呑《の》んだ。僕は、彼女から目を逸らして俯《うつむ》いた。彼女の瞳《ひとみ》が持つ熱に耐えきれなくなって。僕は胸元を押さえた。全く、そんなつもりじゃなかった。エマのことはいい友達だと思っていて、そんな、恋愛対象としてなんて――。

「エマ、僕――」

「返事は言わなくていいわ。そんなの分かりきってるから」

顔を上げる。彼女は依然、どこか泣きそうな笑顔を浮かべている。

「シリウスあんた、昔っからアレスさんのことしか見てなかったもんね。今日だってそうよ。今日だけで何度あの人の話してたと思ってんの？」

「え――？」

「誕生日にってもらった懐中時計、相当嬉しかったんでしょ。繰り返し眺めてはにやにやしちゃってさ。私があげたプレゼントはさっさとしまいこんじゃったのに」

「あ……ごめん、君からもらったものもすごく嬉しかったよ！　本当に！　別に、どうでもいいからしまいこんでた訳じゃ――」

「分かってるわよ、もう。あんたがもらったものを大切に扱う人だってことはよく分かってる。ただ……私じゃ絶対あの人に勝てっこないんだなって、思っちゃっただけ」

彼女は目を伏せた。それから、ぽつりと呟く。

「昔からずっと、アレスさんのこと好きなんでしょ。それくらい見てれば分かるわ」

「え、」

――僕が、アレスのことを好き？　いや、そりゃあ僕はアレスのことが好きだ。昔から大切だし、ずっと一緒にいたいと思っている。だけど、今エマが言っているのはそういう「好き」じゃないだろう。

アレスの顔を思い浮かべる。途端、胸がきゅうっと苦しくなった。甘苦い感覚で満たされる。……これが、好きってこと？

「やだ、あんたまさか自覚してなかったの⁉」

「僕……僕って、アレスのことが好きなのかなぁ……？」

「……そんなの、私に聞かないでよ」

「あ、そ、そっか。ごめん……」

「いいわ。これからも、友達として仲良くしてくれるんならね」

エマは僕に背を向けた。そして「またね。私はもう帰るわ」と言いながらひらひらと手を振り、さっさと帰路についてしまった。僕が止める暇もなく。

残された僕はただ、一人で呆然《ぼうぜん》とするしかなかった。どうすればいいか分からなくて、とりあえず公園の噴水の縁に腰かける。

アレスのことは好きだ。とても大切に思っている。出会った頃からずっと。だけど……僕は夕焼け空を見上げ、それから俯いて、ため息を吐《つ》いた。出会ったばかりの「好き」と今の「好き」はなんだか違うように思う。

昔は彼といてもただ楽しいだけだった。今は違う。もちろん彼といると楽しいし幸せだが、それと同時になんだか胸が苦しくなることもある。たとえば、僕が好きだと言っても全く真剣に取り合わない彼や、僕の知らない何かを思い出して目を伏せる彼を見ている時なんかに。

これが、恋愛感情という意味での「好き」なんだろうか。僕は甘く痛む胸を押さえる。だとすれば……苦しいな。幸せなのに苦しい。これが恋なんだったら、恋ってなんて複雑な感情なんだろうか。甘くて同時に切なくて、幸せなのに苦しい。

アレスは僕にたくさんのものをくれた。狭い後宮から引っ張り出して、誰かと笑い合うことの幸せも、誰かと食事をすることの楽しさも、誰かと生活をすることの温かさも、全部彼が教えてくれたものだ。寒々しい後宮を思い出す。あそこから僕を連れ出して、僕の世界に彩りを与えてくれたのは他でもないアレスだ。

僕にとっての彼はこんなに特別なのに、きっと彼にとってはそうじゃない。アレスは僕のことをどう思っているんだろう。守らなきゃいけない子供？　流れで一緒に暮らすことになった子供？　少しは僕のこと、特別に思ってほしいのに。

僕はこの「好き」って気持ちをどうしたらいいんだろう。アレスに直接伝える？　はっきりと子供扱いされているのに？　どうやったら君は僕を意識してくれるんだろう。……親子みたいに過ごしてきた時期が長いから、もう恋愛対象として見てはもらえないのかな。

悩んでいると不意に、目の前に影が差した。顔を上げると、そこにはフェリクが立っている。なんだか心配そうな表情だ。

「よおシリウス、お前どうしたの？　なんかやけに黄昏《たそがれ》てるけど。誰かに振られでもしたか？」

「振られたというより、僕が振った？　のかな……？」

フェリクは訝《いぶか》しげに首を捻《ひね》った。「よく分かんねえけど、それでなんでお前が落ち込む訳？」と。

「いや、別に落ち込んではないんだけどさ。僕が振った？　子との仲が拗《こじ》れた訳でもないし。たぶん、その子とは今まで通り友達を続けるつもりだし」

「じゃあなんで？　他になんかあったか？」

「なんかあった、訳じゃないけど……」

今の心情をなんて言えばいいのか分からず口ごもっていると、突然彼は「よし！」と声を上げ、噴水の縁に座っていた僕の手を引っ張って立たせた。

「言いづらい悩みがある時は、とりあえず飲み行こうぜ！」

「え？　でも僕、お酒なんて飲んだことないし……」

「いいじゃねえかよ～、だってお前、今日で成人だろ？　これで大手を振って酒が飲めるって訳だ。今日は成人祝いで俺が奢《おご》ってやるから、な？」

フェリクは僕と肩を組み、にやにやと言う。僕は彼の勢いに負け、渋々頷いた。途端、彼は嬉しそうに「よっし！」と拳《こぶし》を握る。「お前と飲み行くの、実は楽しみにしてたんだよなぁ。成人するまでは誘うのやめとこうと思ってたけど」と。

……成人前に花街へ連れていくのはいいのか？　まあ、あれ以来彼は花街へ決して誘ってこないどころか、別の用事で花街方面へ行こうとしただけで止めてくる念の入れようだが。正確には幽霊ではないが、そんなに幽霊が怖かったんだろうか。

僕はため息を吐きながら彼に引きずられ――ふと、鉄臭いものが鼻をついた。僕は思わず立ち止まる。血の臭いがする、気がする。だけど、どこから？　立ち止まって何かを嗅《か》ぎ始めた僕を彼は不思議そうな表情で見ている。

この臭いは、フェリクからか？「な、なんだよ」とやや腰が引けている彼を眺めて、見つけた。彼の着ている服の目立たないところに血痕《けっこん》がついている。それも、恐らく真新しいものだ。

「フェリク、それ」

僕が服についた血痕を指さすと、彼は眉《まゆ》を寄せながらそちらを見た。そして血痕に気が付くと「あ」と声を漏らし、服をばさりと扇ぐ。次の瞬間、服についた血痕は跡形もなく消えていた。魔力を感じたから、恐らく生活魔法の一種である洗浄魔法か何かを使ったんだろう。

「わり、気付かなかった」

「さっきの血痕、何？」

「あれか？　別に大したもんじゃねえよ。ただ、さっき、ちょっと喧嘩《けんか》してさ。その時についた返り血じゃねえかな」

「ふーん……？」

釈然としないながらも僕は頷《うなず》いた。……フェリクは普段、全く喧嘩をしない。そもそも喧嘩をするような事態に陥る前にするりと相手をいなしてしまうし、喧嘩をするにしてもちょっとした口論くらいだ。殴り合いの大喧嘩《おおげんか》なんて全く彼らしくない。

何より、彼からは実力を隠したがっている気配を感じる。学校の成績はそこそこだがいつも涼しい表情をしているし、その割にはさっきみたいに生活魔法を呼吸と同じくらい自然に扱うし。生活魔法とは誰だって扱える、生活に深く根付いている魔法のことだが、だからこそ使い手の実力が如実に現れる。それをあんな自然に扱えるだなんて……。

……まあ、今追及をしても仕方がないか。きっと彼は聞いたところで何も答えないだろうし。僕は黙っておくことにして、彼に引きずられるようにして酒場へと向かった。

「なーるほどなぁ！　それでお前、ようやく恋心を自覚して苦しんでる訳か！」

フェリクは酒のグラスを片手にけらけらと笑う。僕は図星を言い当てられて、「うう……」と唸《うな》った。

酒場へ来て、フェリクに勧められるがままお酒を飲み、今日あったことを全て吐かされてしまった。ちなみにお酒の美味しさはさっぱり分からなかったから、僕はほとんど飲んでいない。

「なんで、こんなに苦しいんだろう。アレスといることは全然嫌じゃないし、むしろずっと一緒にいたいと思うのに」

「ま、その苦しみも含めて恋だからなぁ。あの人は自分をどう思ってるのかな〜って悩んで、自分はこんなに好きなのにあの人は〜って苦しんで、抱えきれない想いに呻《うめ》いてこそ！　いやあ、いいなぁ。恋、しちゃってるなぁ！」

やや芝居じみた仕草と共に楽しげに言うフェリク。……まあ、君が楽しそうで何よりだよ。

「他人事《ひとごと》だと思って……」

「他人の恋愛ほど楽しいものってないだろ？」

「そういう君はどうなんだよ」

「俺か？　俺は、そういう切ない想いはする側じゃなくてさせる側だな。俺の最近の戦果聞くか？」

「いや、別に興味ないかな……。っていうか、戦果って言い方あんまりよくないからやめた方がいいんじゃない？」

「おおう、至極まっとうなことを言われて良心が痛む」

そんないつも通りの会話をしていたら、不意に奥の方の席で騒ぎが起こっているのに気が付いた。

フェリクと顔を見合わせた後、僕らは騒ぎが起こっている方へと向かった。

そこでは、タチの悪い男の人たちが店員の女の人へと絡んでいた。下卑た絡み方だ。「俺の酒が飲めねえのか！」なんて言ってはゲラゲラと笑っている。

「うわ、なんだあいつら。男の風上にも置けねー……」

フェリクが顔をしかめて言う。本当にそうだ。明らかに店員さんは嫌がっているのに、無理やり肩を組んでお酒のジョッキを彼女の口元へ運ぼうとしている。

見てられない。僕は義憤に駆られるがままずんずんと向かい、店員さんから男の人たちを無理やり引きはがした。フェリクは慌てたように後ろから「あっ、お、おい！　シリウス！」なんてついてくる。

「やめなよ。この店員さん、見るからに困ってるじゃないか」

「なんだ坊主。俺たちのこと舐《な》めてんのか？　ああ？」

鼻が触れそうな距離で凄《すご》まれる。が、こんな見かけ倒しなやつらは何も怖くない。どう見ても僕の方が強いし。僕は睨《にら》み返した。視界の端で店員さんがおろおろとしている。

一触即発の雰囲気だ。僕は彼らを睨み返しながら、お店の中で騒ぎを起こしたらお店に迷惑をかけちゃうな、と心配していた。素敵なお店だったから、迷惑はかけたくない。

「おい坊主～、騎士気取りもいいが大概にしろよ？　痛い目には遭いたくないだろぉ？」

「それともなんだ？　この女の代わりにお前がこの酒を飲むか？　ええ？」

僕は少し悩んで、ため息を吐いた。こんなやつらに負ける気はしないが、これ以上騒ぎを大きくしたくもない。僕はジョッキを奪い取った。

「あっ馬鹿、待て――！」

フェリクの制止は振り切って、僕は勢いよくジョッキを呷《あお》った。騒ぎを遠巻きに見ている人たちが「おおっ」とどよめく。空になるまで一気に呷り、口元を拭《ぬぐ》い、僕は再度彼らを睨んだ。

「これで満足？」

周囲からわあっと歓声が上がる。完全に、酒の余興として楽しまれている。あまり気分はよくないが、まあ、店員さんを助けられたからいいか。店員さんは僕に何度も頭を下げてきている。僕は「気にしないで」と笑い、仕事に戻るよう促した。

男たちは諦《あきら》めるか、もしくは怒り出すかと思っていた。が、なぜか黙ってにやにやとこちらを見てくるのみ。不気味な反応だ。僕は首を傾げそうになって――すぐに、身体の異変に気が付いた。

身体が、熱い。お酒を一気飲みしたから酔いが回ってきたのかと思ったが、なんだか違う気もする。

視界がぐらぐら揺れて身体が妙に熱い。同時に腹の底からもどかしさや渇望が込み上げてくる。指輪を確認したが、指輪は熱を持っていない。なら、毒ではないのか？　だとしたらこれは一体？

僕は平静を装いながら。彼らに尋ねた。

「あの、お酒に……何を盛ってたんだ」

「おっ、効いてきたかぁ？」

「あの嬢ちゃんは惜しいが、この際坊主でもいいか」

「キレーな顔してるしなぁ？」

野卑な笑い声を上げる男たち。彼らの反応と身体の反応でピンとくるものがあった。……僕の予想が本当だとすれば、なんて下品なやつらなんだ。

男のうちの一人がやにさがった顔でこちらへ手を伸ばそうとしてくる。僕はそれを避けようとして――それよりも早く、目にも留まらぬ速さで男が床へ叩《たた》き伏《ふ》せられた。見ると、フェリクが彼を床に転がし、馬乗りになって顔を近づけている。

「お前、こいつに何を盛った？」

押し殺した低い声でフェリクが尋ねる。僕のいる場所からはフェリクの表情が全く見えない。が、始終にやついていた男が一気に顔色を悪くしているから察せるものがある。

「お、お、俺は……」

「言え」

「そ、そんなに怒るこたぁねえだろぉ!?　俺らはただ、ちょっと媚薬《びやく》を盛って楽しもうとしただけで

「……」

予想通りだった。あの男たちは、媚薬を盛ったお酒を無理やり店員さんに飲ませようとしていたらしい。下衆《げす》な男たちだ。

フェリクは「その媚薬を出せ」と男に凄んだ。男は震える手で小瓶を渡してくる。フェリクは小瓶を様々な角度から見て、蓋《ふた》を開けて臭いを嗅ぎ、ため息を吐《つ》いた。

やがて彼は男にぐっと顔を近づけて何かを囁《ささや》いた。途端、男が悲鳴を上げる。彼が男の上から退くと、男は化け物に遭遇したかのような顔で後ずさった。続いて彼は他の男たちの方へ行き、こちらにも何事かを囁いた。男たちは一様に顔色を悪くする。一体、何を言ったのか。

フェリクはため息を吐きながら、がしがしと頭を掻《か》き、言った。

「……悪かったな、シリウス。お前が飲む前に気付けなくて。それに俺がここに連れてきたせいで嫌な思いさせちゃったし。あー、こんなんじゃ失格だな、俺」

何が失格なのかは分からないが、彼は何事かを反省しているみたいだ。僕は首を振る。僕が一気飲みする前に酒に媚薬が盛られていることに気が付くなんて、どだい無理な話だ。

彼は僕の身体を支え、「家まで耐えられるか？」と尋ねてくる。僕は頷いた。男たちが盛ったらしい媚薬の効果はどんどん強まってきているが、家までなら耐えられる。

僕は彼に支えられながら店を出た。ちなみに会計は彼が少し多めに店員さんへ渡していた。迷惑料も込みなのだろう。

「あの媚薬を確認してみたけど、残念ながら解毒剤や解毒魔法が効く種類の媚薬じゃなくてだな。ま、身体に害は全くないからしばらく耐えたら元通りどころか、むしろ健康にすらなる。だから家までは頑張れよ、シリウス」

僕は唇を噛みながら頷いた。まずい。身体が熱いし、その、言葉を選ばずに言うなら非常にむらむらする。僕は身体を彼に預け、目をつぶった。目をつぶっていたら少しはマシになったような気がする。錯覚かもしれないが。

しばしあって、家に無事着いた。アレスはまだ帰ってきていないらしい。僕は彼に支えられながら家の鍵《かぎ》を開け、彼に抱えられてベッドへと向かった。彼は僕をベッドへ横たえると、心配そうな表情で僕を見つめた。

「辛いよな、媚薬」

「フェ、リクも……媚薬、飲まされ、た、ことが……?」

「まあ、な。でも大丈夫だぜ、その媚薬は身体に害ないし。辛いなら出しちまえ。そしたらマシになるから」

彼は不安げに眉尻《まゆじり》を下げた後、「じゃ、また明日学校でな」とだけ言い残して家を後にした。

僕はベッドに横たわり、はあと吐息を漏らした。苦しい。ぐるぐる熱と欲が身体の中で渦巻いて出口を求めている。ぎゅっと服の裾《すそ》を掴《つか》み、目を固く閉じたが、駄目だ。効果が切れるまで耐えるつもりだったが、耐えられる気がしない。

「出せ、ば……楽に、なれるん、だっけ」

僕はズボンを脱ぎ、下穿《したば》きの中から自身を取り出した。今までにないくらい硬くなっている。意思に反する勃起《ぼっき》だからあんまり気分はよくない。それをやわく握って上下に擦ると、ぶるりと身体が震えた。

「っ、う……ん、ん……っ」

出せば楽になる、と言い聞かせ、無心に扱《しご》く。声が出そうになって僕は口元を押さえた。気持ちいい。出したい。早く、楽になってしまいたい。扱き続け、果てが見えかけたその時だった。

「シリウス？　もう寝てんの、か――」

アレスが寝室へと入ってきたのは。彼は何気なく扉を開け、暗い部屋の中で僕がしていることに気が付くと固まった。どっと恥ずかしさが込み上げてくる。み、見られた。見られてしまった。僕は慌てて毛布か何かで身体を隠そうとしたが、その前に彼と目が合って、思わず動きを止めてしまう。

彼の目は驚いていたが、その奥には確かに欲情が灯っていた。見られている。彼が僕の恥ずかしい姿を。お腹《なか》の奥がきゅうと疼《うず》く。切なくて切なくてたまらない。

アレスが、欲しい。

「ふ、う……っ」

その欲望が頭をよぎった途端、腹の奥がかっと灼《や》けるような感覚が僕を襲った。身体が震える。一度生まれた欲望は全く消えてくれない。固く目を閉じて身体を掻き抱いても、駄目だ。身体の奥が苦しいくらいに切ない。

「……シリウス？」

そんな僕を見てどう思ったのか、アレスはベッド脇まで来て僕の前に膝《ひざ》をついた。

「なんかあったんだろ、その様子。どうした？」

そろそろと顔を上げる。アレスは心配そうに僕を見つめていた。彼が僕の髪を撫《な》でてくる。それだけで背筋が震えるくらいに気持ちよかった。

「媚、薬……」

僕がその単語を口にした途端、彼の銀色の目が鋭さを増した。押し殺したような低い声で「……誰に盛られた」と尋ねてくる。僕はふるふると首を振った。

「ちが……盛られたの、僕じゃ、なくて」

「どういうことだ」

「今日、友達と酒場、行ったら……ガラの悪い男の人に、店員さんが、絡まれてて……酒、飲めって絡まれてたから、僕が庇《かば》って、代わりにそれを……。そしたら、それに、媚薬が……」

「……なるほどな」

低い声で彼が呟《つぶや》く。彼は僕から目を逸らし、「悪いな、俺にはどうしてやることもできねえ」と立ち上がろうとした。……嫌だ。アレスに離れてほしくない。僕は半ば無意識のうちに彼の手を掴んだ。

彼は目を丸くしている。僕は彼の手を頬に当て、擦り寄った。大きくてごつごつした手だ。僕のものとは違う。……この手で、僕に触れてくれたら。

「アレ、ス……」

熱に浮かされて正常な思考ができない。身体の奥がすごく切なくて、身体が抑えきれない欲で炙《あぶ》られている。ただ今は、アレスに触れてほしくてたまらない。

彼は再び固まった。瞬き一つしないでこちらを見つめている。が、確かに彼の喉《のど》がこくりと動いたのが見えた。

「アレス、くるしい」

彼を見上げる。彼の銀色が熱を孕《はら》みだす。彼は僕の頬を撫でてきた。そのささやかな刺激すらも気持ちいい。

「もっと、さわって」

視界がぐるりと回る。気付けば僕は、彼に押し倒されていた。後ろへかき上げている彼の黒髪が、幾房かはらりと顔にかかっている。

「……大丈夫だ。これは治療だ。治療だからな。お前の嫌がることはしないし、最後まではしない。ただ触れるだけだ。大丈夫、大丈夫……」

なぜだか苦しげに、言い聞かせるような表情でぶつぶつ呟くアレス。身体の奥がずっと疼いている。僕は疼きに耐えられそうになくて、彼へと手を伸ばした。

「おねがい、アレス。さわって」

「〜っ、畜生……！」

彼は僕の顎《あご》を掴み、唇を重ねてきた。いささか乱暴な口づけだ。彼は僕の唇を食み、唇の間から舌を入れ込んでくる。彼の舌が絡まってきて、すり、と擦れた。気持ちいい。頭の芯《しん》が痺《しび》れているみたいだ。

彼はキスをしながら僕の服を脱がせてきた。そして唇を離し、僕の腹に手を這《は》わせ、呟く。

「綺麗《きれい》だな」

綺麗って何が？　僕？　僕の、身体が？

顔を上げると、彼は目を細めていた。その銀色には確かに、熱と欲が滲《にじ》んでいる。きゅう、と身体が一際疼いた。どうしよう。嬉《うれ》しくて恥ずかしくて気持ちよくて幸せで、まともに思考が回らない。

僕の胸元へと顔を寄せ、そのまま胸の突起に舌を這わせてくるアレス。熱く湿った舌に舐められ、そんなところ何も感じないはずなのに、勝手に身体が震えた。「ぁんっ……」と微かに声が漏れる。こんな声、恥ずかしいしアレスは聞いたって何も嬉しくないはずだ。慌てて口を塞《ふさ》ぐ。すると、彼は顔を上げて言った。

「大丈夫だ、シリウス。悪いのは全部媚薬だから、お前はなんも変じゃねぇよ」

「でも、僕、こんな」

「大丈夫だ。全部媚薬のせいだから、安心して声出していいぞ」

「でも」

彼は再び片方の突起を舐《な》めながら、もう片方も指でするりと撫でてきた。熱と震えが這い上がってくる。彼は舌と指で形を確かめるようにやわく突起を撫でた後、軽く摘まんだり舌先を尖《とが》らせて舐《ねぶ》ってきたりと、明らかな意図を持って刺激してきた。

「あ、ぁ、っん……あぅ、んっ」

びくびくと身体が震える。彼は舌と指での刺激を続けながら、空いている方の手を下に伸ばし、硬くなっているそれをやわらかく握り込んだ。そのまま上下に擦られ、頭の芯がじんと痺れる。

「あっ、ん——っ……」

喉元《のどもと》にぐっと欲がせり上がってくる。もっと触られたい。出したい。アレスに、どうにでもされたい。

アレスは胸元から唇を離し、僕の首筋にキスを落とした。彼が、はあ、と熱い吐息を漏らす。彼が扱いていない方の手で頬を撫でてくるから、僕はそれに縋《すが》りついた。

「は……かわいい。もう出そうか？」

僕は何度も頷《うなず》く。彼は、荒い吐息なのか息だけで笑ったのか判然としないものを漏らすと、扱くスピードを速めてきた。粘着質な水音と、荒い呼吸音と、恥ずかしいくらいに甘い僕の声が響く。

「ほら、遠慮しないで出しちまえ」

自分で扱いている時よりもずっと早く欲が込み上げてきて、僕はあっという間に吐精していた。彼の大きな手に僕の吐き出した白濁が全て受け止められる。アレスの手が、僕のもので、白く。

かっと顔が熱くなる。僕は、なんてことを。彼が機嫌よさげに目を細めて「いっぱい出せたな」なんて言うものだから、僕はなおさら恥ずかしくなった。彼は手を布で拭《ぬぐ》った後、小さく笑った。

「はは……まだまだ元気だな。もう一回出しとくか？」

アレスの言う通り、出したばかりなのに僕のものはすぐさま元気を取り戻していた。もう恥ずかしくてたまらない。彼は僕のものに触れ、もう一度やわく扱き出した。

「は、ぅ……アレス、っ、ぁ、あれす」

アレスの名を呼ぶと、彼は「ん？」と優しく声をかけてきた。彼の声は今までに聞いたことがないくらいに甘い。その甘さに胸がいっぱいになる。幸せなのに目の奥がじわりと滲んだ。

「アレス、きもちい……っ」

「……かわいいな、シリウス……」

アレスはそう囁いて、唇を重ねてきた。そして空いている方の手で優しく僕の頭を撫でてくる。気持ちよさと幸せで頭が溶けそうだ。彼の舌がやわく絡まってくる。身体と胸の奥が切なく疼いた。好きだ。大好き。アレスの優しさにこのまま溺《おぼ》れたい。

射精欲が込み上げてきて身体がぶるりと震える。僕が達しそうなのに気が付いたのか、アレスは唇を離し、僕のものを扱く手を速めてきた。見上げると、彼と目が合った。彼の銀色の瞳《ひとみ》は熱を孕んでいる。その熱は劣情に見える。……アレスが、僕に劣情を抱いている——？

「ん、ん——っ……！」

欲が膨れ上がってそのまま外へと勢いよく出た。彼は再び僕の白濁を手で受け止めてくれていた。

彼の目は未だ劣情を孕んでいるように見える。……嬉しい。

「しあわせ……」

思わず熱に浮かされたような言葉が口をついた。彼は目を見開いた後、不意に顔を背けた。そのまま彼は僕へと洗浄魔法を使ってきて、元通りに服を着せると布団を肩までかけてくる。

「……さっさと寝ろ。寝てりゃ、朝には媚薬《びやく》の効果も切れてるだろ」

彼は依然僕と目を合わせないまま、押し殺したような声で囁《ささや》く。僕は、二回も吐精をしたせいで微《ま》睡《どろ》みながら「分かった……」と呟いた。眠くて視界がぼやけているが、アレスは今どんな表情をしているんだろう。

「おやすみ、シリウス」

僕の額にそっとキスを落としてもう一度だけ頭を撫でると、足早に部屋を後にしていく彼。僕は襲い来る睡魔に逆らわずに、すとんと眠りに落ちていった。


翌朝。いつもより遅く目を覚ました僕は、ぼんやりとした頭で昨日のことを思い出した。ええと、僕は昨日エマと出かけて、そこでエマに告白されて、悩んでいたらフェリクと出会って、酒場に行って、そこで——。ぼうっと回想していたら、不意に昨晩の記憶が蘇《よみがえ》ってきて僕は飛び起きた。

——僕、アレスととんでもないことしちゃってない……？　いくら媚薬があったとはいえ、あんな、あんな……。

僕の身体を撫でる大きな手と、熱と欲が滲んだ銀色を思い出して、僕はその場に突っ伏した。一気に顔が熱くなる。あんなことをした翌朝、僕はどんな顔をしてアレスと会えば……。

だけど——僕は昨晩のことを思い出した。嬉しかった、な。アレスにああやって触れてもらえて。彼の瞳に僕と同じような熱が籠《こも》っていたのも嬉しかった。僕の気のせいかもしれないが。

なんだか僕は、思っていた以上にアレスが好きみたいだ。今までなんで気付かなかったのか分からないくらいに。僕はアレスにならら、その……昨晩よりもずっとすごいことをされても嬉しい、のに。

……って、いやいや！

浮かびかけた不埒《ふらち》な想像を振り切って、僕はベッドから起き上がって部屋の扉を開けた。すると、ちょうど寝起きのアレスとばったり遭遇した。途端に心臓が飛び跳ねる。アレスは眠そうな表情で、それでも顔に労《いたわ》りの色を浮かべて言った。

「あの後、大丈夫だったか？」

「え、あ」

普通だ。想像よりもずっといつも通りだった。僕はどんな顔して会えばいいのかさっぱり分からなかったというのに。僕は戸惑いながらも頷く。するとアレスは「そうか」と表情を和らげ、僕の頭を撫でた。昨晩の触り方とは全く違う、微塵《みじん》も熱や欲が滲んでいない触り方だ。

「あの、アレス」

「昨日のことなら忘れちまえ」

「え――？」

どきりと心臓が高鳴る。嫌な鼓動だ。彼は平常通りの表情で、何気なく呟く。

「全部媚薬のせいだ。お前は本意じゃなかっただろ」

「え、で、でも」

「俺としたことなんざ忘れりゃいい。そうじゃなきゃこの先、お前に好きな女でもできた時に困るだろ」

胸が苦しい。ずきずきと痛む。僕が好きなのは君なのに――そう言ってしまおうかと考え、やめた。アレスはあんなことをしてもなお、変わらず僕を子供扱いしてくる。僕はもう昨日で成人したのに。

ならきっと、僕の想いを伝えたって困らせてしまうだけだ。

彼は、子供に対するそれと変わらない手つきで再び僕の頭を撫でる。鼻の奥がつんとして、僕は慌てて俯《うつむ》いた。昨日は、あんなことしてくれたのにな。どうやら昨晩のことはただの奇跡で、僕のことは全く眼中にないらしい。

「…………分かった。忘れる」

絞り出すように、僕は答えた。僕の声、震えてなかったかな。どうか、自覚したばかりのこの想いに彼が気付きませんように。

◆◆◆

数百年前までは、人間の住む世界と魔族の住む世界が完全に分かたれていたらしい。

とはいえ、人間の住む場所は肥沃《ひよく》な土壌に広大な平野、穏やかな海と緑豊かな山々に囲まれた恵まれた土地であったのに対して、魔族の住む場所は枯れた土壌に雨の降らない砂漠、極寒の大地に常に荒れている海と、過酷な土地だったという。

その上、魔族にだけ破壊衝動の呪いが存在している。魔族は皆生まれながらにして、好むと好まざるとにかかわらず、強すぎる破壊衝動を身に宿しているのだ。そのせいで魔族は何百、何千年と殺し合いを続け、ただでさえ狭く過酷な土地を奪い合っていたらしい。

明らかに不平等である。この世界に創世神とやらが本当に存在するのなら、そいつはとんでもなく意地が悪いか考えなしの馬鹿なんだろう。

この不平等をひっくり返し、人間を滅ぼそうとした一人の魔族がいた。彼はその身に破壊神を宿しており、魔族間の争いを全て力ずくで終わらせ、魔族たちをまとめて人間たちへとけしかけた。彼こそ、後世まで語り継がれている「魔王」である。

魔王はこの世界を滅ぼしかけたそうだが、人間の救世主である「光の英雄」に打ち倒される。が、彼の遺志を継ぐ者がいた。魔王の右腕である男だ。彼は魔王に心底陶酔していて、身も心も全て捧《ささ》げていた。魔王亡き後の彼は魔王の遺志を継いで、再び魔族をまとめ上げて人間を滅ぼそうと、虎視《こし》眈々《たんたん》と時が来るのを待っていたそうだ。数百年もの間、ずっと。

さて、そんな彼は数百年後のある日、愛する魔王にとてもよく似た男に出会う。その男の名はアレス。魔王の最後の末裔《まつえい》であり、その身に破壊神を宿した男だ。

彼は魔王の生き写しのような彼と出会い、歓喜する。ただその男は人間であり、性格そのものは魔王と似ても似つかなかった。だから彼は破壊神とも話し合い、あることを心に決めたという。

——なんとしてでも、どんな手段を用いてでも、その男を闇に堕とす、と。

手始めに彼は、数百年もの時間をかけて手中に収めた魔族たちを使い、その男の周囲を闇魔法でじわじわと洗脳していったという。皆がその男を忌み嫌うように。その男が人生に絶望して人間を憎むようになれば、かつての魔王のような男になる、と彼はそう信じ込んでいるらしかった。

要は、過去の主を忘れられない愚かな道化の足掻《あが》きだ。ただ、世界全体を巻き込んだ道化芝居である。僕もその道化芝居に巻き込まれた哀れな被害者の一人だ。

「畜生！」とかなんとか言いながらその男は椅子を蹴《け》り飛ばし、いらいらしたように爪を噛《か》んでいる。

彼はこの国の王弟だ。この国の防衛に関わる魔導師団の副団長でもある。

僕はここしばらく彼を観察しつつ調べていたが、彼は魔導師団長のクロード・フランセルという男をそれはそれは憎んでいる。理由は彼が身分以外のあらゆる面で自分の上を行き、そのうえ自分の謀略や不正、不法行為をことごとく潰《つぶ》していく男だから。

この国は以前、様々な腐敗が蔓延《はびこ》る国だった。その中心にいたのが魔導師団だ。賄賂《わいろ》に汚職に闇オークション、とにかくこの国の闇に魔導師団は全て関わっていた。それらを全て叩《たた》き潰し、一掃したのがクロード・フランセル、通称「神風様」だ。

王弟は今まで自らの身分や権威、後ろ暗い方法で手に入れたツテや餌を用いて好き勝手振舞っていた。けれど、神風様が台頭し始めてからはそのことごとくを潰されていくのだからたまらない。王弟は様々な手段を用いて神風様の権威や評判を落とそうと画策した。が、どれも全く上手くいかない。

ならばと、神風様がある時強引に団へと入れた男・アレスの評判を下げ、それによって間接的に神風様の名声を汚そうとした。しかしアレスという男は少しくらいの悪名や罵倒《ばとう》、陰口なんかは全くもって意に介さない上、その手腕で魔導師団を一気に鍛え上げて確かな実績を上げてみせた。彼が魔導師団に入ってから魔物の出現数は右肩上がりだが、団の負傷者が大幅に減ったという。殉職者に至っては皆無。こんな目に見えた結果を持つ男の評判を多少下げたところで、何も効果はない。

であればと、アレスという男が庇護《ひご》している少年を攫《さら》って傷つけ、無理やり自らの言うことを聞かせようとした。が、その少年・シリウスはある組織の構成員が陰で守っているから上手くいくはずもない。

何もかもが八方塞《はっぽうふさ》がりで、そのうえ神風様はじわじわと彼を追い詰めて失脚させようとしているため、今の彼は相当焦っている。手あたり次第に暗殺者を雇って邪魔者を直接的に消してしまおうとするくらいには。

馬鹿な男だ。そんなもの上手くいくはずがないのに。そこらの暗殺者じゃ、この国の守り神の神風様や、かつて殺し屋として依頼達成率百パーセントを誇っていた男、少年を守る組織の人間の守りを突破できる訳がない。現に彼らの暗殺は失敗し続けているどころか、杜撰《ずさん》な手段に及んだせいで少しずつ神風様に証拠を握られつつある。彼の失脚は目前だ。

そんな状況で、救いの手に見えるものを差し出されたらどうだろう。きっと、手を差し伸べてくる相手なんてろくに見ることもないまま、握り返してしまうんじゃないだろうか。

「――そんな風に焦ってちゃあ、上手くいくものもいかないいんじゃないない？」

「ッ、誰だ！」

ローブを被り、王弟の部屋の机に腰かけたまま尋ねると、彼は鋭い声と共に振り向いた。彼からしたら、部屋の中に突然ローブの男が現れて馴《な》れ馴れしく話しかけてきた、ってところだろうか。まあ、今まで姿を消していただけで僕はずっとここにいたんだけど。

僕は「僕が誰かなんてどうでもよくない？」とひらひら手を振り、机から飛び降りた。

「そんなことより僕さ、あんたに聞きたいことがあるんだよね」

「だから、貴様は誰だと――」

「あんたが神風サマにこれまでもこれからも絶対に敵わない理由って、なぁ～んだ？」

彼の眼前に顔を持っていき、にやにや笑いながら目を合わせる。彼は固まった。次の瞬間、彼の顔は憤怒《ふんぬ》か何かで赤く染まっていく。

うんうん、上手いこと彼の地雷を踏み抜けたみたいだ。一気に洗脳する時って、相手が何か大きな感情を持ってると手っ取り早く済むからね。僕は彼と目を合わせたまま闇魔法を使った。途端、彼の碧眼《へきがん》は虚ろになる。

「私が、あの男に、勝てない理由……」

「うん。それってさ、あんたが弱いからだよね？」

「私が、弱いから……」

「そう。だから神風サマに勝つには力を手に入れなきゃいけない。それも圧倒的な。でしょ？」

「そうだ……私は、圧倒的な力を……」

「うんうん、随分とちょろくて助かるよ」

……本当はこんなこと、好き好んでしたくはないんだけどさ。やらなきゃあの男に殺されるから仕方がない。あの男はかつての魔王に囚われ続けている愚かな男だが、それはそれとしてとんでもなく強い。僕一人じゃ何回死んでも敵わないくらいに。

あの男――僕の才能と知識を搾り取るだけ絞っているくせに未だに僕を信用しきらない、猜疑心《さいぎしん》と傲慢《ごうまん》さの塊のようなあの男に、服従か死かを突きつけられて白旗を振ったあの時、僕はなんでもやると決めたはずだ。僕はただ魔法の研究ができればそれでいいからと。

でも僕はこのまま、あらゆるものを見殺しにしてあの腹立たしく不気味な男に服従し続ける、そんな人生で本当にいいいんだろうか？

生まれかけた感情を即座に振り払い、僕は王弟の鼻先にあるものを吊《つ》り下《さ》げた。

「それでね、これ。あんたに圧倒的な力を授けてくれるとっておきの品だよ」

僕はそれ――闇魔法で漆黒に染まったロザリオをぶらさげ、にやりと笑った。

◆
◆
◆

机の上には禍々《まがまが》しいものが置かれている。俺は眉《まゆ》を寄せて「……んだこれ」と呟《つぶや》いた。目の前のローブを目深に被った男は「さあ？」と肩をすくめる。

「さあ？　じゃねえ。なんでこんなもんを出してきたのか聞いてんだよ」

俺は机の上に置かれたそれ――黒い色をしたロザリオを持ち上げ、顔をしかめた。机の上に置かれているだけでは分からなかったが、持ってみて分かった。このロザリオには何やら禍々しい魔力が込められている。これは恐らく、闇魔法？

俺の心情を見透かしたように男は声をかけてきた。

「なかなかの危険物でしょ、それ。どんな魔法が込められてる魔導具だかは知らないけど、少なくとも手に持ったり身に着けたりしてる間は闇の魔力を垂れ流し続けるみたいよ」

「闇の魔力を出し続ける？　それになんの意味があるんだよ」

「だからそれは知らないって。そういうのは専門外。ただそのロザリオが、例の魔族に何か関わってるのは確実だと思うよ」

「……どういうことだ」

声の低さが変わったのが自分でも分かる。だが目の前の男——いわゆる情報屋と呼ばれる仕事をしている男だ——は軽薄な態度を崩すことなく、言葉を重ねた。そもそも俺が、魔導師団内ではなんの権力も地位も持っていないはずの俺が、なぜ独自に魔族について探らなければならなくなったか。それは、一月ほど前に遡《さかのぼ》る。


「貧民街に魔族がァ？」

「あ、あの、声が少し大きいです……」

「んなこと言ってる場合じゃねえだろうが！」

「ヒィ！　す、す、すみません！」

怒鳴りつけると、目の前の団員は縮こまって口をつぐんだ。彼は俺に、内密にしてほしい話がある、と持ちかけてきた団員だ。まさか、魔族関連の話だとは思わなかったが。

「で？　一体いつの話だそれは」

「え、ええと、その、僕がこの話を知ったのは十日ほど前ですが、恐らく魔族が現れたのは、数ヶ月前からかと……」

か細い声で答える彼。俺はその言葉に頭を抱えたくなった。

王都に魔族が現れたあの時から半年以上が経とうとしているが、そのことはまだ記憶に新しい。あの後、魔族相手も想定した訓練を追加したり、クロードが王都に張っている結界をさらに強化したりしたが、焼け石に水といってもいいだろう。あまり効果はない。

それもそうだ。魔導師団はそもそもが一枚岩ではない。団長派と副団長派の溝が深まるどころか、副団長派の頑《かたく》なな態度に嫌気が差したのか中立派の大半までもがこちら寄りになり、今では副団長一派とそれ以外、というはっきりとした境界線ができてしまった。

そんなはっきりと二つに分かれた状態で、組織がまともに動くはずがない。その上厄介なのが、副団長派には権力者が多い。そのため何かをする際には、いちいちお伺いを立てなければならないのだ。

さらに嫌なことは重なるもので、本来ならばその話は俺ではなく団長であるクロードにするべきなのだろうが、現在彼はこの国にいない。彼がこの国にいないのは、なんでも外交のためだそうだ。アドウェルサ建国の二百周年だか三百周年だかの記念日が迫っているらしく、恐らくそれに関連したものだろう。

そして、団長派と副団長派に分かれている状況で、団長が国外にいる現在、なぜか俺が彼の代役を務める羽目になっているのだ。なんの地位も権力もなく、ましてや多くの団員から嫌われていたはずの、俺が。何がよかったのかは知らないが、俺は気付けば大半の団長派の団員に認められるようになっていた。……やりすぎて、怖がられている気がしなくもないが。

その上俺のことを無条件で信頼しているクロードが、自分の権限の一部を一時的に俺に譲渡してから国を出ていったものだから、さらにそれに拍車がかかった。クロード曰《いわ》く「絶対に副団長は仕事をしないから、僕がいない間は代わりに君が仕事をしてくれない？　頼むよ、君しか頼れないんだ……」だそうで。俺しか頼れないのはどうかと思うし、それに異を唱えない副団長派以外の団員や両陛下はどうかしている。

一言で言えば、なぜか俺が実質副団長になってしまっている。そのため、こういった話もほとんど全て俺に回ってくるのだ。

それにしても、魔族。穏やかじゃない話だ。俺は襲ってきた頭痛に顔をしかめつつ、彼を睨《にら》んだ。

「なんでそれをすぐ言わなかった！　王都にまた魔族が現れたなんて大事件じゃねえか。それともなんだ？　貧民街なんて王都じゃねえから守るに値しないってか？」

「い、いえ、決してそういう訳では……」

「ならどうして黙ってた？　あ？」

「そ、それは……」

少しの間彼の返答を待ったが、一向に理由を口にしないため「早く言え」と凄《すご》む。すると彼は恐る恐る返答した。

「……口止め、されていたんです」

「誰に」

「それは、その……すみません、それだけは……」

「言えないか」

彼は黙って頷《うなず》く。一体誰にどうやって口止めされたというのか。誰かを人質にとられたのか、それとも彼を脅せるほどの立場の人物によるものなのか。一応彼は貴族であるはずだが。前者でも問題だが、後者ならばなおよろしくない。国の中枢に魔族と繋《つな》がっている人間がいることと同義になるからだ。

今までそれを言わなかった彼を責める言葉がいくつも浮かんだが、言っても仕方がない。ただの八つ当たりだ。だから俺は言葉を飲み込んで「分かった。あとは俺がなんとかしておくから」とだけ返した。

ただ、当然だが俺は団内のパワーバランスに疎い。外に漏れてはならないこの件を誰に頼ればいいのか、分かるはずもない。ましてや、団内に魔族が潜んでいるのだとしたら。そのため、俺が独自に調べ始めることにしたのだ。


情報屋の男は、淡々と調べ上げた事実を語る。

「あんたの言ってた貧民街に現れた魔族ってやつ、正確に言えば魔族もどきだったみたいよ？　本物の魔族って神風サマがそれなりに苦戦するくらいなんでしょ？　貧民街の魔族はそこまで強くなかったみたいだからね、結構あっさり倒せたとか」

「……もどき？」

「そ。純粋な魔族じゃなくて人工物。ちょっとこれ見てよ」

情報屋は何かの紙を渡してくる。そして俺が内容を読むより先に、情報屋は言葉を続けた。

「それね、ここ数ヶ月で急に失踪《しっそう》した貧民街の子供の情報。もちろん一部だけどね。まとめるのかなり大変だったんだよ？　貧民街なんてすぐ人がいなくなるからさ」

「ああ……そうだろうな」

確かにそこには、子供のものと思《おぼ》しき名前や外見の特徴、おおよその年齢などがずらりと記されていた。貧民街なんて名前のない子供や歳の分からない子供が珍しくないから、空欄は少なくないが。

俺は頷きながら紙をひっくり返す。すると、彼が再び声をかけてきた。

「で、裏が貧民街に現れた魔族の外見の特徴と推定年齢」

俺は知らず顔を引きつらせていた。表の情報と裏の情報が、ほぼぴったり重なっている。何度確認しても、同じ。

「もちろん、ここ数ヶ月で失踪した子供はそれが全てじゃないけどね。足取りの掴《つか》めなかった子供の大半は、魔族と全く関係ない場所で死ぬか攫《さら》われるかしてるんだろうさ」

「それにしたってこの重なり方は――」

「異常だね。だから人工物だって言ったでしょ」

「……まさか」

俺の反応を見て、情報屋は頷く。軽薄な笑みを薄らと口元に浮かべながら。

「あんたの想像通りだと思うよ？」

「だが、馬鹿な……そんな馬鹿な話、あるはずが……」

「そんなこと言われてても。こうやって情報として出てきちゃってるからね」

つまり彼はこう言っている――失踪した貧民街の子供は、なんらかの方法で魔族にさせられたと。

それには恐らく、この用途不明のロザリオの魔導具が関わっているのだろう。

……だが、そんなことがあり得るのか？　人間と魔族は全く別の種族だ。その壁を取っ払ってしまうことが、神ならぬ人間にできることなのか？　それが可能なのだとしたら――ぞっとする話だ。今までの想定も、クロードが必死に立ててきた対策も、全てが無に帰してしまいかねない。

ここから僅《わず》かな時間で、その対策は果たして立てられるのか。否、立てなければならない。でなければ恐らく、いや確実にこの国は魔族に滅ぼされる。

「で？　どうするつもり？」

考え込んでいると、彼が不意に尋ねてくる。「あんたに関係ねえ」とそう答えようとしたが、彼の次の言葉に度肝を抜かれた。

「神風サマに報告するんでしょ？」

反応が遅れた。苦し紛れに「なんのことだ」と絞り出すが、恐らく意味はない。俺の遅れた反応が、それが事実だと物語ってしまっている。もちろん情報屋に名乗ってはいないし、カツラを被り見た目は極力変えてきているはずだが、彼は一体どこまで知っているのか。

訝《いぶか》りながら情報屋を見やるが、目深に被ったローブのせいで口元しか見えず、いまいち表情が読み取れない。

「で、報告したとして、それであんた自身はどうするの？　僕があんただったらこの件から手を引くし、どころかさっさとこんな国から出てくね。人間の魔族化なんて正直手に負えない」

「……何が聞きたい」

「あんたがこの国のためにここまでする理由は何？」

相変わらず目元が隠れていて、彼の表情は分からない。だが、口元に浮かんでいた軽薄な笑みはいつの間にか消えていた。

「こんなことにわざわざ首突っ込まなくたって、あんたは生きていけるだろうに。それなのに僕みたいな情報屋まで雇ってまで調べる理由はなんだ？」

「……逆に聞くが、あんたがそんなことを俺に問う理由はなんだ？」

情報屋はそれには答えず、こう問い返してくる。

「――『黒い死神』。あんたのことでしょ？」

表情が強張るのが自分でも分かる。「黒い死神」とは、いつしか俺につけられた二つ名のことだ。それも、後ろ暗い仕事をしていた時の。その名はこの国に来た時に捨てた。死んだことにしたはずだ。痕跡《こんせき》は残していないはずだが。

「魔物だろうが人間だろうが狙った獲物は絶対に逃さない殺し屋。有名人だったじゃないか。なのにどうして――」

俺は彼がこれ以上言葉を重ねるより先に動いた。恐らく護身用に彼が張っていた結界を即座に破り、懐に隠し持っていた短剣を首元に押し当てる。

「――黒い死神とやらがなんだかは知らねえが、俺がその黒い死神じゃなくてよかったな？　じゃなきゃあんたはもう死んでたぞ」

言外にこれ以上言えば殺すと囁《ささや》く。そしてふとローブの中を覗《のぞ》き込み――俺は思わず息を呑《の》んだ。

覗き込んだ先の瞳《ひとみ》は、片方だけが黒く染まっていた。黒い瞳というのは、魔族の特徴だ。……ならば、片目だけ黒いというのは？

俺が瞳の色に怯《ひる》んだ隙に、彼は俺を突き飛ばし、目深にフードを被り直してから言った。決まりの悪そうな声色だった。

「悪かったよ。僕は別にあんたの個人的な事情に興味はない。……僕の知っていることは誰にも言わないから、その代わりあんたも今見たものは忘れろ」

「今のは…………まさか、半魔か」

人間と魔族は子を生《な》せる。現に、俺の遠い先祖にも魔族――それも魔王がいたらしいし。だから、半魔が存在しても不思議ではない。不思議ではない、が――。

情報屋はただ肩をすくめるのみ。まあ、俺も彼自身の私的な事情に興味がある訳じゃないからそれ以上は追及しないが。

「それで、僕はただ、純粋な疑問として聞きたいだけなんだ。別に何かに利用するつもりはない。……あんたはどうして、この国のためにここまで動ける？」

「別に、この国に尽くしたい訳じゃねえ」

「なら、どうして――」

「どうして、そうだな――人を救うため、それ以外に何か理由が必要か」

言ってから、少し格好つけた台詞だったかと後悔する。すると、情報屋は首を捻《ひね》った。

「元殺し屋なのに？」

「……どうやら本当に死にてえみたいだな」

「わー、冗談だって！　勘弁してよ。……でもそうか、他人の命のために自分の命を投げ出す、ね……」

「……そんなに崇高なもんじゃねえよ」

何やら考え込み始めた情報屋に気まずくなりそう呟《つぶや》くが、彼は「いいや。それが聞けてよかった」とかぶりを振る。そもそも彼はなんのためにこんなことを聞いたのか。それを問おうとするが、俺の言葉を遮るように彼は手を出した。

「じゃあもう話は終わりってことで、はい、約束の報酬」

「……わーってるよ」

舌打ちしながら彼の手のひらに金貨を押しつける。前払い分の報酬も含めると、馬鹿にならない金額だ。……最悪の場合、クロードに頼るか。

相変わらず目元が見えないせいで表情が読み取りにくい。だが、彼の口元が「まいどあり」とゆるりと弧を描いたのだけは分かった。癪《しゃく》に障る笑みだ。俺は再び舌打ちしつつ、その場から立ち去った。

眼前に広がる、赤。鼻腔《びこう》を突き刺す鉄の臭いと耳にこびりつく苦悶《くもん》の呻《うめ》き声に、俺は思わず顔をしかめた。ここは、どこだ？　訝りながら周囲を見回す。分からない。全く見覚えがない。だが、どうやらここは戦場らしい。

「……化け、物、が……」

苦しげに掠《かす》れた声が足元から聞こえる。視線を落とすと、そこには憎々しげに俺を睨む青年がいた。彼はその輝く金髪を血や土塊で汚し、片腕と片足を失い、見るも無残な有様だった。生きているのが不思議なくらい。

化け物とは、俺に向けた言葉か？　そう困惑する一方で、俺は至って冷静にその金髪を見下ろしていた。

「いかにも。俺は化け物だ。だがな――」

俺の口が勝手に動く。困惑しきりの俺をよそに、俺の足はひとりでにその金髪頭を踏みつけていた。

「――俺を化け物にまで堕としたのはお前ら人間だ」

思い出したように憎悪が心を満たしていく。人間への、世界への、そしてどこまでも俺を不幸のどん底に突き落とす運命への。その憎悪に駆り立てられるようにして、俺は足の下にある金髪を踏みにじった。呻き声が聞こえる。胸がすくようだ。この暗い悦《よろこ》びは何にも代えられないだろう。

俺は大それたものを望んでなどいない。ただ小さな平穏を望んでいただけ。だが人間は、世界は、運命は、それすらも許してはくれなかった。俺には暗い闇がお似合いだと、何度もなんども、嫌になるほど突き落としてきた。

ならば——ああ、答えはこんなにも簡単なものだったのだ。

《なあ、アレス。だから我がずっと言っていたであろう？》

軋《きし》むような邪神の声が頭の中で反響する。だが不快には感じない。ああ、そうだ。お前の言う通りだった。お前が正しかった。もっと早くこうしていればよかった。

「……お前は、どうして……人間を憎む？」

声を発するのは苦しいだろうに、それでも俺の足の下にいる金髪男は尋ねてくる。俺はそのあまりに無神経な問いかけに、思わず笑い出したくなった。

「なぜ？　ハハ、笑えるな。憎んできたのはお前ら人間が先だってのに」

笑い出したくなり、それと同時に、腹の底がカッと燃えるような怒りも感じた。

俺だって憎みたくなかった。守りたいとすら思っていた。だがそのささやかな願いすら、いつもいつもへし折ってきたのはお前ら人間だ。……俺だって、叶《かな》うならば「どうして人間を憎む？」と問えるような人生を送りたかったさ。

言葉にするのも追いつかないくらい大量の感情が俺の中で荒れ狂う。笑いたいのか、泣きたいのか、怒りたいのかも分からない。

《殺せ、アレス》

邪神の声が鳴り響く。まるで福音のように。

《その男を——光の英雄を殺してこそ、お前の人間への復讐《ふくしゅう》は完遂する》

俺はその声に導かれるようにして、燃え盛る炎の剣を振り上げる。ああそうだ。お前の言う通りだ。いつだってお前は正しかった。ただ、愚かな俺がいつまでも紛い物の希望に縋《すが》りたがっていただけで。

《そしてこんな世界など、我と共に壊してしまおう――》

――叫び声で目が覚めた。

辺りを見回す。……大丈夫、ここは俺の部屋だ。手のひらを見つめる。……大丈夫、俺はまだ人間だ。大丈夫、俺はまだ大丈夫だ。人間を恨んじゃいないし、世界に絶望もしていない。俺は魔王じゃない。大丈夫。落ち着け。まだ大丈夫だから――。

何度もなんども自分にそう言い聞かせる。だが、胸の内を焦がす暗い炎は消えない。邪神の声に従い、全てを諦《あきら》めてしまえばもっと楽になれるんじゃないか。そう囁く声は消えない。最近、邪神に引きずられそうになることが増えた。だが、こんなに生々しい夢を見るのは初めてだった。

いや、これは本当に夢なのか?

これは夢ではなく、目の前で待ち構えているかもしれない未来じゃないのか? 俺が抗うことを諦め、邪神の声に従った先にあるはずの。であれば俺は、どうなってしまうんだ? 光の英雄と、そう邪神は言った。なら俺は、邪神の声に負けてしまったら俺は――。

「……アレス?」

その声にはたと我に返る。扉を開けた先には、シリウスが立っていた。眠たげに目を擦り、恐る恐る様子を窺《うかが》うようにこちらを見ている。

「アレスの叫び声が聞こえたから目が覚めちゃったんだけど……大丈夫？」

「シリ、ウス……」

そのやわらかい声色にどうしようもなく安心する。顔が情けなく歪《ゆが》んでいくのが自分でも分かる。

シリウスは俺の様子に息を呑んだ。けれど、慌てたように俺のもとまで駆け寄り、そしてどこまでも優しい声で「どうしたの？」と尋ねてくれた。

無性にその温もりが欲しくなって、俺は彼を抱きしめた。彼のその温かさで、暗い感情が少しずつ溶けてなくなっていくのを感じる。

「……シリウス、俺は、人間だよな……？」

思わず不安が口からこぼれ落ちた。

怖い。このまま俺は、人間じゃなくなってしまうんじゃないか？　現に、人間を魔族にしてしまう方法だってどうやら存在するらしいのだから。

だが口にしてからすぐに後悔した。人間だよな、なんて突然問われて、シリウスが困惑しないはずがない。案の定彼は絶句している。

「……悪い。変な夢を見ただけだ。忘れてくれ」

けれど彼はかぶりを振って「人間だよ」と優しく答えた。彼はやわらかく俺を抱きしめ返し、再度囁く。

「君がどんな夢を見たかは、よく分かんないけどさ……大丈夫、アレスは人間だよ。何も不安に思うことなんてない」

鼻の奥がつんとした。どうして彼はいつもいつも、俺が一番欲しい言葉を、優しく手渡してくれるのか。あんなに生々しく恐ろしかった夢は、今となっては霞《かすみ》のようにぼんやりとしている。

顔を上げると、彼は眉《まゆ》を下げて心配そうな瞳で俺を見つめていた。その表情にも心が温かくなる。

「……ああ、ありがとう」

「……大丈夫？」

頷《うなず》くと、ようやく彼は表情を和らげて「よかった……」とため息を吐《つ》いた。そんな風に心の底から心配されることに、俺がどれだけ救われているかなんて、こいつは考えもしないんだろうな。

シリウスの髪をくしけずるように撫《な》でると、彼は嬉《うれ》しそうに目を細めた。かわいいな。苦しくなるほど彼はかわいい。こうやって頭を撫でられる権利が、一生俺のものだったらいいのに。

今までのシリウスは、うるさいくらいに俺のことを好きだと言ってくれていた。けれど、最近は全く言わない。……俺がそうあるべきと考えていた通りに。もしかしたら既に、誰か好きな子でもいるのかもしれない。

そうあるべきだと分かっているのに、ずっと俺だけを見ていてほしかった。……なんて、俺はどこまでわがままなんだ。世界を知ったばかりの彼ならともかく、色々な人やものに出会って成長した後の彼が、こんなどうしようもない俺なんて選ぶはずないのに。

団員から色々と噂を聞いた。曰《いわ》く、第二の神風様ともいえるような逸材が魔導学校にいると。彼はいつの間にか、それほどまでに成長してしまっていたのだ。できることなら、もっとゆっくり成長してほしかった。そしたらもう少し長く、俺のことだけを見ていてくれたかもしれないのに。

彼が独り立ちをしたいと言ってきた時に、俺は受け入れられるだろうか。彼が好きな人を紹介してきた時に、俺は笑って祝うことができるだろうか。今じゃもう、どちらも全く自信がない。……シリウスもかわいそうにな、こんな男に好かれてしまうなんて。

彼を手に入れるつもりはない。そこまでかわいそうなことができるはずもない。彼にはいつか、誰かと幸せな未来を築いていってほしいから。こんな俺なんかとじゃなく、もっと素敵な誰かと。

だから、せめて――、

「……起こして悪かったな。おやすみ」

こうやって、何気ないふりをして額にキスを落とすことくらいは、許してくれないだろうか。それ以上は決して望まないから。その後すぐ背を向けてしまったから、彼の表情は分からなかった。けれど、しばらくした後に聞こえた「……おや、すみ」という声は、少なくとも嫌そうではなかったと、そう信じたい。

◆
◆
◆

――数百年前、この世界を滅ぼさんとした恐るべき魔王は、光の英雄の聖剣により殺されたと言われている。聖剣は、彼を煽動《せんどう》していた邪神も共に滅ぼしたという。それが、この世界の大半の人間が信仰する宗教、「クライヴ教」が最初に教えることだ。

クライヴ教は、初代の光の英雄の名をとってそう呼ばれる。この宗教の教義は簡単に言えば、我ら人間を守り慈しみ給う秩序神を信仰しなさい、そして世界の救世主様たる光の英雄を崇《あが》めなさい、といったものだ。この世界においてクライヴ教の教える伝説はほぼ全て真実だ。秩序神も破壊神も魔王も光の英雄も、実際に存在した。

けれどそんなクライヴ教にも、たった一つ嘘を教えている部分がある。それは、邪神は決して滅ぼされてはいないということだ。邪神は滅んでいないし、今もなお虎視眈々《こしたんたん》と世界を滅ぼす機会を窺っている。ただ数百年もの間まともに動けないほど弱体化していて、その上聖なるロザリオに封印されていただけで。

そのことを知る人間は、恐らく世界に数えられるほどしかいないだろう。クライヴ教のお偉いさんですら知らないかもしれない。確実に知っているといえるのは、この世界のオリジナルである『蒼天《そうてん》のアルカディア』を知っている僕と、邪神は滅んでいないと身をもって知っているアレスさんと、それから恐らくもう一人。

――光の英雄の故郷であり、彼が魔王討伐後に築いた国である「グローリア王国」の現国王、コンラート・グローリアのみだろう。

我が国アドウェルサは光の英雄が魔王を倒した地だ。そのため光の英雄が手にしていた聖剣は、我が国の国宝として厳重に保管されている。『蒼アル』の主人公は、魔族から逃げる際に神に導かれるようにして聖剣を手に取り、隣国へと逃げていくのだ。けれど聖剣のみでは邪神を滅ぼせない。邪神は完全体ではなく、その半身は「聖なるロザリオ」の中にあるからだ。

聖なるロザリオとは、初代聖女が秩序神から授けられて愛用していたものだ。初代聖女というのは初代光の英雄の仲間であり、彼と共にグローリア王国の礎を築いた伴侶《はんりょ》のことである。初代聖女は魔王に立ち向かった際、邪神を完全に滅ぼすことは無理だと判断し、半身をロザリオに封印したそうだ。このロザリオはグローリアの王宮にて、厳重な管理のもと保管されている。国家機密なのだ。

なぜなら、ロザリオに邪神が封印されているという事実が知れ渡れば、クライヴ教の教義と矛盾が生じてしまう。矛盾が生じた結果起こる世界の混乱は、考えるだけでも恐ろしい事態を引き起こすだろう。そのため、ロザリオの存在はグローリア国王にのみ代々伝わる秘密だという。

そして現在、聖なるロザリオに邪神が半端に封印されているため、邪神討伐は困難を極める。たとえば、邪神の依代《よりしろ》であるラスボスを無事倒せたとしよう。しかしその場合、邪神がもう一つの依代である聖なるロザリオに逃げてしまえば、完全に滅ぼすことはできない。もちろん弱体化はするだろうが、いずれは邪神の力でラスボスを蘇《よみがえ》らせ、再び立ち向かってくることすらできてしまう。

奇《く》しくも邪神の復活を妨げているロザリオが、邪神のことを守ってしまっているのだ。

そのためゲームでは、ロザリオを完全に破壊してからラスボスごと邪神を倒していた。けれどロザリオを破壊した場合、邪神は完全体になってしまうし、アレスさんが完全に乗っ取られる可能性が高くなってしまう。だからこの方法は使いたくない。

ちなみに、邪神の依代となる存在はこの世界に三つある。そのうちの二つがロザリオとアレスさんで、残りの一つは『蒼アル』で裏ボスと呼ばれる男だ。彼はかつての魔王の狂信者で、彼の行動の全てはかつての魔王に帰結する。こいつが全ての元凶でこいつがいたからアレスさんは——いや、まあ、裏ボスへのヘイトはさておき。

とにかく、聖なるロザリオを破壊しなければ邪神を倒すことはできない。けれどロザリオをただ破壊するだけでは、アレスさんが危険に晒《さら》されてしまう。だから破壊する前に、なんとかしてロザリオに憑いている邪神を弱体化させなければならないのだが――。

「――我が国へようこそ、アドウェルサ王国魔導師団長殿」

目の前の男は、やわらかい笑みを浮かべながら穏やかに問いかけてきた。だが穏やかなのは表面上だけで、彼の緑色の目は決して笑っていない。冷ややかな色をしている。

目の前の彼はコンラート・グローリア。北の大国グローリア王国の君主であり、恐らく聖なるロザリオの真実を知っているだろう男だ。僕は今、グローリア王国に魔導師団長として外遊していた。名目はアドウェルサ王国の建国記念に際した友好国との関係の強化、である。

僕はいくつかの国をアドウェルサの宰相と共に回った後、僕だけ一足先にこの国へ来ていた。グローリアの国王に聖なるロザリオについての話を内密に持ちかけるためだ。聖なるロザリオをどうにかするには、現在の持ち主であるグローリア国王に話を通してから、まずはロザリオの現状を確かめなければならない。

そう、まずは、グローリア国王に話を通さなければならないのだ。我が国アドウェルサと関係の浅い大国の国王に、国王以外知らないはずの国家機密についての話を。

……無理ゲーでは？

「ご歓迎いただきありがとうございます、陛下。名君と名高いコンラート陛下のお顔を直接拝見することができて、大変光栄です」

僕は営業スマイルを作り、穏やかに返しつつも、内心は冷や汗を思いっきりかいていた。なぜならコンラート陛下にしっかり圧をかけられているからである。まあ彼の警戒もごもっとも。僕一人が先んじてこの国にやってくるなんて、何かやましい思惑があると思われて然りだ。

コンラート陛下は他国の王と比べても、一段と王者の貫禄《かんろく》とオーラがすごい。カリスマ型の王なんだろう。我が国の調整型の柔和な陛下とはまた違ったタイプだ。

「はは。世界に名を轟《とどろ》かせる神風殿にそこまで言っていただけるとは、私こそ光栄だ。して……貴国からは宰相殿も来られると伺ったが？」

「ええ、それが……先んじて文でもお伝えしましたが、レヴノ王国での会談に少々時間がかかっておりまして。陛下をお待たせするのも忍びなく、私のみ早馬で馳《は》せ参《さん》じたのです」

大嘘である。僕がコンラート陛下とサシで話す時間が欲しかったため、宰相に無理を言ってそういうことにしてもらった。宰相には昔から、それこそ僕が魔導師団に入りたての頃から迷惑ばかりかけているため、もはや無茶ぶりには諦められている。

「ほお……」

彼は若草色の目を細めて呟《つぶや》いた。明らかに怪しまれている。僕は内心震えながらも営業スマイルを保った。彼が怖くて全部嫌になってきた。もうおうち帰ってもいい？

「……貴公の心遣いに感謝する」

少しだけ空気が緩む。どうやら合格だったようだ。とりあえず、僕に敵意がないことだけは分かってもらえた……のかな？　もらえているといいなあ……。

彼はさっきよりも幾分かやわらかい表情で、僕にこう促した。

「せっかく遠くからいらしたのだ、ゆっくり休まれてはいかがかな。それか、貴公さえよろしければ、是非我が国の騎士団を見学していただきたい。皆、噂の神風殿を一目見たいと楽しみにしていたようでね」

「お気遣いありがとうございます。ええ、私としましても是非、貴国の騎士団を見学させていただきたく存じます」

「そうか、それはありがたい。では私が案内させていただこうか」

「陛下直々にですか。それはなんとも恐れ多い」

「いやなに、貴公のお相手を適当な者に任せる訳にはいかないのでね」

そう言われ、彼自身に案内されながら王宮内を進む。もちろんこの展開は予想済みだったのだが、果たしてここからどうアレスさんの、ひいてはロザリオの話に持っていこうか……と僕は内心頭を抱えていた。

そうして辿《たど》り着《つ》いた騎士団の訓練場で、僕は度肝を抜かれた。ここは戦場かと錯覚してしまうほど張り詰めた雰囲気の中、訓練が行われていたからだ。しかも全員身体が鍛え上げられていて、うちの団とは全く違っている。まず気迫が違う。下手に足を踏み入れたらたぶん殺される。

――こんなとんでもない騎士団の元団長に、魔道師団なんていうゆるふわ組織の訓練を任せちゃってたのかあ……。

そりゃ、心構えもやり方も何もかもが甘すぎるとアレスさんが散々にこき下ろすわけだ。こんな騎士団と比べられちゃ、悪いがうちの団なんてままごとみたいなもんだ。

言い訳をさせてもらえるなら、僕が団長になるまではそもそも組織としての形を成していなかったのだ。そんな組織を一応真っ当なものに変えた僕は、褒められてもいいはずなんだけど……この光景を見ていると、全く自信がなくなる。……僕は本当に団長として、やるべき仕事をやれていたのか？ 僕、今まで何もできてなくない？

そんな鬼気迫る訓練を行なっていた騎士団だが、ある一人――恐らく現団長だろうか？――がこちらに気付くと、すぐさま靴音を鳴らし「総員、敬礼！」と号令をかけた。すると皆ピタリと訓練を止め一糸乱れぬ敬礼をこちらにしてきたものだから、僕はさらに愕然《がくぜん》とした。

……軍事組織って、こんなに国によって違うものなの？ 僕、泣いてもいいかな？

この国の騎士団には、人身売買に関わったり、素知らぬ顔で不正を揉《も》み消したり、それどころか闇オークションの主催者側に回ったりするような人間は一人もいないんだろうなあ……と思うと、もはや死にたくなる。

「楽にせよ」

そしてコンラート陛下が軽く手を上げると、今度は皆ザッと敬礼をやめる。……うちの団がここまでの練度に達するには、あと何十年かかるだろうか……。

「こちらはアドウェルサの魔導師団長、神風殿だ。決して無礼のないように」

コンラート陛下の言葉にピタリと揃《そろ》った肯定の返事がなされた後、一気に彼ら全員の視線が僕に集まった。容赦なく注がれる彼らの視線が痛い。……僕の格好、何かおかしかっただろうか。それとも彼ら騎士団員に比べて僕があまりにも貧弱そうだから、驚かれているのだろうか。

そう考えていると、隣から「すまない」と声をかけられた。

「うちの騎士団は見ての通り、無骨で粗野な者しかいないのでね。神風殿がこれほどにも優美で見目麗しい方だとは思わず、皆見惚《みと》れてしまっているのだろう」

それが本当かは分からない。実際のところは、ただ全員に舐《な》められているだけかもしれない。が、僕は彼のその気遣いに感謝して「いえ、そのようなことは……お恥ずかしい限りです」と謙遜《けんそん》して微笑んだ。

すると団員がどよりとどよめく。……もしかして、グローリアでは謙遜は悪だったのか？　戸惑う僕に、コンラート陛下は笑いを含んだ声でこう言った。

「ああいけない、神風殿。そのように微笑まれては。貴公の美しく眩《まばゆ》い笑顔に皆が恋に落ちてしまったらどう責任を取るおつもりだ？　貴公はご自分の魅力をもっと自覚なさるべきだ」

……彼は『蒼天のアルカディア』でもこういう男だった。息をするように相手を口説く遊び人、それがコンラート・グローリアだ。僕は彼に「お戯れを」と笑みを返し、騎士団長らしき男にそっと手を差し出した。

「アドウェルサの魔導師団長、クロード・フランセルと申します。貴方《あなた》が騎士団長ですか？」

彼はなぜか呆《ほう》けたように僕を見つめていたが、やがて我に返り、僕の手を握りながら頷《うなず》いた。

「はい。カミルと申します。大魔導師神風殿のお噂はかねがね聞いておりますので、こうしてお会いできて嬉《うれ》しく思います」

「光栄です。ですが私は、そう言っていただけるほど大層な人間ではありませんけれどね」

「ご謙遜を。……それで、もしよろしければ、この場で何か一つ魔法を見せていただくことはできますか？　我が団には神風殿に憧《あこが》れる団員もおりますので、彼らのためにも是非」

「憧れる……私にですか？」

僕は思わず面食らった。憧れるって僕に？　なんで？　それもアドウェルサから離れたこんな国でどうして？　そんな大層なことは一切していないし、僕なんてただのモブなのに。困っていると、コンラート陛下からの「私からも頼む」という追撃を食らったため、戸惑いながらも僕は魔法を使うことにした。

人のいない辺りに手のひらを向け、何かあっても大丈夫なように結界を展開する。何を使おうか。考えたが、この国で大立ち回りを演じることはまずないだろうから、それなりに魔力を消費する神級でも構わないか。それならば、一番分かりやすい魔法はこれだろうか。「大した魔法は使えませんので、あまり期待されても困りますが」と一応前置きして、僕は詠唱を始めた。

「風よ、我が手に集いて形を成せ。彼の者に裁きの嵐を」

すると僕の手から嵐が生み出され、轟音《ごうおん》を立てて土埃《つちぼこり》を巻き上げていく。この魔法は使い勝手がいいので大好きだ。大ダメージだし、射程範囲はかなり広いし、近距離でも遠距離でもいける。それに多めに魔力を込めれば、一撃で巨大な竜巻さえも相殺できるコスパの良さまで持ち合わせている。

あと何より「裁きの嵐を」という詠唱がめちゃくちゃかっこいい。僕の厨二心《ちゅうにごころ》をがっつり掴《つか》んで離さないのだ。確か神風という僕の二つ名は、この魔法から来たんだったか。僕があまりにこればかり使っているから。「裁きの」嵐をという詠唱だから「神」の風。なるほど頷けるネーミングだ。

ある程度魔法を展開してみせたところで、僕はパチンと指を弾いて魔法を消した。指を弾いた意味？　もちろんかっこいいからだ。別に指を弾かなくても魔法は消せるので、それ以外の意味は特にない。

「こんなものでよろしいですか？」

どうせならもっと盛大にサービスした方が良かったかと考えかけたが、杞憂《きゆう》だったようだ。幸いなことに、大いに沸いてもらえた。大袈裟《おおげさ》に思えるほどの大量の賛辞を受け取り、気恥ずかしいような居心地の悪いような気持ちでいると、それに気付いてくれたのかコンラート陛下は団員に対し訓練に戻るよう命令を下した。

ようやくほっと息を吐いた時、彼は僕にこう言葉をかけた。

「噂には聞いていたが……噂以上の実力だな、神風殿」

「いえ、それほどでも」

「はは、あまり謙遜なさるな。過ぎた謙遜は嫌味になりかねないぞ？　……我が国には貴公のような抜きんでた実力の者がいないのでな、アドウェルサの王が羨《うらや》ましい」

笑いながら言うコンラート陛下。だが口調に反してその瞳《ひとみ》は心なしか寂しげで、僕ははたと気付いた。確かに、抜きんでた実力を持つ人はいないのかもしれない。……今は。

「そうなのですか？　いえ、ですが私にはグローリアが羨ましく思えます。お恥ずかしながら私は指導があまり上手くなくて、どうしても団員の実力にムラができてしまうのですよ。ですから、貴国の統率のとれた騎士団がとても羨ましい」

「確かに、天才は概してそうだと聞く。だが、貴公のような大魔導師がいれば国は安泰だろう」

「そうでしょうか……ああですが、そういえば――」

僕は密かに覚悟を決めた。自然に、あくまでごく自然に聞こえるように言葉を口に乗せる。

「我が団も一年ほど前に、非常に優秀な方を迎えましてね。彼の指導の甲斐《かい》あって、状況はだいぶ改善されつつあるのですが」

「ほう、左様か」

「ええ。たまたま市井で親しくなり、私が登用した男なのですがね。なんでも、訳あって辞めたそうですが、以前は別の国で騎士団の団長を務めていたとか」

案の定コンラート陛下は固まった。そして縋《すが》るような目で、掠《かす》れた声で囁《ささや》く。

「……その男の、名は」

あくまで僕は、この話において優位でいなければならない。なぜなら無理な交渉を持ちかける側だから。下手《したて》に出て突っぱねられたら目も当てられない。だから僕はゆるりと余裕ぶった笑みを浮かべて、答えた。

「アレス、という黒髪の男です」

――コンラート・グローリアという男は、『蒼天《そうてん》のアルカディア』における仲間キャラの一人だ。序盤から主人公に対して好意的な王様として折に触れて登場し、途中で満を持して仲間になるのである。

ではなぜ彼は主人公に対して好意的で、途中で王位を捨ててまで仲間になるのか。それは、自分の手で世界を守るという強い意志を持った主人公を見て、在りし日のアレスさんと重ねてしまったからだ。

彼、コンラート・グローリアはアレスという男を心底大切に思っている。若い頃は放蕩《ほうとう》王子と呼ばれてふらふら遊び歩いていた彼が名君へと変貌《へんぼう》したのは、誰かを守ることに熱意を傾けるアレスさんの隣に自信を持って立ちたくなったからだ。それくらい、彼にとってアレスさんは大きな存在なのだ。

それほどまでに大切な友を国から追い出した彼は、何度も強い後悔を重ねる。もとより女好きと酒好きのきらいがあった彼だが、アレスさんを国外追放してからは自暴自棄なまでに酒と女に溺《おぼ》れ始めてしまう。そのせいで、主人公の仲間としての彼は酒と女にだらしない駄目な大人なのだが……。

そんな彼が魔王としてのアレスさんと再会した時の思いは、想像するに余りある。『蒼アル』での彼はずっと、苦悩しながらアレスさんに刃を向けていた。俺のせいだ、俺が祖国から追い出したからあいつは人間に絶望して、「魔王」という存在に成り果ててしまった、と。

……僕は、できることならそんな未来を見たくない。アレスさんとコンラート陛下にはまた昔のように笑い合ってほしい。『蒼アル』オタクとしてはぜひ、そんな幸せなイフを見てみたい。

――だから僕は今、この国でコンラート陛下と向き合っているのだ。

「その男の話を、詳しく聞かせてくれるか」

　訓練場から応接室の一つに移動してすぐ、コンラート陛下はそう尋ねてきた。僕が応接室の椅子に腰かける間もなく。彼の顔からは余裕が失われていた。若草色の瞳は痛いくらいに真剣な光を宿している。

　僕は「まずは座ってください、陛下」と彼を促し、自分も腰かけてから、再び口を開いた。

「私の知っている範囲でよろしければ」

「なんでもいい、知っていることを全て聞かせてくれ。……本当に、その男の名はアレス、なんだな」

「ええ。陛下のご友人のアレスで間違いありませんよ」

　彼は息を呑《の》んだ。口を開かないまま何度か瞬きを繰り返す。やがて、彼は静かな声で問いかけてきた。

「……どこまで、知っている？」

「恐らくは全て」

「どうして――ああ、いや。違う。今そんなことはどうでもいいんだ。それより、そんなことよりあいつは――アレスは、今どうしてる？」

「彼は今、我が団で団員の訓練を担当しています。実質副団長ですね。私が外遊にあたって彼に一部の権限を一時的に譲渡したため、なおのこと」

「そうか、それで、だな……アレスは、その、ええと……」

逸《はや》る気持ちを抑えられないのか、彼は不明瞭《ふめいりょう》な言葉を重ねる。そして最終的に尋ねられたのは、ささやかな祈りのような問いだった。

「あいつは……今、幸せそうか……？」

彼の声は痛いくらいに切実だった。彼は一体、アレスさんを国から追い出した数年前から、何度彼の身を案じたんだろう。きっと、数え切れないほどの心配と後悔を重ねたはずだ。でなければ、こんな表情をするはずがない。

僕は、彼ら二人の関係をシナリオとしてしか知らない。だけど、彼にとってアレスさんは一番の親友であり、同時に弟のようなものでもあったんだろう、ってことは分かる。彼の若草色の瞳の温かさが、愛しい家族に向けられるものにも似ているから、僕はそんなことを考えた。

幸せそうか――そう問われ、僕の脳裏にはある日のアレスさんがよぎった。

あれは、僕がアドウェルサを発つ数日前。副団長派の頑なな態度にうんざりしながら二人で話し合っていた時のことだ。ふと、真剣な表情で色々と考えてくれるアレスさんに疑問が湧いたのだ。彼は、どうしてここまで真剣になってくれるのだろう、と。

グローリアを必死に守るならまだ分かる。生まれ故郷だからだ。だが、なんの縁もゆかりもない、まだ過ごし始めて二年も経っていないこの地のために、どうしてここまで尽くしてくれるのかと。その問いを本人にぶつけてみると、アレスさんは意外そうな顔になったのだ。

「どうしてって……言われてみればそうだな。俺がここまで必死になる義理は、ないといえばない……のか？」

「だってアレスさん、愛国心とかないでしょ？　君の働きに見合う十分な報酬を与えられてるとも思えないし。……あっ、だからいなくてもいいとかじゃなくてね!?　僕は本っ当に心底助かってるから！」

「そんなに慌てなくても突然出ていきゃしねえよ。少なくとも……あと二年弱だったか？　この国が魔族に襲われる日ってのは。それまでは確実にここにいる」

アレスさんは僕の様子に苦笑をこぼすと、こう呟《つぶや》いた。

「俺は別に、国のために尽くそうとか、何かの報酬の対価だとか、そんな理由でここにいるんじゃねえよ。ただ……」

「ただ？」

「……遠からず大勢の人間が死ぬ未来が来るって分かってんのに、知らないふりなんざできるか。それに——この生活も悪いもんじゃねえ。それだけだ」

悪いもんじゃねえ、そう言い切った彼の顔は穏やかだった。『蒼アル』での彼は、騎士団長時代の回想シーンを除けば、ゲームのムービーでもコミックスでもアニメでも、これほど優しい表情はついぞ見せなかった。だからきっと、今の彼は——幸せなんじゃないだろうか。そうだといいな。

「ええ、幸せだと思いますよ」

でなければ、あんなに穏やかな表情はしないだろう。……そんな表情も、感極まって思わず泣いてしまった僕を前にして、即座に引《ひ》き攣《つ》ってしまったのだが。

コンラート陛下は目を見開いた。その若草色の瞳がみるみるうちに潤んでいく。

「……よかった」

震える声でそう囁く彼の瞳から、雫《しずく》がこぼれ落ちる。彼は目元を乱暴に拭《ぬぐ》い、ばつが悪そうに「すまない。見苦しい姿を見せたな」と呟いた。僕は「いいえ」とかぶりを振って言葉を続けた。

彼に伝えたいと思った。アレスさんが「昔の友達」「古い友人」「一番の友」なんて色々な言い方をして、時折ぽつぽつと彼の話をしてくれたことを。切なげに、そして思い出を愛おしむように。

「コンラート陛下は以前、彼にリュートをお渡しになったことがありませんか？　陛下のお名前を刻まれたものを」

「どうして、それを……」

「以前彼がそのリュートを私に見せてくれたことがありましてね。これは友にもらった大事なもんなんだ、と」

「…………あいつはまだ、俺のことを友だと言ってくれるのか……」

彼はそれだけ絞り出すように囁くと、とうとう目元を覆ってしまった。僕がハンカチを差し出すと「すまない」と掠れた声で受け取られる。僕まで涙が出てきそうになって、僕はそっと上を向いた。

込み上げてきそうだったものをなんとか僕が堪えて収め切った頃になって、ようやく彼は顔を上げた。僕が貸したハンカチを手早く魔法で乾かし、丁寧に畳んで返してくる。

「助かった。すまなかったな」

「いいえ、お役に立てて何よりです」

僕はそれをそっと懐にしまいながら思った。主人公やらラスボスやらが近くにいるため当たり前のように感じるが、息をするように気負わず生活魔法を使えるのはとんでもない実力者の証であるはずだ。……やっぱり、終盤で仲間になる強キャラなだけあるなぁ……。

「なんにせよ、アレスの近況が知れてよかった。……もしや、貴公がわざわざ一日早く我が国へ来たのは、この話を私にするためか？」

さすがに、僕が彼と私的な話がしたかったことは最初からバレていて、分かった上で乗っかってくれていたんだろうなあ。僕は心の中で苦笑し、頷《うなず》いた。

「ええ。陛下とアレスさんが古くからの友人であることは存じておりましたから」

「そうか……アレスがそう話したか？」

「いいえ」

途端に、彼はきょとんとした顔になった。ならなぜ、と言いたげな顔だ。話すならいい雰囲気になった今しかない。なんとかこの和やかな雰囲気のまま、話を押し通してしまいたい。

「彼は過去を話したがりませんから。古くからの友人の話は彼から何度か聞きましたが、その友人の名は一度として聞いたことがありません」

「ならば――」

「彼に聞かずとも知っていたからです。陛下と彼の出会いも、ご関係も、この国で一体何があって、どうして彼が国外追放の刑に処されたのかも、全て」

「……なぜ？」

僕は彼の瞳をじっと見つめた。少しでも、今からする話を信じてもらいたくて。

「――私のこの話は、かなり突飛なものでしょう。信じていただくのは難しいかと存じます。ですが、非常に重要な話です。陛下のご友人である彼のためにも。……聞いていただけますか？」

「聞こう」

彼は迷いのない強い目をしていた。だから僕は一つ頷いて、簡潔に話した。僕はこの世界の大まかな運命を知っていること、その運命においてコンラート陛下とアレスさんは重要な役割を担っていること、そのため二人の関係性は全て知っていたこと。

そこまで話すと、彼はこめかみを押さえた。

「世界の、運命……？　なんとも規模の大きい話だ……にわかには信じ難い……」

「はい。私も簡単に信じていただけるとは考えておりません」

「…………話を先に進めてくれ。して、その運命とは？」

僕は一瞬言葉に詰まった。魔王率いる魔族がアドウェルサを滅ぼす、という部分だけはルークス殿下にもアレスさんにも話した。けれど、それ以外は誰にも話したことがない。シナリオの重要な部分は全て二人に伏せたままでいる。誰が魔王となり、誰が光の英雄となり、そしてどうなるのかは。

彼ら二人に話すだけならその部分だけで十分だった。けれど、コンラート陛下に話すならそれだけでは不十分だ。誰がなぜ魔王となるのか、その部分を話さなければ。だが――。

「……陛下にとっては、非常に不愉快な話となることでしょう。それでも、よろしいですか？」

「不愉快だろうが何だろうが……それが運命だというのならば、受け入れ立ち向かうしかあるまい」

彼の覚悟の決まった強い表情を見て、僕も腹を括《くく》った。どんな反応をされようと、話さなければ始まらないのだ。僕は一つ頷いて、口を開いた。

「光の英雄の伝説はご存じですね？　魔族を率いる魔王が邪神と共に人間を根絶やしにしようとしますが、光の英雄がそれを阻止して魔王を討ち倒す、という」

「無論だ」

「その伝説と同じようなことが、近いうちにまた起こります。蘇《よみがえ》った邪神が魔王の末裔《まつえい》である男を操り、魔族の生き残りと共に人間に反旗を翻すのです」

「そんな……邪神が、再び蘇るはずは――」

「いいえ。私の予想が正しければ、聖なるロザリオは既に半壊状態のはずです」

彼は言葉を失った。それもそのはずだ。聖なるロザリオの存在は、グローリアの王座を継いだ彼以外、知っている訳がないのだから。ややあって、彼は掠《かす》れ声で呟く。

「……本当に、全て知っているのだな」

「はい。……封印を解いて蘇った邪神はしかし、本来の力を取り戻してはいません。ですので魔王の末裔の男に取り憑《と》き、彼の力を借りて世界を滅ぼそうと思い至るのです。そしてその男こそが――アレスさんです」

「馬鹿な――」

信じられない、否、信じたくない、とその見開かれた彼の目が雄弁に語っていた。僕はできるだけ淡々と、感情を込めずに続ける。

「簡単に私の知っている運命を話しますと、グローリアを出たアレスさんはその後何度も人間に裏切られて絶望し、邪神の手を取って第二の魔王となります。彼は手始めに我が国を滅ぼし乗っ取るのですが、命からがら逃げ出してきた我が国の第一王子が、第二の光の英雄として立ち上がります。英雄としてまつりあげられた殿下は魔族と立ち向かいながら世界各地を巡り、仲間を集めつつ世界を魔族から取り返していくのです。陛下は途中で殿下の強力な味方となります。最終的に、殿下は邪神ごと魔王を討ち滅ぼすのです。そうして無事魔王の滅んだ世界は平和に包まれました——と、大方そういった筋書きです」

彼は顔を青ざめさせ呆然《ぼうぜん》と僕の話を聞いていた。彼の拳《こぶし》が膝《ひざ》の上で強く握られる。やがて彼は「馬鹿げた話だ」と血反吐を吐くように呟く。

「……アレスは、人間だ」

「ええ」

「魔族じゃない。ましてや魔王でもない。れっきとした人間だ」

「存じております」

「そうだ、人間だ。それも優しくて、心が綺麗《きれい》で、いつも他人のことばかり考えているような。あいつはいつだって自分は後回しで、国を出る時ですら『それが国のためになるのなら』って恨み言一つ言わなかった。それが、なんだ？　お前の話が本当なら、あいつが魔王になる？　世界を滅ぼそうとする？　そんであいつ一人が悪者になって殺されるだって？」

言いながら、彼はヒートアップしていった。僕の胸ぐらを掴《つか》み上げ、激昂《げきこう》して吠《ほ》えかかる。

「——そんな馬鹿げた話があってたまるか！　適当なことを言うな！　俺はそんな話絶対に信じな

い！　絶っ対に信じないからな！　もしお前のそんな糞《くそ》ったれな話が本当に運命だっていうなら、俺は必ずそいつを変えてやる！　あいつは――あいつは、幸せにならなきゃおかしいんだ、絶対に、報われなきゃ駄目なんだ……！」

まさか胸ぐらを掴まれるとは思わず動揺したが、彼の悲痛な顔を見て言葉を失った。……この人に、こんな顔をするような人に、絶対にアレスさんを殺させたくない。そのためにも僕は、この話をしなければならないのだ。

「落ち着いてください。あらかじめ創世神の定めた運命がそういう筋書きであるだけです。そもそも、運命など人の手でいくらでも変えられます」

僕の言葉で少し頭が冷えたのか、彼ははっとしたように僕の胸ぐらから手を放した。そして「……すまない」と恥じ入るように再び座り直し、若干気まずげな顔で「続けてくれ」と言う。

「実際に、運命は変わりつつあるのです。本来であれば、彼が邪神に乗っ取られないまま我が国の土を踏むことはありえないはずでした。それが今や、我が団で実質副団長として精力的に動いてくれています。彼を倒すと運命づけられた我が国の王子との関係も、非常に良好です。ですから、運命はいくらでも変えられます」

「そう――だな、変えられる。否、変えなければならない。そんな馬鹿げた運命は必ず。……それで、貴公は私に何を望む？」

ようやく話が本題に入った。僕は今一度、彼の目をまっすぐ見つめた。

「聖なるロザリオが完全に壊れてしまえば、恐らくアレスさんは完全に邪神に乗っ取られてしまいます。ですから、まずはロザリオを私にも確認させていただきたいのです。そのうえで、恐らく半壊しているだろうロザリオをなんとかしなければなりません。……ご協力いただけますでしょうか？」

彼に案内されたのは、宝物庫などではなくなんと王の私室だった。他国の軍人がこんなプライベートな空間に入ってしまっていいのか。そう躊躇《ちゅうちょ》したが、「おかしなところで躊躇うのだな」と笑われたため、心を決めて中に入れていただいた。

彼は首から下げていた鍵《かぎ》を取り出し、ベッド脇のサイドチェストにそれを差し込み、鍵を開けた。

「……実のところ、私もこの引き出しを開けたことがないのだ。決して開けるなと伝えられてきたからな」

そう呟き、しばらくの間迷っていた彼だったが、僕が「陛下」と声をかけるとようやく腹を決めて勢いよく開いた。

「うっ……」

彼が不快感を露《あら》わにして呻《うめ》いたのも無理はない。ロザリオは――金色の宝玉と銀でできているはずの聖なるロザリオは、元の色が分からないほどに悍《おぞ》ましく黒ずんでいた。思わず顔をしかめてしまうほど淀《よど》んだ闇の魔力が常に溢《あふ》れ続けている。

僕は即座にロザリオを取り囲むような小さな結界を張った。けれどその結界はすぐに黒ずみ、今にも内側から破裂しそうになる。なので仕方なく僕は詠唱した。

「光よ、我に聖なる加護を与えたまえ。遍《あまね》く闇を滅却せしめる光の壁を」

僕が唯一使える光魔法の神級を唱えてさらに強力な結界を張る。それでようやく、闇の魔力の放出が止まった。

「……半壊、どころではなかったな」

彼は表情を強張らせて呟く。そのロザリオは至るところにヒビが入っていて、欠けている部分すらあった。そしてすっかり黒ずんで、闇の魔力がだだ漏れになっている。

まだ壊れていないのが不思議だ。アレスさんが闇堕ちしていないのはむしろ奇跡じゃないだろうか。彼は一体どれほどの精神力を持っているのか。

僕は恐々とロザリオを持ち上げて、試しに光の魔力を送り込んでみた。そうしたら強い反発を感じて、思わず取り落としそうになる。けれど、心なしか――黒ずみが薄くなった？

「今何をした？」

「光の魔力を送り込んでみました。心なしか、ロザリオの色が変わったような……」

「……なるほど」

人間しか使えない光魔法は、全ての魔族にとって弱点になりうる。だから邪神も例外ではないのではと思ったが……やはり光魔法には何かしらの効果があるといえるだろう。

厳しい顔をして彼がロザリオを睨《にら》み付ける。何事かを考えているのだろうか。僕も同様に黙って様子を窺っていると、やがて、彼は決心したように顔を上げた。

「……貴公の話を信じよう」

「では、どうかロザリオを私に預けていただけますか？　光魔法でわずかながら浄化されることが分かったのです！　でしたら――」

「まあ、待て。そもそもこのロザリオは我が国のものだ。……ロザリオがこうなる前に気が付けなかったのは、目を背け続けてきた我が王家の責任だ。私がその責を負うべきだろう」

僕は黙った。彼の若草色の瞳《ひとみ》が真剣な色を宿していたから。彼は続ける。

「そもそも貴公が我が国を訪れた本来の目的は、建国記念日の式典への出席の依頼、そしてそれを機に我が国と貴国との結びつきを深めること――だったな？　その式典にてこのロザリオは貴公に渡そう。できうる限り浄化をした状態でだ。我が国のツケを貴公ばかりに払わせる訳にはいかないからな。それでどうだ？」

もちろん異論がある訳もない。僕はここ数ヶ月の胃痛の種がなくなったことに嬉《うれ》しくなり、心からの首肯を返した。

「さて、と。貴公の歓待の席を設けてあるのだが、そろそろ準備も整った頃だろう。私が案内しよう」

にこりと彼が微笑み、部屋から出るよう僕を促す。僕は「恐縮です」と頭を下げて、部屋の外へ出て前を歩く彼についていった。途中までは晴れやかな気持ちでついて行っていたのだが、彼が楽しげに言った言葉によってその気分は一気に暗くなった。

「そうそう。酒もたっぷり用意してあるぞ。楽しみにするがよい」

「酒、ですか」

「ああ。我が国の酒は美味いぞ？　特にウイスキーが最高だな。我が国のウイスキーは他のどの国にも負けぬ！　シャンパンやワインは貴国の方が美味だがな」

酒かあ——僕は心中で呻いた。こんなに楽しげに勧めてもらっているのに恐縮だが、僕は酒が飲めない。正確に言えば飲めなくはないが、すぐ酔っ払うし酒癖があまりよろしくない。酔うと余計なことばかりベラベラ喋《しゃべ》ってしまうし、すぐ泣くし、かと思えばいきなり笑うし。酔うと感情が迷子になってしまうのだ。

さすがにこんな公の場で酒癖の悪さを発揮する訳にはいかない。そのため僕はそれとなく断ろうとしたのだが、

「貴公には聞きたい話が色々あるからなあ。あいつのことをもっと聞かせてくれ。それに、貴公となら旨い酒が飲めると思うのだ」

なんて嬉しそうな笑顔で言われてしまったら、断るのも申し訳なく思えて。大丈夫、きっと気をつけて飲んでいれば、大惨事にはならないはずだ——。


「信じられますぅ!?　僕二回とも！　婚約者も恋人も寝取られたんですよぉ！　ううぅ、僕の何がいけなかったんだよぉ〜……ぐすっ、僕すっごく一途《いちず》だったのにぃ……！」

「アッハッハッハッハ！　大魔導師神風殿の意外な弱点だな！　お前夜はからっきしなのか！　こりゃ傑作だ！」

「やっぱりそうなんですかね!? 僕、そんなに下手だったのかなぁ……ハァ……。どうせ僕みたいな大した特技も優れた見た目もなくて平凡な上にアッチも下手くそな男なんて一生恋愛できないんだ……」

「なぁに、クロード！ この百戦錬磨の色男コンラート様がコツを教えてやらなくもないぞう？」

「ほ、本当ですかぁ！ さすがです！ よっ、世界一の色男！ 僕、メモ取りながら聞きますんでっ！」

「ハッハッハッハ！ 世界一の色男なんて照れるじゃあないか！ ようし、心して聞け？ まずはだなぁ――」


――といった感じの会話をしたことを思い出し、翌朝の僕は頭を抱えた。実際に僕がいつも持ち歩いているメモ帳には、コンラート陛下直伝の女性の口説き方とセックステクニックが殴り書きされている。……何これ？ 物理的にも精神的にも頭が痛い。僕、あまりにもやらかしすぎでは？

途中まではお行儀よく嗜《たしな》む程度に飲んでいたのだが、コンラート陛下に勧められたいかにも強そうな酒を断りきれずに飲んだのが全ての間違いだった。つまり断れない僕が悪い。

僕の記憶が正しければ、終始彼と馬鹿騒ぎしていたような気がする。酒を覚えたての大学生の宅飲みみたいなテンションで騒いでしまった。一国の王と。どうやって用意された部屋まで戻ってきたのか覚えていないのがまた怖い。僕の酒癖の悪さのせいで、アドウェルサの印象を著しく悪くしていたらどうしよう。

そう一人で呻きながら後悔していたのだが……結論から言うと全く問題はなかった。何か苦言を呈されたらプライドガン無視で土下座して謝ろうと思っていたのに、コンラート陛下の側近からは「ありがとうございます、神風様。あれほどに楽しげな陛下は本当に久しぶりに拝見しました……。陛下が笑顔を取り戻されて本当によかった……」と頭を下げられたし。

当人は僕を見るなりニヤニヤ笑って「おうクロード、昨日は楽しかったなぁ！　ハッハッハッハ！」と昔からの友人みたいに肩を叩《たた》いてきたし。というか気付いたら友達認定されていて呼び方も「神風殿」から「クロード」になり、話し方も随分フランクに変化していたし、僕が陛下と呼ぶと「コンラートでいいと言っただろう」「様をつけるのも許さんからな？」と言われたし。

あの一晩の馬鹿騒ぎがあったおかげで、彼はすっかり僕に気を許してくれたらしい。まあ、アレスさんの近況が分かり、ほっとしたのもあるかもしれないが。

彼とすっかり仲良くなったためか、宰相殿が到着してから始まった正式な会談は、驚くほどにすんなりと進んだ。彼は終始機嫌がよかった。どころか国を出る際に彼自ら送り出してくれ、恐らくとんでもなく上質な国産ウイスキーを個人的な土産として何本も渡してくれた。

悩みの種が解消したのは本当に嬉しいし安心した。だけど……ウイスキーなんて渡されても、もうこんなにお酒飲まないって……。

グローリアでの交渉はこれ以上ないくらい上手くいった。その他の外遊も順調に終わった。恐らく建国記念式典は盛大に行えるだろう。王都に潜んでいるかもしれない魔族は気がかりだが、その他は順調だ。だから、帰国直後くらいは久しぶりにゆっくり身体を休めよう——そう思っていた矢先の出来事だった。

「いい加減にしてください……！　あなたはいつもいつもそうだ！　私の邪魔ばかりする！　あなたはこの団を、この国を壊す気か⁉　ふざけるのも大概にしてくれッ！」

僕は思わず目の前の彼に掴みかかって怒鳴った。怒りで目の前が真っ白になる。彼に対してこれほどまでに声を荒げたのは初めてかもしれない。しかし彼——副団長は、こちらを見下すように肩をすくめるだけ。

「それはこちらの台詞だよ、団長殿。我々はずっと君の平民贔屓《びいき》に我慢ならなかった、いやそもそも、この名誉ある魔導師団に下等な平民を入れることすら反対だったんだ。なのに、素性の知れない流れ者まで入れて、挙げ句の果てに重用して、実権を握らせて……こんな団長に従う理由があると思うか？」

蔑《さげす》むように口元を吊《つ》り上《あ》げ、背後に大勢集う賛同者たちを扇動する副団長。僕がアドウェルサに帰国してすぐ、副団長はあろうことか突然こう宣言してきたのだ。我々はもう団長にはついていけない、魔導師団から離反する、と。

僕にもっと権力があれば、今すぐにでもこんな国賊共を国から追い出していたのに。だが厄介なことに、副団長派は権力者が多いのだ。副団長はもちろんのこと、僕より爵位の高い公爵家の人間や、官僚と通じる人間など、手の出しにくい貴族が多くいる。

団から離反して、新たに「魔導騎士団」という組織を結成するだって？　結成してどうするつもりだ？　国から甘い汁を吸えるだけ吸おうと？　くそ、ふざけるな。

「そういう訳だ、団長殿。我々は我々のやり方で実績を上げ、こちらがより正当な組織だと国に示させてもらうよ」

「……お飾りの腑抜《ふぬ》けであるあなた方に、そんな大それたことができるとは、到底思えませんが」

あまりの怒りで頭がクラクラする。どうにかこうにか絞り出した言葉はしかし、副団長に軽く笑い飛ばされた。

「お飾りの、腑抜け？　ハハッ、せいぜい負け惜しみでも喚き散らしていればいいさ。さらばだ団長――いや、元、団長？　ハッハッハッ！」

そうして、その日、副団長派の全てが魔導師団から去ることになったのだった。

◆◆◆

「お前、一年で逞《たくま》しくなったなあ」とフェリクが言うので、僕は思わず首を傾げた。
この一年――魔導学校に入学する前と比べて、体格が劇的に変わった、なんてことはないはずなんだけど。成長期だから確かに身長は伸びたし、筋肉もある程度ついたけれど、言うほど変わっていないと思う。僕の顔立ちは「かっこいい」よりは「かわいい」に寄りがちなものだから、なおさら。それに、悲しいことにこの学校内で比べると僕は華奢《きやしや》な方だ。女子と比べても。……実は少し気にしていたりする。

それらのことを言うと、フェリクは苦笑いを浮かべた。

「いや、うん……見た目的にはそうかもな。ていうかお前、毎日こんだけ鍛えてんのになんですらっとしたまんまなの？　最近女の子ですらガチムチになってきてんのに……」

「そんなの僕が知りたいよ……遺伝？　フェリクはいいなあ……」

そういえば母は華奢な人だった。一、二回しか顔を合わせたことがない父──エルメリアの皇帝も、確か細身だったはず。少なくとも筋骨隆々ではなかった。この貧弱な身体も、「かわいい」に寄りがちな顔立ちも、遺伝なのだとしたらもうどうしようもない。

対するフェリクも大して変わっていない。ただ僕と逆で、彼は入る前から上背があり引き締まった身体をしていた。羨《うらや》ましい。

「ま、まあまあ、シリウスは今のままが一番いいから。俺が言いたいのはそうじゃなくて、なんていうか……雰囲気変わった？」

「……いい意味？」

「超いい意味！　特に戦闘訓練中のお前なんてすっげえかっこいいぜ！　こりゃあめちゃくちゃ人気なのも頷《うなず》けるっていうかさ」

「僕、人気なの？」

思わず驚いてそう問うと、フェリクは「そっからか──……」と頭を抱え出した。

「人気なんてもんじゃねえよ、シリウスは気付いてなかったんだろうけど、入学後数週間でお前の親衛隊ができて」

「親衛隊……？」

「本人たちが勝手にそう名乗ってるだけだけどな。平たく言えば、応援隊、かな。勝手にお前のことを応援するよく分からん団体」

……ファンクラブみたいなものだろうか。よく分からなかったが続きを促した。

「で、そのよく分からん団体の会員が、この学校の生徒の八割を占めてるらしい」

「……八割？」

「そ。だからこの前のシリウスの誕生日、よく知らんやつからとんでもないプレゼントが贈られただろ？　あれ、会員皆で金を出し合って買ったらしいぜ」

「ああ、あれ、そうだったんだ……」

「いきなり渡されても困るよなぁ、あんなヤバいもの」

そう。この前の僕の誕生日、あまり話したことのない生徒からとんでもないものをプレゼントとしてもらったのだ。その名も「身代わり石」。

効果はその名の通り、致命傷になり得る攻撃を一度だけ身代わりになって無効化する宝玉だ。病気や老衰には効果がないらしいが、怪我や毒、呪いなどには効くらしい。恒久的にデバフを無効化し続ける僕の黒い指輪とは違い効果は一回きりのため、世界に一つだけのものではなくそれなりにメジャーな存在だ。けれど、確かとんでもなく高価なものだったはず。

なぜそんなものを僕に渡してくるのか、そもそも本物なのか分からなかったが、捨てるのも憚《はばか》られてとりあえず部屋に置きっぱなしだった。けれど、そういうことだったら指輪か何かに加工して身につけていた方がいいかもしれない。それから、ちゃんとお礼を言い直した方がいいかな。

誕生日、といえば。僕は思わずため息を吐《つ》いた。そのため息をどう解釈したのか、フェリクは苦笑気味に言う。

「いや、気持ちは分かるぜ。正直怖いよな。なんていうか最近あいつら、信者の域に達し始めてるっていうか……」

「え？　……ああいや、僕のことを気に入ってくれるのは嬉しいし、変な気に入られ方するのは慣れてるからそれはいいんだけど」

クロードのことを思い出して僕はそう言った。僕にはよく分からないけど、気に入った相手に無償でお金や物をあげたがる人が、世の中には一定数いるんじゃないだろうか。そのことで僕が何か不利益を被ったわけじゃないし、そこは別に構わない。

「それはいいんだ……」とフェリクが呟《つぶや》く。若干引いているようにも聞こえたが、そこは無視。僕はポケットの中から懐中時計を取り出した。十六の誕生日——成人した時から持ち歩いている時計だ。一見シンプルに見えるけれど、文字盤や秒針が繊細で凝った作りになっている。それは、誕生日にアレスがくれたものだった。

「何それ、懐中時計？　うっわ、めちゃくちゃ作り細かいな。高そー……」

「……これ、アレスにもらったんだ」

思い出すと胸がきゅっと苦しくなる。これを渡してくれたアレスの優しく穏やかな顔とか、「おめでとう」と囁《ささや》く耳に心地のいい低音とか、僕の頭を撫《な》でる大きくて優しい手とか、今でも鮮明に思い出せる。嬉《うれ》しかったし、これは僕の宝物だ。だけど……アレスはいつまでも僕を子供扱いする。それは成人した今でも変わらない。

アレスはきっと、いや絶対に覚えていないけれど、僕が十四の時に彼の言った言葉を、僕は今でも覚えているのに。彼は確かに、成人しても彼のことが好きだったら、僕の「好き」という言葉を真剣に考える、とそう言っていた。言っていたのに、彼は僕をいつまでも子供扱いする。

もちろん、親同然にここまで育ててくれたことに感謝はしているけれど、僕はその関係で満足できない。でもそう感じているのは僕だけだ。アレスは僕を意識すらしてくれない。彼にとっての僕はいつまでも、手のかかる子供でしかない。……僕はこんなに、意識しているのに。

そう悩み続けていたから、その後何気なく続けられたフェリクの言葉に耳を疑った。

「へーえよかったな。これ成人祝いだろ？」

「………どういうこと？」

「え、お前知らないで受け取ったの？　親から子供に懐中時計送るのって北方の国じゃ成人祝いだぜ？　そのアレスさんがどこ出身だかは知らねえけどさ、これ送るってことは北方出身なんだろ」

僕は手の中の懐中時計に目を落とした。アレスの祖国――グローリアは北にある国だ。だからフェリクの話が本当なら、少なくともアレスは僕を「成人」として認めてはくれていることになる。遅れて笑顔が込み上げてきた。なんだ、アレスは口でどう言っていても、少なくとも僕を「大人」としては見てくれているのか。すごく分かりにくい。けれど、そういうところもアレスらしい。

ひとしきり嬉しさを噛《か》み締《し》めた僕は、ふと湧いた疑問を口にした。

「……そういえば、なんでフェリクはそんなことを知ってるの？」

知りたいことを指先一つですぐ調べられた前世とは違い、こんな世界じゃ、遠い国の風俗なんてよほどの事情がなければ知ることはない。どうしてフェリクは遠い北方の事情も知っているんだろう。フェリクは以前、農家出身の田舎者だと言っていた。けれど、その割に実家の話は皆無に近いし、遠い国のことをなぜか知っていたりする。……彼の本当の出自はよく分からない、と言ってもいい。

「たまたまだよ」

フェリクはそれだけ答えた。若干硬い口調で。彼はその後すぐへらりとした笑顔を浮かべて、別の話題に持っていった。

正直、腑《ふ》に落《お》ちなかった。けれど、本人が話したがらないことを無理やり聞く必要もないだろう。そう思い、僕は彼の話題転換に乗っかった。


「ねえアレス、これって成人祝いなの？」

夕食の席で、意を決して懐中時計を取り出しそう問いかけると、アレスは手をピタリと止めた。

「北方の国では成人祝いで親から子供に懐中時計を送る習慣がある、って友達から聞いたんだけど」

畳み掛けると、アレスは少しの間黙った。反応を待っていると、やがて彼はため息混じりに答える。

「……別にいいだろ、どうだって」

「よくないよ！　なんで渡す時に教えてくれなかったの？」

「別に、ただの自己満足だからお前には関係ねえよ」

言いながら、アレスは食べ終わった食器にまとめて生活魔法をかけて洗浄し、食器棚にさっさと戻した。僕は誤魔化されそうになっていることに気付いて、アレスの前に立《た》ち塞《ふさ》がった。「……なんだよ」と若干気まずげに彼は目線を僕から逸らす。

「自己満足ってどういうこと？」

「どうでもいいだろ」

「僕に言えないようなことなの？　……僕もう大人だから、君に誤魔化されてあげないよ」

「……大人か」

「そうだよ。……ずっと聞かないでいたけどさ、僕、君のことをなんにも知らない。君が今までどう生きてきたのかも、君の大事な友達のことも、全部。それなのにまた誤魔化すの？」

本当のことを言うならもちろん、知らない訳ではない。でも彼の口から聞いたことはない。言いたくない気持ちは分かる。だけど、こんなに一緒にいたのに、未だに何も教えてくれないのは寂しい。半ば睨《にら》むようにアレスを見つめていると、ついに彼は根負けした。「ちょっと待ってろ」と言いながらどこかに消えたかと思うと、何かの瓶を手に持って戻ってきた。

「何それ」

「酒だよ。大人だってんなら付き合え」

アレスによると、それは彼が一番好きな銘柄のウイスキーらしい。なんでもクロードに譲ってもらったと。ウイスキーなら僕も知っている。飲んだことはないけど。僕にはそのウイスキーに水と氷を足したものを渡して、自分は氷も何も足さないものを手に持って、彼は僕のものとグラスを重ね合わせた。

「……なんでお酒？」

「お前が俺の昔の話を聞きたがったんだろうが。そんなもん素面《しらふ》でできるか」

「アレスは氷とか入れないの？」

「入れねえな。このウイスキーはストレートが一番美味えんだよ」

舐《な》めるように一口飲んだアレスはけれど「無理して飲むことはないからな」と言い添える。

僕は少しの間躊躇《ためら》った。でもせっかく入れてくれたものだし、頑張って呑《の》んでみようと一口含み、驚いた。口の中に広がる苦味と飲み込んだ時に喉《のど》や胸が焼けるような感覚に目を白黒させていると、「どうだ？」と少しだけ機嫌よさげなアレスが問う。

「……これ、美味しい？」

「酒は慣れねえと不味いからな。ゆっくり慣れてけばいい」

「慣れるのかなぁ……」

「慣れるさ。俺だって初めて酒を飲まされた時は、こんな不味いもん飲めるかって突き返したぐらいだからな」

「えっ、お酒好きのアレスが？」

「俺なんて大したことねえよ。本物の酒馬鹿なんて、喜んで酒樽《さかだる》の中に頭突っ込んだり、えらく度数の高い酒を水みたいに一気飲みしたりすんだから」

そう語るアレスの目には懐かしさが宿っている。「友達の話？」と僕が聞くと、彼は頷いて、また一口お酒を飲んだ。琥珀色《こはくいろ》の液体が揺れる。

「どこから話すか……お前、何が聞きたい？」

「全部」

「ハッ、全部か。そんじゃ……俺の生まれの話からするか」

アレスの懐かしげで悲しげな、落ち着いた低い声で語られる話は、知っているはずなのに全く違うものに聞こえた。

孤児として生まれたから親の顔は知らないこと、祖国の冬は辛く厳しかったこと、孤児院ではいつも空腹や寒さに耐え忍んでいたこと。努力してようやく小さい頃憧《あこが》れた騎士になれた時の嬉しさ、それから知った訓練の過酷さ、頻繁に起こる他国との武力闘争や魔物との戦いで手柄を立てることの難しさ、必死に勝ち取った騎士団長の座の誇らしさ。

親友は酒馬鹿で夜遊びが激しくとんでもない女たらしのどうしようもないやつだったこと、泥酔した彼に絡まれたのがきっかけで仲良くなったこと、数え切れないほどの迷惑をかけられたが同時にたくさんの思い出をくれたのも彼だったこと。唯一無二の親友でありやがて祖国の王となった彼と共に、ずっと国を守っていく約束をしたこと。

話の合間にアレスはグラスを口に運び、そのたびに彼の口は少し軽くなっていく。そこまで話して彼は、机の上に置きっ放しの懐中時計にそっと手で触れた。

「そういう親友はいたが……俺には親も、親代わりの大人もいなかった。それどころか周りは敵だらけだった。だから……当然って顔して成人祝いに懐中時計をもらってるやつが羨ましかったんだ。それが、本当にしょうもねえことだけど今でも心に引っかかってな」

「だから、自己満足だって？」

アレスは黙って頷く。彼の指が優しく時計をなぞる。僕にはその優しさが、ただの自己満足には思えない。僕は、「ただのアレスの自己満足じゃないよ、僕は嬉しかったから」とひとりごとのように呟いた。そうしたらアレスは、視線を時計に落としたまま「そうか」と少しだけ笑った。

それから彼はグラスを傾けて中身を一気に空にすると、新しく注ぎ直して再び語り始めた。淡々と、恐らく彼にとっては辛い過去のことを。

祖国を魔族が襲ったこと、それがきっかけでアレスが魔族と言われ始めたこと。いつも馬鹿みたいに笑っていた親友に「庇《かば》えなくてすまない」と泣かれたこと、初めて見る友の涙に濡《ぬ》れ歪《ゆが》んだ顔を見て、謂《いわ》れのない冤罪《えんざい》を認め国を追い出されるのを受け入れたこと。そのあとは各地を転々としたこと、それからずっと一人で生きていたこと、生きるためにかつては汚い仕事に手を染めていたこと。

その途中で、僕に出会ったこと。

「あとはお前も知ってる通りだ。……面白くもなんともねえ話だろ？　だから話したくなかった」

アレスは再びグラスを空にして、陰のある表情で呟く。僕と目を合わせないまま。

事実としては知っていたけれど、それと本人から聞く話とではまるで違う。生きた痛みがある。やりきれなさで胸が苦しい。何を言えばいいか分からなくなって、彼の痛みを思うと苦しくて、僕は泣きそうになった。目頭が熱くなる。僕が泣いたって何にもならないのに、僕は本当に弱い。

「……話させて、ごめん」

彼にこんな憂いに満ちた表情をさせるくらいだったら、ずっと聞かないままでいた方がよかったかもしれない。僕はそう後悔し始めていた。

「……別に。お前にはいつか話すつもりだったから」

「じゃあ……話してくれて、ありがとう」

上手い言葉が出てこない。震えそうな声を抑えるので必死だ。ようやく言葉を見つけても、それを口に出すほどの思い切りがない。

僕は躊躇って、ふと目の前にあるグラスを手にとり、琥珀色の液体をえいやっと飲み込んだ。独特な匂いとアルコールの熱さが喉を通ってくらりとする。少しすると思考がぼやけてきた。言えそうな気がする。

「……僕、アレスのそういう強いところ、好きだよ」

「強い？　どこが」

「だって、国に復讐《ふくしゅう》しようとは思わなかったの？　君に魔族だなんて言いがかりつけてきた人たちには？」

アレスは黙った。何度か言葉を探すように手を開閉して、彼はやがて口を開く。

「……思ったさ。だがそんなのを実行しちまえば、俺は祖国を愛した昔の自分に一生顔向けできねえだろ。……まあ、既に顔向けできねえようなことはしてんだけどな」

「そんなことないと思うよ。そりゃ、アレスが昔やってたことは褒められたことじゃないけどさ。自分を貶《おとし》めた人たちに復讐しようって思ったとしても、ずっと実行せずに一人で耐えてきたんでしょ？　それってきっと、強くないとできないことだと思うんだ。僕は……君の、そういうところ好きだよ」

アレスは顔を歪める。かと思えば、目元を隠すように片手で覆った。

「お前は、本当に……俺のことをよく言いすぎだ。俺はそんな聖人じゃねえ」

「アレスは自分のことを悪く言いすぎだよ」

もしもアレスが根っからの悪人なんだとしたら、今こうしてこの国で受け入れられてる訳がないのだから。いくつも言葉は浮かんだけれど、どれも口にすると薄っぺらいものになる気がした。だから僕は話題を変えることにした。

「……じゃあさ、こういう辛い話じゃなくて、何か楽しい思い出話を聞かせてよ。どんなことでもいいから」

「……楽しい話か？　そんなもんほとんどねえぞ――」

そう言いつつアレスはようやく顔を上げて、それからさっきよりは少しだけ軽い口調で話し出した。


この世界におけるラスボスとはアレスのことだ。それは間違いない。彼が闇堕ちして、魔王となり魔族を操るからアドウェルサは滅ぶ。なら、アレスが闇堕ちしなかったら？　そうなってもこの国は亡ぶのか、はたまた何事もなく繁栄していくのか。

僕は恐らく前者だと思う。少なくとも何事もないとは考えられない。だって、実際に魔族はこの国に現れている。

であれば、誰が今の魔族を操っているのか。なんのためにこの国を狙うのか。それは分からない、だけど——僕は少しだけ、とあることが気になっていた。それは、主人公の仲間のことだ。

主人公の仲間は最終的に六人になる。主人公であるルークス・アドウェルサ、正ヒロインの聖女、精霊の愛し子と呼ばれるドジっ子なサブヒロインに元義賊のツンデレなサブヒロイン、王位を捨てて仲間になるコンラート。そして、今気になっているのは最後の一人だ。

彼の名は「ノヴァ」。途中で敵から味方に寝返る半魔のキャラだ。アレスが闇堕ちなら彼は光堕ちである。

半魔というのはその名の通り、人間と魔族のハーフだ。彼はその特殊な出自から魔族にも人間にもなれないどっちつかずで、居場所を得るために魔王の腹心として動いていた。

光の英雄から聖剣を奪い、あわよくばそのまま殺してしまうために人間のフリをして近づく彼だったが、次第に主人公らに惹《ひ》かれる。そして最終的には全てを捨てる覚悟で、主人公の味方となるのだ。

彼はよく言えば世渡り上手、悪く言えばずる賢いキャラだ。魔王側についたのだって、そちらの方が有利だと判断したからでしかない。彼はどっちつかずの半端者だが、逆に言えば人間と魔族のどちらにでもなれる。だから人間が有利だったら魔族を切り捨てるし、魔族が有利だったら人間を見捨てる。ゲームでは後者だったから、当初は敵として登場する。

つまり僕が疑問なのは、彼の現在の立ち位置だ。魔王が存在しないイレギュラーな状況下において、彼は今どちら側にいるのだろう。

人間側なら問題はない。けれど魔族側なら厄介だ。なぜなら彼は魔法狂いともいえるくらいの魔法好きで（というより魔法以外のあらゆる事象に無関心）、次々に新しい魔法や魔導具を生み出すのだ。彼が敵ならば、恐らく相当厄介だ。けれどどこにいるのか調べようもないし、ただ心構えをしておく他にできることはないが。

そういった悩みは色々とあるものの、日々の過ぎ去る速度は変わらない。気付けば僕は魔導学校を無事卒業し、魔導師団への入団を果たした。クロードはそれはそれは盛大に祝ってくれた。アレスはこの期に及んで苦い顔をしていたけれど。

そして今は、入団式を終え、僕ら新人は最初の仕事――先輩団員との交流を兼ねた大規模新人演習の最中だった。

大規模演習、といっても大して難しいものじゃない。魔導師団の仕事において、魔物の出る場所によっては王都郊外の森に行ったり、場合によっては野宿したりもする。それを見越して、少しずつ魔導師団の仕事に慣れていくために、皆で王都郊外の森でキャンプをするだけだ。

この演習は何人かの少人数の班を作り、そこで薪《まき》などの材料集めから行う形だった。同じ班にはフエリクと何度か言葉を交わしたことのある顔見知りの新人、やけに印象の薄い地味な先輩、無口な先輩、それとゼルがいた。

ゼルがにこにこしながら僕の隣を歩く。僕らは森の少し深いところまで入って薪を集めていた。

ゼル、といえば。僕は一度彼を花街の奥まったところで見かけたことがあった。気になって後をつけたら、彼は表札も看板もない扉の中へ入っていった。しかも隣にいたフェリクが彼に気付かなかったから、きっとゼルは幻覚か何かで姿をくらませていたんだと思うが。

僕はその後すっかり忘れていたけれど、何度か思い出して行ってみようとした。したのだが、そういう時に限って花街で遊んでいたフェリクに捕まったり、そうでなくてもフェリクに「いいかシリウス、前見た花街のアレは間違いなくやべえから、絶対に行くなよ？　……フリじゃないからな？」と釘《くぎ》を刺されたり、と色々あって一度も確かめていない。

確かめていないが、なんとなくゼルが怪しいのも確かだ。それに、彼との意味深な会話を僕はよく覚えている。

『……一人の絶対的リーダーっていうのは劇薬なんす。何かを大きく動かす時には便利っすけど、その分脆《もろ》い。それじゃ駄目なんすよ。たった一人じゃ、いつか折れるに決まってるっす。それじゃ――魔族に勝てるはずがない』

『シリウスは、自分の命と他の人の命、どっちが大切だと思うっすか？』

『それは……他の人の命、かな』

『どうして？　いくら他の人を救っても、自分が死んだら意味ないじゃないすか。自分が死んだら全部終わりっすよ？』

『……ゼルは、どう思うの？』

『僕っすか？　僕は、そうっすね――力を得て、生き延びて、それで初めて人生に意味が生まれると思ってるっすよ。死んでも意味がないし、力がなくても意味がない。この世は力ある者こそが正義だから』

彼の発言の意味は、今でもよく分からない。それから初めて会って握手をした時、僕の状態異常無効化の指輪が反応したこともあった。色々と疑惑はある。だけど——。

「いやー、それにしてもシリウスが団に入るなんて驚きっすよ。しかも第二の神風様って呼ばれてるなんて」

笑顔で薪を拾いながら言う彼が敵だとは思いたくないな、と思う。

「僕、第二の神風様って言われてるの？　クロードほどすごくないのに、困るなあ……」

「まあまあ、賛辞は素直に受け取っといて損はないっすよ。だけど、なんで団に入ったんすか？」

彼の素直な疑問に僕は少し笑った。団に入るきっかけとなったのは、彼の発言なのに。

「色々あるけど……一番は、アレスと対等になりたかったんだ」

「対等に？」

「うん。あのままだと僕はアレスの庇護《ひご》下から抜け出せなかったと思うから。アレスは優しいから、きっと僕のことをずっと守ってくれてた」

「それの何が不満なんすか？」

「ううん、不満じゃない。だけど、僕は……後ろで守られるんじゃなくて隣に立ちたかったんだ」

「なるほど」とゼルは笑った。それから「それだけアレスさんのことが好きなんすね」と。僕は顔を赤くした。確かに好きだけど、そういう言い方をされると恥ずかしい……。

「あ、シリウス。あの赤い木の実、見えるっすか？　あれ、甘酸っぱくて結構美味しいんすよ。こんなところで見つかるなんてラッキーっすね。持って帰りましょっか」

不意にゼルが指差した先の木には、手のひらに収まるくらいの実が垂れ下がっていた。それはいいのだが、崖《がけ》ギリギリに生えている木なのが少し気になる。その木のそばに寄るゼルに続いて、崖の下を覗《のぞ》き込む。落ちたら死ぬほどの高さではないけど、怪我はしそうだ。

「危なくない？」

「大丈夫っすよ。突然崖が崩れない限り落ちないっすから」

……そういうの、フラグっていうんじゃないだろうか。一抹の不安を抱えながら「気をつけてね？」と木に登るゼルに声をかける。

空を見上げる。少し肌寒くなってきたと思ったら、さっきまでは晴れていた空がにわかに曇りだしていた。それも、今にも雨が降り出しそうな雲だ。

「……嫌な予感がするなあ」

「何がっすか？　あ、ほら、とれたっすよ！　この木の実、外側は硬いっすけど中身は――」

幹に登って木の実をとっていたゼルが勢いよく木から飛び降りた、その瞬間。彼の飛び降りた地面がぐらりと傾いだ。彼がさっき見事にフラグを立てたせいなのか、飛び降りたその僅《わず》かな衝撃で、崖が崩れたのだ。

「ゼル――ッ！」

条件反射で手を差し伸ばす。幸か不幸かその手は間に合った。けれど、落ちる勢いに引っ張られて、僕の身体まで崖下に向かっていく。

どうしよう、魔法を使って衝撃を弱める？　だけどゼルが近くにいるから危険だ。それに死ぬ高さじゃない。受け身をきちんと上手く取れれば、少しの怪我で済むはず――。落ちていく瞬間にそう色々と考えていた僕だが、結局受け身は取れなかった。ゼルが空中で僕を抱き込んで、彼の背中から落ちていったからだ。

ゼルのおかげで衝撃はほとんどなかった。だけど、ゼルは？　慌てて起き上がって彼に向き直る。

「ゼル？　大丈夫？」

「なんとか。まあ、大した高さじゃないっすからね、大丈夫、――っ」

そう笑顔を見せながら立ち上がろうとした彼だが、その瞬間顔をしかめた。

「どうしたの？」

「まずいっすね……ちょっと、足やっちゃったかも」

「うそ、捻《ひね》った？　それとも折れた？　骨にひびが入ったくらいなら、僕の光魔法で治せるかも――」

いざという時のために、僕はクロードに多少の治癒魔法を教わっていたのだ。とはいえ、僕には骨折のような大きな怪我は治せない。せいぜいが骨のひびくらい。だから、ちゃんと治せるかは分からないが……。

僕が提案すると、彼は慌てて拒否した。

「い、いや！　悪いっすよ、僕の不注意で怪我したのに！　それに、これくらい放っておいても治るっすから」

「本当に？」

「本当っす！　ただ、今すぐ崖を登れるかと言われると、それは厳しいかも……」

彼の視線を追って崖上を仰ぐ。大した高さはないとはいえ、足を負傷した状態で切り立った崖を登るのは難しいかもしれない。

「……やっぱり、僕が治すよ。足見せて」

「いや！　それは悪いっすから。それに、頑張れば登れると思うっすよ。時間がかかるだけで。だからシリウスは、僕のことは置いていって先に戻って——」

「そんなの、できる訳ないでしょ」

彼の言葉を遮ると、彼は困ったような笑顔を浮かべていた。

「シリウスなら、そう言うと思ってたっす。でも、どうします？　崖を登る以外に戻る方法はないし、だけど——」

彼が言葉を切る。何かと思った次の瞬間、肌に冷たい雫《しずく》が当たる。雨がパラパラと降り始めていた。僕は慌てて外套《がいとう》を被った。今回の演習のため支給された丈夫なものだ。空を見上げると、小雨で済まなそうな黒い雲が広がっていた。弱《よわ》り目《め》に祟《たた》り目だ。

「正直、足を治してもらったところで、雨の降る中崖を登るってのはちょっと危険じゃないすかね」

「確かに。どうしよう……」

「あー、じゃあ……この先に小さい洞窟《どうくつ》があるんすよ。そこで雨宿りしないっすか？　こんな演習で危険を冒すくらいだったら、安全策をとって後で班と合流しましょうよ」

僕は少し迷ったが、それ以外に方法はないように思えた。頷《うなず》いて、ゼルに肩を貸し、彼の指差す方向へと歩いていった。

「それにしても、よく洞窟があるなんて知ってるね」

「この森、演習とか魔物討伐とかで何度か来たんすよ。で、前にも崖から落ちたことがあって。そん時にたまたま見つけたんす」

「……前も落ちたの？」

「はは、まあ今回同様大したことはなかったんすけどね。あ、ほら見えてきたっすよ」

ゼルが指差していたのは、木々に隠されて見えづらくなっている小さな洞窟だった。本格的に雨脚が強くなる前に駆け込む。

雨は次第に強さを増していく。もっと酷くなる前に洞窟に入れてよかった。思わず安堵《あんど》のため息を吐《つ》く。濡《ぬ》れた外套を脱ぎ捨てながら、僕は隣のゼルに笑いかけた。

「無事雨宿りができそうな場所でよかった。あんまり長引かないといいけど……あ、もう肩を支えなくて大丈夫？」

「大丈夫っすよ。それにしてもシリウス――」

よかった、と腕を下ろそうとしたその瞬間、何が起こったのかよく分からなかった。手を掴《つか》まれたかと思ったら、僕は地面に転がっていた。

「――本当に馬鹿っすねえ。なんで僕のこと信用したんすか」

いつもの柔和な笑みとは違う、片頬を吊《つ》り上《あ》げた皮肉げな笑みを浮かべたゼルは別人のように見えた。彼は弄《もてあそ》ぶように、小さな黒いものを宙に放り投げてはキャッチするのを繰り返している。よく見るとそれは、僕がいつもしている状態異常無効化の指輪だった。

「ゼル――？」

「本当、お人好《よ》しの馬鹿っすよ。僕が怪しいのはなんとなく勘付いてたんでしょ？　それなのに信じ込むんだから、救いようのない馬鹿。ま、とりあえず」

ゼルが僕の胸ぐらを掴む。まずい、と思った時にはもう遅くて。恐らく何かの魔法を使われた。意識が薄れゆく中僕が聞いたのは、ゼルの冷たい声だった。

「邪魔なんで、眠っててくださいね？」

僕が完全に意識を失いそうになる――その瞬間。不意に僕の名前を呼ぶ、馴染《なじ》みのある声が聞こえた。

「――シリウス！」

倒れかける僕の身体が誰かの腕に支えられる。ひんやりと濡れた手が僕の額に当てられ、意識が次第に明瞭《めいりよう》になる。僕の顔を不安げに覗き込んでいたのは――。

「……フェリク？」

フェリクの顔が視界に広がっている。彼の栗色の髪は濡れそぼっていた。この大雨の中駆けてきたんだろうか。ぼんやりと考えながら彼の名前を呼ぶと、彼は「よかった……」とため息を吐《つ》いて、僕の身体をゆっくりと横たえた。

「フェリク……なんでここに？」

「それは後で──な」

言い終わるや否や、彼は身体を捻った。一瞬遅れて、彼のいた場所を風の刃が擦過する。

「チッ、外したっすか」

「やっと尻尾《しっぽ》を出したな」

「面倒っすねえ……僕の周りを嗅《か》ぎ回ってたのは君っすか」

「だったらァ？」

「愚問っすね。分かってるでしょ？　いい加減僕も苛々《いらいら》してたんす」

まるで付いていけない。僕は瞬きをしたのちにゆっくり起き上がった。ゼルの豹変《ひょうへん》ぶりにすら戸惑っているのに、フェリクがゼルのことを追い回してた事実も、二人が殺気を放ちながら相対している状況も、飲み込めるはずがない。

まず、フェリクとゼルの間に面識はないはずだ。それに、僕がフェリクにゼルのことを話したのは一度きり。花街でゼルを見かけた後、「で、知り合いっつってたけど、お前はどんな知り合いに見えたんだよ？」と問われて答えただけだ。その後は一切ゼルの話をしていない。フェリクに何度か「花街のアレは間違いなくやべえから絶対に行くな」と釘を刺されたくらいで──あれ？

僕はようやく気付いた。僕が思い出して花街の例の場所へ向かおうとするたび、止めてきたのはいつだってフェリクだった。最初にゼルを見かけたあの時だって、あのまま扉の奥へ突っ込もうとする僕を引き離したのは彼。

フェリクはゼルが怪しいことを分かっていて、そのうえで僕を近づけないようにしていた？　そんなまさか。フェリクはただの女好きじゃないのか。だとしたら――。

「フェリク……君は、一体……？」

思えば、色々と不思議な点はあった。田舎から出てきたと自称する割には、彼から故郷の話は一度たりとも聞いたことがない。それなのに遠い北国の文化に詳しい。思い返すと、彼の女性の口説き方はどう考えても農家出身の田舎者のそれじゃない。するりと人の心に入り込んでいく手練手管が、天性のものじゃないのだとしたら。

フェリクは口をつぐんだが、ちらりとゼルを見て「どうせお前だって予想ついてんだろうし」と呟《つぶや》いてから、ため息を吐《つ》いた。

「『光の愛し子』を教会が放っておく訳ないだろうが」

「……『光の愛し子』って？」

「秩序神様の加護を受けた人間のこと。んで俺は、お前を守るために教会から派遣された人間って訳。それを抜きにしてもお前は大事な友達だけどな」

今までの些細《ささい》な違和感は全てそれで説明がつく。そもそも生まれを偽っていたのだから。僕を、秩序神を信仰するクライヴ教の教会が放っておく訳がない。考えてみればそうだ。僕は彼からこの世界を託された。今までそのことに気付かなかったのは、ひとえに僕が教会についてほとんど知らないから。でも確かに、わざわざ別の世界から引っ張ってきた僕を守らずただ見ているだけ、なんてリスクの高いことはしないか。

それで、教会の人間がゼルを怪しんでいた、という事実が示すのは恐らく――。

「……なら、ゼルは」

「そ。察しはついてんだろ？　だから俺は、ここでそいつを殺さなきゃならねえ。なんせそいつは人間の宿敵だ」

……本当は、あの時花街でゼルを見かけた時点でなんとなく分かっていた。幻覚を見せる方法で、僕が知る限り一番手っ取り早いのは「闇魔法」だから。

そうだとするならば、初対面の時に僕の指輪が反応したのは、握手をした時に彼がなんらかの精神汚染魔法を使ったと考えるのが妥当だ。滅多に心を開かないアレスが最初から彼と親しげにしていた理由も。精神汚染魔法が使えるなら、魔族である彼がこの国に入り込めた理由も理解できる。

「荒っぽいことは嫌いなんすけどね」

「よく言う」

「本心っすよ？」

――だけど、何かがおかしい。心の片隅に違和感が残る。

『……一人の絶対的リーダーっていうのは劇薬なんす。何かを大きく動かす時には便利っすけど、その分脆《もろ》い。それじゃ駄目なんすよ。たった一人じゃ、いつか折れるに決まってるっす。それじゃ――魔族に勝てるはずがない』

暗い声でそう呟いた彼を覚えている。そんな彼が、実は魔族で何かを狙ってこの国に潜り込んでました、なんてことがあるのか？

今思うとあれは、自分たちの絶対的有利を確信した言葉じゃない。むしろ、暗い運命を知っていながら何もできない傍観者の言葉に思える。本当に、魔族か？　彼は本当にただの魔族か？　この国のため必死に動いていた彼はただの虚像？

僕がそんなことを考えている間にもフェリクが動き出す。今までの学校生活で見せていた力は、全く本気ではなかったんだろう。それほどまでに動きが違った。

いつの間にか抜いた剣を片手に肉薄し、それが防がれるとあらかじめゼルの背後に準備していた魔法を撃つ。魔法に気を取られているうちに斬りかかり、その間にも新しい光魔法で応戦する。フェリクは強い。僕が今まで思っていたよりずっと。クロードやアレスとは違う方向性の強さだ。そして見たところ、ゼルは防戦一方だ。

……本当に？

「チェックメイトだ。そうそう、お前ら魔族が使う精神汚染は効かないから無駄な足掻《あが》きはやめろ」

やがて戦いの拮抗《きっこう》が崩れ、ゼルの首筋に剣が当てられる。ゼルは苦々しい顔で吐き捨てた。

「……魔族相手に特化した教会の人間が、精神汚染に対する対抗策を持ってるってのは本当だったんすね」

「そうだ。命が惜しけりゃ主の名前を吐け」

「それはちょっと無理な相談すね」

「だろうな」

フェリクがなんの躊躇《ためら》いもなくゼルの首を刎《は》ねそうになった、その時。ゼルがぼそりと呟いた。

「——だって、詰んでるのは君の方だからね」

瞬間、フェリクの身体を光が貫く。少し遅れてつんざくような音がする。その光は、ある自然現象によく似ていた。

……魔法の種類は全部で七つ。光、闇、風、炎、草、水、地だ。だけど彼が今使ったのは恐らくそのどれでもない。なぜならその光は、「雷」に酷似していたから。

「何を、した……」

「生きてたんだ？　強いっすね、君。まあでも動けないでしょ？」

「何を、したって……聞いてんだよ、俺は。クソッ……なんだよ、今の、魔法は」

あ、と僕は思わず声を漏らした。全て分かってしまったからだ。

仮にゼルが魔族だとする。なら、その瞳《ひとみ》の色はどうやって説明をつける？

魔族は皆黒い瞳をしている。そして髪や瞳の色を変える魔法は存在しない。なぜなら髪や瞳の色は、創世神が人間に与えた最初の贈り物だから。だけど丸眼鏡の奥のゼルの瞳は黒じゃない。というか、彼の糸目の色は不思議と認識できない。

そんなことは普通不可能だ。瞳の色を認識させない魔法が存在するなら、今頃魔族はやりたい放題だ。だって魔族は、瞳の色以外人間と全く同じ見た目をしているから。

そう。普通は不可能だ。そんな魔法、もしくはそんな効果のある魔導具は存在しない——新しく創り出さない限り。

彼が今魔法で生み出したのは「雷」だ。だけどそんなことは普通不可能だ。雷属性なんて存在しないし、天候を操れるのはこの世界を創った神だけといわれている。だけど僕はその魔法を知っている。正確に言えば、あり得ないはずの魔法を生み出せる人物を知っている。

もしゼルが「彼」ならば全て説明がつく。あの時、王都を魔族が襲った時、ゼルが僕を試すような言動をとった理由も。ゼルは自分より他人の命を優先すると言った僕に驚いてみせた。そりゃあそうだ。「彼」は自分の命に最も重い意味を見出す人だから。もっというなら、自分が生きることによって得られる魔法の知識に。ゼルは力が全てと言った。それもそうだ。「彼」は自分の力一つでどう足掻いても生きづらい世界を生き抜いている。

そしてゼルが「彼」ならば、勝機は僅《わず》かだがある。分かった今となっては、あの会話を聞いた時点で気付かなかったことが悔やまれる。僕は、あの時の会話と似たものを知っていたはずなのだ。

――自分の命と他人の命のどっちが大切か、という問いかけ。そして他人だという答えに対し、「綺麗《きれい》事だ」と一蹴《いっしゅう》しつつもその心根に胸を打たれる彼――そういうシナリオとして。

本来彼がその問いかけを持ちかける相手は僕じゃない。主人公だ。その会話によって彼は、寝返ることを決意する。それを全て知っていたから、僕はとどめを刺そうとするゼルに言葉をかけた。彼の動きを止められる自信があった。

「待って、ノヴァ！」

彼は固まった。恐る恐る振り向いたその顔は、面白いくらいに引きつっている。

「…………どうして、その名を？」

「君のことを知ってるからだよ。というより今、全部理解したんだ」

ゼルというのは偽名だ。恐らく、ノヴァという本名を名乗りたくないがための。

ノヴァという名は、母によってつけられたものだ。不幸にも気まぐれな魔族に孕《はら》まされてしまった、そして唯一彼を愛し慈しんでくれた母に。ノヴァにとってその名は母との思い出そのもの。だから思い出が誰にも汚されないように、その名を封じた。彼がゲームで使っていた偽名は別のものだったが、偽名なんだから他にいくつかあっても不思議じゃない。

彼がノヴァだと――途中で主人公側に寝返る半魔だと分かったからには、やることは一つだ。僕はこう問いかけた。

「ねえ、ノヴァ。教えてほしいんだ。君、寝返るつもりはない？」

勝算は、正直言ってほとんどない。彼を人間側に引き込むにはあまりに時期尚早だ。だけど目の前のフェリクを見捨てる訳にいかないし、かといって不意をついてノヴァを倒す訳にもいかない。

ノヴァは息を吞《の》んで僕を凝視した。決して目を逸らさずにいると、やがて彼が押し負けた。彼はそっと目を逸らしてため息を吐《つ》く。

「……何もかも、分かってるって？」

「恐らくね」

「…………そっか。だったら今更どう足掻いても無駄かな……。じゃあ、一つだけ聞かせてくれる？シリウス、君は――」

ノヴァは諦《あきら》めたように目を閉じると、おもむろに丸眼鏡を外した。不思議なことに、眼鏡を外した途端、髪の色がみるみるうちに変わった。きっとあの丸眼鏡がなんらかの魔導具だったんだろう。

それから彼は目を開く。あの細い糸目が嘘のようにしっかりと開かれた目は、案の定片方だけ黒く染まっていた。右目が青で、左目が黒。そして髪は鈍色。まるで、光と闇の中間にあるような色だ。

やっぱり、と僕は心の中でひとりごちる。灰色の髪に、青と黒のオッドアイ。その見た目は、僕がよく知っているノヴァそのものだった。

「──僕のこの目を見て、どう思う？　怖い？　それとも気味が悪い？」

彼の色違いの瞳は静かに凪《な》いでいた。けれどその奥には悲しい色が沈んでいて、僕は息を呑んだ。だってその悲しい色は、昔のアレスにそっくりだったから。僕はあれこれ考えるより先にかぶりを振った。

「そんなこと思わないよ。僕は見かけで人を判断するのが大嫌いなんだ」

そう言うと思ったよ、と彼は呟いた。しばらく視線を落として考え込む彼の言葉を、僕はひたすらに待つ。

「……このままだと、人間は負けるよ。魔族は人間より遥《はる》かに強い」

やがてため息を吐くように囁《ささや》かれた彼の言葉に、僕は「分かってる」と頷《うなず》いた。いつの間にか、彼の話し方も雰囲気もすっかり変わっていた。

「分かってないよ。この国は終わりだ。この国は団長に頼りすぎてるから、彼の心さえ折ればいい。だから団長が倒せる程度の魔族を送り込んで、王都に魔族が入り込めることを示唆したんだ。それから帰国直後に元副団長らのクーデターを起こした」

自白ともとれる彼の言葉に、フェリクは視線を鋭くした。

……元副団長がクロードに反旗を翻して、全く別の組織を一つ作り上げたのは団員皆が知る公然の秘密だ。そのせいで繰上げのような形でアレスが副団長になって、仕事が増えたと嘆いていた。こんな時期に国の中で割れてどうするのかと思ったが——それが魔族の手引きによるもので、しかも目的がクロードに負担をかけるため？

「そんな状況で、大勢の魔族が襲ってきたらどうなる？　しかも、その魔族たちが新兵含む大勢の団員を殺戮《さつりく》したとなれば」

「新兵含む……？　っ、まさか！」

フェリクがそう叫ぶ。僕も嫌な予感がした。新兵含む大勢の団員——まず考えられるのはこの演習だ。顔色を変えた僕らに構わず、ノヴァは淡々と言葉を続けた。

「それから団長は、シリウスのことをいたく気に入ってるみたいじゃないか。対処しきれないトラブルが積み重なった上に、お気に入りの君が死ぬか失踪《しっそう》するかしたら、さすがの団長も限界が来ると思うよ」

「……だから、僕を？」

「それだけじゃないけどね」

ノヴァは僕のことをまっすぐ見た。僕を試すかのように。

「絶望的だと思わない？　それに魔族側が伏せている手札はそれだけじゃない。あと単純に魔族は人間より強い。……勝てる訳がないでしょ？」

「そうだね、まず勝つのは難しいと思う。このまま君が魔族側につくなら」

ノヴァは意外そうに目を瞬いた。そして瞳に疑問を宿して僕に問いかける。

「……僕がいれば勝てると？」

「確実に、とは言わないけどね。勝率はかなり上がると思うよ」

「……僕のことを信じると？」

「信じるよ。君が今ここで魔族を裏切ると宣言するなら、僕はそれを全面的に信じる」

ノヴァは目を見開いた。傍らのフェリクが「お、おいシリウス……本気か？」と狼狽《うろた》える。

「僕が君に何をしようとしたか、分かってないの？」

「分かってるよ。君は僕を殺そうとした。それから王都を──だけじゃないか。この国を滅ぼそうとした。そうでしょ？」

「……分かってて、そのうえで僕を信じると？　この場の口約束だけで？」

「うん。僕は君を信じるよ」

馬鹿なことを言っているのは僕だって分かってる。だけどこの場ではこれが最善策のはず。

魔族じゃなく人間側につくっていうのは、彼に言われるまでもなく明らかに分の悪い賭《か》けだ。この世界は何度やり直しても、人間側が負け全てが滅ぶ運命を辿《たど》ってしまうから。だから彼が欲しているのは、人間側が有利だという根拠じゃない。分の悪い賭けをする価値があると思わせる何かだ。

それはきっと、信頼だ。僕ら人間が彼を受け入れるという信頼と、それから彼自身が人間に背中を預けるに値するという信頼。

そういう思いがあって、彼は王都を魔族が襲ったあの時、僕を試すような言葉を口にした。それから恐らくだけど、僕を殺すことを躊躇った。

僕は彼に意識を奪われそうになった。だけど痛みは一切感じていない。それに、その前に彼はわざわざ僕の指輪を奪った。状態異常無効化の指輪を。……たぶんだけど、あの時彼は僕を殺そうとしたんじゃなく、精神に作用するなんらかの魔法で僕の意識だけ奪おうとしたんじゃないだろうか。

ノヴァは口元を戦慄《わなな》かせた。何事かを言おうとするも言葉は出てこない。やがて彼は乾いた笑いをこぼした。

「……は、ははは……馬鹿だ馬鹿だとは思ってたけど、まさかここまでお人好しの馬鹿だとは。だって、途中で僕がまた裏切ったらどうするつもり？」

「その時はそこまでだよ。君なしで魔族に勝つのは恐らく無理だ」

それは本心だった。ゲームでも、主人公や他の仲間たちは強いけれど、彼の魔族の知識と新しい魔導具がなければ魔族を追い詰めるのは無理だった。ましてやこんな絶望的な状況下だ。まだノヴァという存在が人間にも魔族にもつかない日和見主義だったらよかった。だけど魔族側なら、シナリオ通りこの国は滅ぶだろう。

ノヴァは黙って地面を見つめた。その瞳は内心の動揺を表すように揺れている。フェリクが「考え直せよ」なんてかけてくる言葉の全てを無視して、僕はひたすら返答を待った。手にじっとりと汗をかいているのを感じる。瞬きすら惜しい。

そんな思いで待ち続けて、やがて僕は——

「…………分かったよ。僕は魔族を裏切ろう。今ここで誓うよ。さしあたっては、ここで起こるはず

——いや、計画通りならもう起きてるだろう魔族の暴走を止めに行こうか」
——この賭けに勝った。

絶《ぜつ》対《たい》闇《やみ》堕《お》ちさせません！　上《じょう》

2024年11月1日　初版発行

著者　如月自由

発行者　山下直久

発行　株式会社KADOKAWA
〒102-8177
東京都千代田区富士見2-13-3
電話：0570-002-301（ナビダイヤル）
https://www.kadokawa.co.jp/

印刷所　株式会社暁印刷

製本所　本間製本株式会社

デザインフォーマット　内川たくや（UCHIKAWADESIGN Inc.）

イラスト　峰星ふる

初出：本作品は「ムーンライトノベルズ」（https://mnlt.syosetu.com/）掲載の作品を加筆修正したものです。

ISBN 978-4-04-115545-5　C0093　Printed in Japan

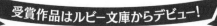